AF417120

Chile Mutante
Escrito por Diego Escobedo

Autor de los cuentos   : Diego Escobedo
Arte de portada   : Valeria Araya "Midori Gale"
Diseño de portada   : Eric Carvajal
Editor literario   : Emiliano Navarrete
Diagramación   : Eric Carvajal
Impresión   : Libros Independientes

ISBN
978-956-9505-42-3

Chile Mutante son cuentos publicados
en la editorial Biblioteca de Chilenia

Primera edición
Septiembre de 2019
Escrito en Santiago de Chile y editado en Puente Alto.

Chile Mutante

Alucionaciones de un territorio caótico

Diego Escobedo

Para mis abuelas, Eva y Elizabeth

Nota del autor

> *"Actualmente, la literatura fantástica oscila entre dos caminos. Uno, el onírico, el de Henry James, el de Arthur Machen y el de Kafka; otro el científico, el de Wells y el de Ray Bradbury, que prefiere atribuir sus maravillas a invenciones mecánicas. El anillo de Gyges hace que su poseedor sea invisible; Wells opta por un líquido imaginario en el que se baña un albino. Ambos medios son lícitos. En cuanto a mí, creo tender al primero, al onírico, al mágico, al tal vez real".*
>
> Jorge Luis Borges

Lo que el lector tiene en sus manos es el resultado de años de acumular cuentos en distintas carpetas del escritorio de mi notebook. Tras pulir y reescribir varios de ellos, he decantado esta cuidadosa selección de siete relatos de ciencia ficción, fantasía y horror, sin otro propósito que causar en el lector el mismo placer que sentí yo al escribirlos.

Recalcar que cada uno cuento es independiente entre sí, y no forman parte de un universo común. No tienen más orden que el cronológico, según la época en que se encuentran ambientados. Desde el siglo XVII, al siglo XXII.

El primero, es una aventura de fantasía, que busca homenajear a *La Historia Sin Fin* y las novelas de caballería que leyó el Quijote hasta secarse los sesos. Obtuve la idea a partir de mi obsesión por la heráldica (que espero desarrollar más adelante en un próximo libro). El segundo, y tal como lo indica el título, es una aventura de ciencia ficción steampunk ambientada, como casi todo el steampunk de este país, en la Guerra del Pacífico. El tercero, El Viajero del Tiempo, lo escribí hace cuatro años con la idea de hacer una relectura del clásico de Herbert George Wells, adaptando su sátira social al contexto nacional.

El siguiente es una ucronía, la única de este libro, y que nace de mi interés por la figura del general Ibáñez, y por nuestro escritor maldito por antonomasia: Miguel Serrano. Es quizás el más fácil de malinterpretar, así que aprovecho de aclarar algunas cosas: primero, que todos los personajes mencionados en este cuento existieron; segundo, que también existió el Instituto de Defensa de la Raza, que fue fundado durante el gobierno de Pedro Aguirre Cerda (su sede actualmente es la casa central de la Universidad Bernardo O'Higgins); y tercero, que la fantasía distópica que narra, está basada en la seudoreligión e ideología construida por Serrano en sus libros. Cuyo rol de canciller tomé prestado de la también ucrónica Synco, novela de mi maestro, y el culpable de que empezara a escribir ucronías, el gran Jorge Baradit.

Le sigue Balance patriótico, cuento donde también vuelco todo mi amor por la ciudad de Santiago y su patrimonio, y realizo un ejercicio similar al de Italo Calvino en su cuento Moctezuma, tomando a varios de nuestros próceres y enjuiciándolos con la mirada del presente y del pasado.

El sexto cuento es el único de terror que el lector podrá encontrar en este libro, y la idea se me ocurrió a raíz de una pesadilla que tuve. Repitiendo el ejercicio que realizaron James Cameron y H. P. Lovecraft, que, a partir de imágenes oníricas, al despertar escribieron las historias de Terminator y Cthulhu, le di forma a este relato de una casa embrujada. Un subgénero incombustible de las historias de horror.

Finalmente, el último aborda un tema que no podía faltar. Mis primeros escritos fueron de ciencia ficción, y el universo de este relato no busca ser ni distópico ni utópico, ni cyberpunk o space opera, sino algo más apegado a la realidad: un punto medio sin épica ni heroísmo, donde las crisis y los inventos prodigiosos están normalizados. Un mundo donde los adelantos tecnológicos son gigantescos, pero los problemas que aquejan a la humanidad siguen siendo, en buena medida, los de ahora. Un mundo donde la Tierra agoniza... y como siempre se las arregla para resucitar.

Sin nada más que agregar, no me queda más que invitar al lector a ponerse el cinto espacio-temporal de Mampato, y comenzar nuestra aventura en el Chile colonial. Como dijo alguien por ahí, "todos tenemos una máquina del tiempo. Las que nos llevan al pasado son recuerdos, y las que nos llevan al futuro son sueños".

El dragón de Valdivia

Observaba caer abstraído cada una de las gruesas gotas en la ventana del auto. Se había alargado la lluvia, y la visibilidad de la nublada, y ya oscurecida tarde, era muy poca. Mató el tiempo trazando dibujos aleatorios en la humedad del vidrio del copiloto, hasta que su padre le pidió que sacara un pañuelo de la guantera y le limpiara el cristal delantero. Para matar el tiempo, realizó preguntas. Muchas preguntas. Desde por qué son ocho y no nueve los planetas del sistema solar, pasando a por qué los humanos no podemos volar si aleteamos muy fuerte como las aves, hasta cosas más terrenales.

—¿Cuántas veces uno se puede cambiar de nombre en la vida? —preguntó Sebastián.

—Una sola. El registro civil solo te deja hacer un cambio —respondió su padre.

—¿Y por qué una sola?

—Es la ley. Sería muy enredado si uno se lo cambiara más veces. Así que hay que estar muy seguro cuando uno hace el cambio, después no hay vuelta atrás —enfatizó.

—¿Y qué nombre te gustaría tener?

—Mmm…

—Yo me pondría Max Power.

—Jaja, buen nombre, hijo. Yo me pondría Sting.

—¿Extinto?

—Sting, es un cantante.

—¿Qué te parece Alexis Sánchez?

—Bueno, había un argentino que le puso a su hija Mara Donna, nombre Mara, y apellido Donna.

—¿De verdad?, ja ja ja.

—Los nombres antiguos eran los mejores. Me acuerdo que cuando chico tenía un tío Sandalio, por ejemplo...

Apenas llegaron a su destino, el pequeño de diez años se bajó corriendo del auto de su padre, con la capucha de su polerón bien cerrada, buscando evitar los pesados chubascos. Su progenitor se bajó sin prisa, abrió el paraguas, y alcanzó a su hijo en la puerta de la tienda. No era normal una lluvia tan fuerte en verano, ni siquiera en Valdivia.

Adentro, los recibió el calor del negocio. Con sus paredes de madera abarrotadas de retratos viejos, fotografías y diversas antigüedades. La mayoría aludían al terremoto de 1960, mientras que en las vitrinas había cámaras fotográficas, cubiertos de mesa, y hasta medallas de la segunda guerra mundial. El dueño de la tienda, don Segismundo, los recibió con el mismo cariño de siempre.

—Bienvenido, Sebastián —dijo desde el mostrador al pequeño en cuanto entró, haciendo tintinear la campana de la puerta— ¿vienes solo?

La entrada de un hombre de ojos verde claro, cabello castaño corto y un metro ochenta de estatura, le contestó su pregunta.

—¡Felipe, dichosos los ojos que lo ven! ¿qué lo trae por aquí?

—Me temo que malas noticias. Mi madre falleció.

—Dios mío, mi más sentido pésame. Pobre Sonia... llevaba tiempo enferma, ¿no?

—Sí, por lo menos fue sin dolor, mientras dormía.

—Lo lamento mucho, compadre... ¿Y su camioneta? —preguntó el vendedor, asomando la cabeza por la ventana y apreciando que su cliente predilecto había llegado en un viejo Nissan verde en lugar de su vehículo tradicional.

—En el mecánico. Me tiraron una bomba molotov la última vez que fui a visitar a mi mamá a su fundo.

—¡Estos indios de mierda! No, el terrorismo se está poniendo cada día peor, Felipe. Y ningún gobierno hace nada...

Mientras conversaban, Sebastián evadió el aburrimiento vitrineando y devorando con la vista cada uno de los productos que vendía don Segismundo. Novedades no encontró, ya sentía que conocía de memoria esa tienda. Hasta que vio la puerta semiabierta que llevaba a la parte posterior del negocio. Nunca había entrado allí. Si bien su padre le dijo que sería una visita corta, cuando volteó se estaba dando un afectuoso abrazo con don Segismundo. Como siempre, se gastaría por lo menos media hora conversando. Don Segismundo era muy cercano a la familia, y ya que las tías estaban viendo los preparativos para el velorio, prisa no tenían.

Apenas cruzó la puerta, sintió que el vendedor le gritaba:

—¡Sebita, salga de ahí! Allá atrás tengo cosas delicadas.

—Déjalo, es un niño cuidadoso —dijo su padre, y don Segismundo no insistió.

La habitación, muy mal iluminada, estaba llena de cachivaches. Los más vistosos eran un par de clósets de madera antiquísimos. Viró hacia su izquierda, y se llevó un buen susto cuando vio una armadura medieval sosteniendo un hacha a pocos centímetros de su rostro. Siguió explorando, y descubrió dos maniquíes con vestimenta antigua, como de los años veinte. En el centro de la habitación, había un enorme escritorio de madera. Con finas terminaciones, delante de sí tenía un respaldo de madera similar al de las camas antiguas. En su parte superior, tenía un grabado que captó la atención de Sebastián. Se trataba de la imagen de un dragón, que extendía sus alas encima de un castillo. Le llamó la atención lo detallado de sus ojos, con un aspecto bastante realista, al grado que el pequeño se quedó mirándolo por unos largos instantes en los que sintió que el monstruo le devolvía la mirada.

La irrupción de don Segismundo lo sacó de su en-
simisma-miento.

—¿Te gustó el escritorio? —dijo mientras buscaba
entre las antigüedades.

—Un poco... don Segismundo, ¿qué significa el
dragón?

El anciano se acercó y observó con sus gruesos
lentes, antiguos y redondos, a donde señalaba Sebastián.

—Ah, es el escudo municipal de Valdivia. Está de la
época de los españoles.

—¿Y qué quiere decir?

—Mmmm... la verdad no tengo idea. Ten cuidado
con este escritorio. Se lo compré hace poco a la familia
de un historiador que falleció. ¿Te fijaste que los cajones están cerrados con llave? Bueno, la llave no la
tengo, y todavía no descubro cómo abrirlo sin hacer
tira este mueble. Es del siglo XIX y vale una fortuna
¡que ni se te ocurra tocarlo!

Dicho esto, el vendedor de antigüedades tomó una
caja y regresó a conversar con el padre de Sebastián.
"Felipe, ¡encontré lo que me encargaste el otro día!",
escuchó Sebastián.

El preadolescente inspeccionó el viejo mueble de
arriba abajo buscando la manera de abrirlo. Efectivamente, no había cómo abrir los cajones. Ni siquiera
aplicando mucha fuerza, según comprobó. La madera
estaba curiosamente bien conservada. Con mucho
cuidado, corrió el escritorio, buscando ver los recovecos
que le tapaba el clóset junto al cual se encontraba. Pero
el mueble estaba completamente sellado. Sin resultados, volvió a poner su atención en el dragón. Nunca
había reparado en ello, pero ¿por qué había un dragón
en el escudo de Valdivia? Olvidando por completo las
advertencias de don Segismundo, se subió al escritorio.
Inclinándose, quedó a la misma altura que el misterio
ser. Lo palpó suavemente, el torreón, las alas, y luego
los ojos. Las yemas de sus dedos índice y medio encaja-

ban a la perfección, y los metió con suavidad en los orificios de los ojos.

Inmediatamente, escuchó un ruido de resortes que se abrían. Buscó con la mirada, y descubrió que uno de los cajones se había abierto. Eran tres en cada lado, y el que reaccionó era el del centro a la derecha. Entusiasmado, se bajó. Limpió las huellas de sus zapatillas sobre la madera con un trapo que pilló, y después se agachó para escudriñar en el cajón recién abierto. En su interior, encontró un viejo cuaderno.

Lo depositó en el mismo escritorio, y acercó una silla para empezar a leerlo. Abrió el libro en una de las primeras páginas, cuyas palabras iniciales rezaban "Todavía recuerdo aquellos bucólicos años de mi juventud…". No obstante, casi al mismo tiempo que abrió el cuaderno, una sonora ráfaga de viento dio vuelta las páginas hasta cerrar el libro y revolver el cabello de Sebastián. Miró a su alrededor. No había nada fuera de lugar. Lo inusual, era que no había una sola ventana en la habitación. Con los ojos más abiertos, y un leve escalofrío que le subió por el estómago hasta el rostro, retomó su lectura.

Las hojas estaban amarillentas y enmohecidas. Las ojeó con cuidado. En la primera leyó: "Transcripción de un manuscrito hallado en la Iglesia Santa María de Loreto en la isla de Achao, escrito a fines del siglo XVII (año indefinido). Julio de 1957. Isidoro Vásquez de Acuña". Continuó ojeando, y dos páginas más adelante encontró el mismo texto. "Todavía recuerdo aquellos bucólicos años de mi juventud. Antes de que los monstruos me sacaran de la cotidianeidad y mi inocencia. No voy a decir "todo comenzó", porque esa muletilla solo es digna de Adán y Eva. Pero si tuviera que fijar una fecha, diría que esta aventura partió más menos en los bosques chilotes, cuando yo tenía catorce años…".

I

La espesura de la jungla se le metía literalmente hasta por las narices en ese punto. Más que caminar, Lucas nadaba en ese océano de ramas y hojas verdes. Ninguna filuda, así que los cortes eran escasos e ignorables. Se movía con parsimonia, buscando hacer el menor ruido posible. El cantar de los pájaros, y el correr del agua del río no muy lejos, tapaban sus movimientos.

Apenas pudo, se dejó caer al piso pecho tierra, cuidando de no romper ninguna rama en el acto, y reptó. Sobre su cabeza, se articulaba la espesa maleza, y frente a sus ojos, una viscosa rana le mostró su lengua. Avanzó un poco más, bañándose en el lodo y clavándose algunas espinas. En circunstancias normales habría sido un juego, pero ahora el asunto era serio. Se trataba de vida o muerte.

El Tue Tue gorjeó su fatal canto mientras levantaba vuelo no muy lejos, y Lucas supo que le había llegado su hora. Apuró el paso, ya descuidando el sigilo. Con la respiración agitada, y un par de cortes en los antebrazos, gateó lo más rápido que pudo. Se detuvo bruscamente cuando distinguió un par de pies a lo lejos. No eran los pies puntiagudos y pequeños de duendes que solían deambular por las noches chilotas, no. Eran un par de pies blancos y femeninos. Sobre sus tobillos, se veía caer un vestido blanco. Alzó un poco la vista intentando ver a quien le pertenecían, pero un grueso roble ladeado le bloqueaba la vista. Tras la fuga visión, se irguió y corrió como un rinoceronte abriendo un nuevo camino entre los arbustos.

Se detuvo cuando finalmente llegó a un camino. El bosque había terminado, y ante él se alzaba el modesto puerto de Santiago de Castro, con la emergente ciudad colonial tras de sí. Lucas se llevó la mano al corazón, latía como condenado. Después se limpió la frente, el sudor y el barro lo tenían completamente embetunado. Se calmó, el peligro ya había pasado. O eso creyó, hasta que lo sorprendió una mano sobre su hombro que lo hizo virar.

—Te pillamos, indio curiche —dijo Esteban, el más alto de la banda de tres mozuelos criollos, antes de plantarle un puñetazo en la nariz.

Aunque cayó de bruces, y sintió que el mundo entero se daba vuelta, no alcanzó a quedar inconsciente. Dos quinceañeros lo agarraron cada uno de un brazo y lo levantaron para que Esteban continuara su golpiza. Un golpe, y el ojo morado. Otro golpe, y la boca sangró. Otro golpe, en el estómago, y Lucas sintió que lo partieron en dos. Otro golpe, pero dio en el aire. Sacando fuerzas quien sabe de dónde, el maltrecho adolescente se liberó de sus captores y se arrojó como un toro sobre Esteban. Ambos cayeron al piso, y Lucas se desquitó bombardeándolo con su mejor izquierdazo y su mejor derechazo. No duró mucho hasta que otro de los matones agarró un grueso tronco y tumbó a Lucas con un golpe en la nuca. Otra vez en el piso, sus tres verdugos lo agarraron a patadas.

Una vez que terminaron, Esteban le escupió un buen chorro de sangre, con diente incluido.

—Ándate de esta isla. Devuélvete a tu ruka, huacho González —le espetó lleno de odio el isleño.

Dicho esto, el trío se fue corriendo de la escena del crimen. Lucas se levantó hecho un Cristo, con moretones y magulladuras en todo el cuerpo. Tambaleando, gritó con toda la fuerza que les quedaban a sus pulmones:

—¡No soy huacho! —tragó saliva, y dijo para sí mismo "soy huérfano".

Se dirigió al riachuelo más cercano donde se desvistió de la cintura hacia arriba. Se arremangó el pantalón y se metió al agua donde se lavó las heridas. Si había algo que resistía más que el dolor era el frío, y gracias a eso se deshizo rápidamente del barro y la sangre que lo cubría de pies a cabeza. Suspiró y contempló su reflejo. Tenía facciones de español, la nariz respingada, el rostro alargado y los ojos verde oscuro (herencia de su madre, según le había contado). Pero su morena tez delataba a leguas su padre araucano. "Por lo menos tengo todos los dientes en su lugar", pensó, tras escrutar un buen rato las cicatrices que quedaron en su cuerpo.

Al salir del agua, se dio cuenta que tiritaba y tenía los pies entumecidos, al borde del calambre. Se secó rápidamente con la misma camisa que traía. Se vistió y se encaminó a su hogar.

Apenas llegó al orfanato de los jesuitas, ubicado como todo lo importante en la Plaza de Armas de la ciudad, lo recibió el padre Francisco, aterrado por el deplorable estado en que llegaba el joven. Lo llevó a su oficina, donde curó sus heridas.

—¿Vas a decirme quién te hizo esto? —lo interrogó el cincuentón y barbudo sacerdote, sentado en una silla al lado suyo. El joven, que estaba sentado en una silla igual y con una frazada de lana sobre sus hombros, se quedó mudo—. No me hagas ponerme pesado, me vas a decir qué pasó o si no...

—¡Lucas, aquí estabas!

A la oficina había entrado un cura pálido, delgado y bastante alto. Poseía una cabellera gris peinada hacia atrás que le colgaba hasta los hombros, y una escasa barba blanca de tres días que lo hacía ver más viejo de lo que de verdad era. Ilusión reforzada por los pequeños lentes que usaba sobre sus ojos azules.

—¡Por Jesucristo!, ¿qué te pasó? —dijo con acento francés en cuanto vio sus vendajes en ambos antebrazos y su ojo morado.

—Por lo visto se peleó con alguien, y no me ha querido decir —acotó el padre Francisco.

—Dios mío... pero tú estás bien, ¿sí? Excelente, porque te necesito ahora. Llegó un invitado muy especial, y tú no puedes faltar.

El religioso de origen francés llevó a Lucas hasta su oficina en la catedral de la ciudad. El imponente edificio, de estilo neogótico y todo de madera, gobernaba el paisaje castreño. La meta de los religiosos era pintarlo apenas le llegara suficiente pintura a la isla. Ante de abrir la puerta de su despacho, el padre peinó el cabello de Lucas con su mano embetunada en saliva, a lo cual el adolescente respondió con una elocuente mueca de asco. Sin prestar atención a esto, el jesuita abrió la puerta. Adentro había dos araucanos, uno bastante viejo, pequeño y arrugado, pero con el cabello negro como el carbón. El otro era un poco más grande que Lucas, y estaba sentado a su lado. Ambos vestían el mismo poncho, con la diferencia de que el diseño de rombos del más viejo delataba que era lonko de una tribu huilliche.

—Mari mari, pupeñi. Este es el joven que quería que conocieran, Lucas González —dijo el sacerdote.

—Padre, no... —adivinando cuál sería su rol en esa reunión, Lucas trató de zafarse de la situación apretando el húmero izquierdo del sacerdote, gesto que había usado desde pequeño.

—Tranquilo Lucas, tienes que practicar. Vienen de la misma zona que tú —contestó el padre Marraquete.

"Eso es justo lo que temo", pensó Lucas. A los mestizos como él siempre los entrenaban para ser lenguaraces o intérpretes de los españoles. Esforzándose, Lucas podía escalar hasta desempeñar labores diplomáticas entre ambos pueblos, con el cargo de "capitán de amigos" o "comisario de naciones". No obstante, a pesar de que tenía a uno de los mejores profesores (el padre Marraquete escribió uno de los primeros diccionarios en mapudungun), tras chapurrear inseguro algunas frases en la lengua de su padre, el araucano más joven dijo:

—Niño, no te entendemos nada.

—Mejor hagámoslo al revés —intervino tranquilo el padre Marraquete—. El honorable lonko hablará en su lengua, y tú me traducirás lo que dice, Lucas ¿está claro?

Por fortuna para Lucas, la conversación no fue muy complicada. Hablaron todo el rato del parlamento de Quilín celebrado el año pasado, donde el imperio español reconoció la autonomía del pueblo araucano, luego de cien años en guerra. El padre Marraquete enfatizó que se trataba de una nueva era que comenzaba, una era de paz, y dijo entusiasta que esperaba ver más "honorables visitas de la nación araucana" en la isla grande de Chiloé. El lonko, por su parte, había venido a vender unas cabezas de ganado a los isleños, y a interiorizarse en la labor de las misiones jesuitas. Había llegado a la oficina del padre Marraquete con la idea de internar a su hijo (el joven sentado a su lado) con los religiosos durante una temporada. Le interesaba que el joven mejorara su español y, aún más, que aprendiera a leer y escribir. Consciente de que los nuevos tiempos exigían nuevas habilidades, al lonko le interesaba tener a alguien con formación en leyes capaz de detectar las trampas de los contratos que su pueblo empezaba a firmar con los españoles.

El francés quedó fascinado con la idea, y dijo que no sería la primera vez que formaba a un joven de origen araucano. Puso como ejemplo al mismo Lucas, a quien había acogido cuando tenía apenas un año, luego de que su madre muriera en el parto y su padre, también un lonko, muriera en batalla.

Al escuchar este último dato, el araucano más viejo pareció que una idea lo sacudió de su silla y miró penetrantemente al intérprete de los jesuitas. Normalmente los lonkos no hablaban en español frente a los winkas, era una forma de mostrar superioridad sobre el enemigo, pero contra todo pronóstico, el anciano abrió la boca y habló en castellano.

—Yo conozco a este niño —afirmó muy serio—. Tú eres el hijo de Triakunwenumapu.

Lucas no contestó. Sin saber que decir, se limitó a mantener la mirada en el piso. Sabía que el nombre de su padre no era muy popular entre los de su pueblo.

—¡Eres hijo de un traidor! ¡Ese lonko maldito peleó del lado de los winkas! ¡dividió a los reche!

"Reche", mientras que los españoles los denominaban araucanos, ellos se autodefinían reche, que significa "gente auténtica". Claro que Lucas no se sentía ni araucano ni reche. Mucho menos español. Contradicción que lo mantuvo en silencio.

—Lonko Chiway, por favor —intervino Marraquete—. Está bien, el muchacho no es un nativo puro, es un mestizo. Pero le aseguro que es esta raza de gente la que unirá ambos pueblos en el futuro…

—¡No me hable de unidad! Este cabro ni siquiera es capaz de usar el apellido de su clan ¡se esconde tras el apellido de la concubina que tuvo de madre!

—¡Cállese, mierda! —Gritó Lucas con su voz de puberto quebrada.

Un tenso minuto de silencio invadió la habitación, el cual se rompió con la retirada de las visitas araucanas, serios y sin emitir más palabras. Por más que el cura intentó detenerlos, los afuerinos no dieron vuelta atrás. A su regreso, se dirigió con las manos en los bolsillos al joven mestizo.

—Con esa actitud, llegarás lejos como diplomático, hijo mío.

—Lo más suave que dicen de mi madre es puta —meditó, derrumbado en su silla, y con ambas manos juntas, como rezando.

—No, no, cómo se le ocurre… —el francés acercó una silla, y se sentó junto a su pupilo—. Tu madre escogió voluntariamente quedarse con tu padre en su tribu. Eso no la vuelve ni puta, ni traidora, ni nada de eso. Era una mujer enamorada, y muy valiente por lo demás. No le importó lo que dijeran moros o cristianos… lo que me asombra es que la defiendas tanto. Y eso que ni la conociste.

El joven se llevó las manos al rostro. Al retirarlas, tenía la cara compungida, y los ojos rojos.

—¿Fue el Esteban quien te hizo esto?, ¿verdad? —adivinó el sacerdote.

—No soy nadie. No encajo en ninguna parte. Me odian españoles y araucanos… no valgo nada…

—¡No, qué equivocado estás! Ni ellos son españoles, ni ellos araucanos, ni tú eres nadie ¡somos americanos! Todos nacieron en esta tierra. Yo que no nací en esta tierra me siento americano también. En esta isla hay demasiados hijos de españoles, y los huilliches están muy al margen, es verdad. Pero inevitablemente se terminarán mezclando, y tu raza construirá este pueblo. Eso es lo que más me encandiló del Nuevo Mundo apenas puse un pie en este continente. Aquí todo es mezcla.

Ensimismado y mirando a la nada, el religioso se percató que su arenga americanista no surtía efecto en el adolescente.

—Ánimo muchacho, ya sé que te hará sentir mejor. Tengo un nuevo invento que te quiero mostrar.

Como acostumbraba, el sacerdote llevó al joven a la cocina de la parroquia. Tras pasar una larga temporada viviendo entre mapuches, había aprendido, afirmaba, todas las recetas de su comida aborigen. No conforme con eso, desde que llegó a la isla de Chiloé que el francés pasaba buena parte de su tiempo libre descubriendo los sabores que ofrecía la flora y fauna local. Las papas eran el principal atractivo gastronómico, y Marraquete ya contabiliza por lo menos dos docenas de tipos distintos. En su cocina, había desarrollado diversas recetas, pero sus platillos favoritos eran las empanadas. Cocinaba desde empanadas de pino a empanadas de zanahoria y manzana. En esta oportunidad, cuando llevó a Lucas al horno del pan, de su interior extrajo un nuevo producto.

El jesuita extrajo la bandeja y la depositó sobre un mueble. Sin quitarse los guantes de cocina, tomó el pan y se lo ofreció a Lucas. El sabor era el mismo, la pieza estaba crujiente y caliente, pero la forma que tenía, similar a cuatro cortes de pan francés unidos como una pieza de dominó, la encontró simpática, y así se lo hizo saber al cura.

—Está bueno, ¿no? Trataba de hacer pan francés, pero me quedaba poca harina, así que improvisé.

—Quedó bueno igual —dijo el joven tras engullir el último bocado— ¿qué nombre le pondrá?

—Mmm… no había pensado en eso… qué te parece le petit pain français, o pan francés corto.

—Pan francés a secas suena bien.

—Es que no es pan francés, es una versión criolla, una más corta.

—¿Quiere que le vaya a comprar más harina?

—No te molestes, ya lo intenté. No tenían en el molino.

—¿Otra vez? Hace rato que no producen nada.

—El molinero dice que se averió una pieza del mecanismo, y al herrero no le quedaban repuestos, todavía están intentado solucionarlo. Por estos días escasea todo… ya hasta las papas se están acumulando, hijo mío. No hay a quién venderle.

—¿Y qué vamos a hacer?

El cura iba a improvisar una respuesta fácil del tipo "Dios proveerá", pero en ese instante un grito proveniente de la calle sacó a Marraquete y su pupilo de sus tribulaciones. Se asomaron por la ventana y vieron al sereno anunciando a todo pulmón:

—¡Volvió! ¡El italiano volvió! ¡El italiano está vivo y volvió!

Todos sabían a quién se refería, y prácticamente la totalidad de los diez mil vecinos de la pequeña ciudad de Castro se volcaron al muelle a comprobar la buena nueva. El muelle, hecho con los mejores robles de la zona, gruesos como patas de elefante, ya mostraban signos de desgaste por las inclemencias del clima. La estructura se encontraba emplazado en un pequeño roquerío, el cual constituía el punto más seguro en las cercanías de Santiago de Castro para que los barcos pudieran encallar el ancla en las traicioneras aguas chilotas.

Cuando Lucas y el padre llegaron, se veía un barco en el extremo del puente, y en el otro, una muchedumbre tapando el paso. Eso, hasta que llegó el Maestre de Campo. De elevada estatura, barba cortada de forma cuadrada, y cabello castaño que le colgaba hasta más allá de la nuca, su presencia siempre se hacía notar a donde quiera que fuera. Apenas se asomó don Tristán Cid de Monroy, la multitud le hizo un hueco para que pasara. Detrás de él, se coló el padre Marraquete.

—A estas alturas pensaba que debía estar muerto —le comentó el militar al sacerdote.

—Todos pensamos eso, don Tristán. Hace años que no sabíamos nada de él.

—Esperemos que los indios lo hayan tratado bien.

Mientras caminaban, un grupo de cuatro hombres bajaba del barco una camilla, cuyo ocupante estaba envuelto en sábanas, como una momia. Pero el rostro estaba descubierto. Aunque irreconocible, dado lo barbudo y delgado que se encontraba, reconociendo en él al padre Mascardi, quien parecía susurrar algo entre dientes.

—¡Hermano Nicolás! Bendito sea nuestro señor Jesucristo que lo trajo de vuelta ¿Se encuentra bien? —preguntó Marraquete.

—La vi, la vi, la vi… —repitió, casi entre susurros, el retornado religioso.

—Perdone no le entiendo, ¿qué fue lo que vio? —preguntó el francés.

—¡La vi! ¡La descubrí! La Ciudad de los Césares es real ¡La he visto, sí existe!

—Cálmese hombre, explíquenos con calma —interrogó Monroy— ¿dónde estuvo todo este tiempo?

—Monstruos, bestias…

Mascardi murmuraba sin mirar a ninguna parte. El jesuita no le entendió y se inclinó para escuchar mejor, pero Mascardi súbitamente sacó su brazo de entre las sábanas y agarró al francés por el cuello de su sotana.

—¡He visto cosas que ustedes no creerían! Es bellísimo, lleno de oro, y riquezas. Pero no está solo...

Tras forcejear unos instantes, Marraquete consiguió liberarse, y los marinos avanzaron a lo largo del muelle. Antes de alejarse, escucharon decir al trastornado italiano: "Dientes, colmillos, muerte, destrucción, y fuego ¡mucho fuego! ¡el fuego del infierno protegiendo el oro!".

—Disculpen que no les advirtiera —dijo el capitán del navío, don Marcial Polanco, un vasco completamente calvo y de ojos celestes, mientras el grupo avanzaba—, ha estado así desde que lo encontramos. Venía arriba de una dalca, proveniente desde el continente. No había nada ni nadie más en el bote. El padre estaba al borde de la desnutrición y la hipotermia, y vino hablando solo todo el viaje.

Marraquete y Monroy se miraron sin entender nada y escoltaron al grupo hasta la catedral de la ciudad. Esa misma tarde, una vez que Mascardi quedó al cuidado de los jesuitas, el más viejo de los hermanos se dirigió a la casa del maestre de campo, ubicada al lado del mismo templo. Éste lo recibió en su oficina, cuya ventana principal miraba a la plaza.

—Se ha vuelto completamente loco. No nos explicamos qué fue lo que pasó —lamentó Marraquete, con las manos en su cintura en forma de tasa. Mientras hablaba, Monroy le sirvió una copa.

—Por lo visto algo pasó en la misión de Nahuel Huapi. Lo último que supimos fue que Mascardi fue atacado por los indios, después le perdimos la pista —acotó el español, mientras le pasaba su copa al sacerdote.

—Es una lástima. Esta irreconocible. Lo mejor es que no lo vea la comunidad. Es preferible que lo recuerden como lo que fue. Solía ser el hombre más sereno y caballero que he conocido. Pero ahora, temo que es capaz de matar si le ponemos un cuchillo en la mano...

—Padre, explíqueme... —procedió Monroy, mientras se sentaba en el sillón de su escritorio—lo que dijo el italiano, sobre la Ciudad de los Césares...

—Sí, fue uno de los objetivos de su viaje.

—Quizás es verdad. Y el italiano descubrió la ciudad de las leyendas. Y allí vio algo tan aterrador que lo hizo perder el juicio.

—Debió ser satanás en persona lo que le turbó el alma. Pero lo más probable es que el frío, el hambre y la soledad le hayan pasado la cuenta —meditó Marraquete, con la mirada en su copa—. La Ciudad de los Césares es un mito, como El Dorado en Centroamérica, o Pacha Pulai. Mitos que inventan los capitanes para incentivar a sus hombres a seguir explorando estas tierras.

—Pero él dijo que había oro... —Monroy se levantó con la copa en su mano y observó al pequeño poblado levantado ante él. Fuera de la plaza, la ciudad no se extendía más allá de ocho cuadras. Pero sus ambiciones iban mucho más allá de ese limitado radio—. Sea lo que sea lo que descubrió, tenemos que tratar de que nos cuente hasta dónde llegó.

—En su estado es imposible que nos dé información precisa, don Tristán.

—Nahuel Huapi significa romper nuestro aislamiento, padre. Por tierra los huilliches no nos dejan pasar una sola carta, y el barco del Callao que, se supone, debe venir una vez al año para comerciar con nosotros, hace dos años que no lo vemos.

Con su mano izquierda, el español comenzó a trazar una línea con tres puntos en el húmedo cristal de la ventana. Un óvalo ubicado hacia abajo de la línea representaba a Chiloé.

—Imagínese si logramos asentar una ruta por tierra. Castro —Nahuel Huapi— Santiago. Una alternativa al peligroso océano. Y un enorme mercado de indígenas con el cual comerciar. Con esto acabaríamos con el desabastecimiento.

—¿Cree que el padre Nicolás lo puede ayudar en ese proyecto? Si lo que espera es que haya logrado hacer contactos con los lonkos locales, yo lo dudo mucho...

—Quizás, pero Mascardi ha viajado más lejos que cualquiera de sus jesuitas, padre. Ha ido donde ningún hombre ha ido antes. Nadie más que nosotros se ha internado en las tierras allende la cordillera. Las extensas y ricas pampas. Todo un país esperando a ser conquistado.

Tras dedicarle una pensativa mirada al horizonte, el maestre de campo vertió el contenido de su copa en sus labios. Acto seguido viró y golpeó su escritorio con el vaso.

—Estoy preparando una expedición, padre. Tiene hasta mañana para sacarle toda la información que pueda a Mascardi.

—¿Por qué? No me diga que está pensando en llevarlo con usted.

—No, cómo se le ocurre. Voy a llevarlo a usted conmigo —le contestó, señalándolo con la misma mano que sostenía la copa, y dibujando una sonrisa cómplice en sus barbudas facciones.

—¡¿A mí?!

—Necesito un lenguaraz. Usted habla a la perfección la lengua de los indios.

—¿Y qué hay de Alvarado?

—No, él no. Tuvo la genial idea de encamarse con la hija de un lonko, y ahora es el español más buscado por los indios. A usted lo quiere todo el mundo, padre. Tiene cercanía y pachorra con estas gentes.

—Uff... prepararé mis cosas —dijo el padre, aprestándose a dejar la habitación.

Cuando ya estaba cruzando la puerta, lo volvió a llamar Monroy. Éste ya se había sentado, y estaba mojando la punta de su pluma en un tintero.

—¡Padre, casi lo olvido! Quiero que lleve con usted a ese niño, el del apellido largo…

—¿Lucas?

—¡Ese! El mestizo. Quiero que lo empecemos a preparar desde ya. ¿Él es hijo de un lonko, no? Puede ser un gran capitán de amigos en el futuro.

—Pero es tan pequeño…

—Tiene catorce. Yo a esa edad estaba luchando contra los holandeses en Flandes.

—¿Puedo saber a dónde vamos?

Al día siguiente, Lucas y Marraquete llegaron al muelle vistiendo una capucha de monje que los guarnecía de la intermitente lluvia iniciada la noche anterior. Cada uno sostenía la manija de un cofre, el cual debían embarcar en la goleta San Jorge, próxima a dirigirse a Valdivia. Aunque había una embarcación a punto de zarpar, el muelle como siempre se mostraba bastante apacible.

—¿Por qué tenemos que ir a Valdivia, padre? No hay nada ahí.

—La gente se está poniendo ansiosa, Lucas. El maestre de campo tiene razón, hace dos años que no tenemos contacto con el resto del imperio. Necesitamos comprar manufacturas, cristales, telas, medicinas, etc. Y también vender nuestros productos. Yo tengo que vender mi nuevo invento, por ejemplo —dijo el padre, dibujando una sonrisa en su rostro.

—¿Acaso los araucanos venden algo de eso?

—Por lo menos les sobra la carne de vacuno —el padre le hizo una señal para que se detuvieran. Soltó el cofre y estiró la espalda, poniéndose las manos en el trasero. Acto seguido, se inclinó y se apoyó en las rodillas, agotado. Levantó la vista, y observó que el joven cargaba un libro en la mano libre—. ¿Qué estás leyendo?

—La Araucana.

—Creí que odiabas ese libro ¿qué pasó con el que te regalé, Amadís de Gaula?

—Lo perdí... —murmuró, evadiendo la mirada.

—¿Cómo?... ¿fue el Esteban?, ¿verdad? —Conjeturó el jesuita— ¿por eso te peleaste con él.

Lucas asintió, sin emitir palabra.

—¿Qué pasó exactamente?

—... Yo estaba leyendo, sentado junto a un riachuelo, apoyado en un tronco. Llegó el Esteban, me molestó, me dijo que los indios no deberían aprender a leer, me quitó el libro y lo tiró al agua. Yo le respondí pateándolo en la entrepierna...

La risotada que pegó el francés fue tan estruendosa como repentina, y contrastó con el sombrío talante de su protegido. Se llevó las manos a la barriga, y preguntó:

—Así que fue por eso que empezó el pleito, ¿verdad?

El adolescente no contestó. Sin hacer caso a su mutismo, Marraquete arremetió con una idea que sabía le generaba escozor, y, en consecuencia, lo hacía reaccionar.

—¿Te digo algo? Ya que vamos a practicar el mapudungun, sería bueno que te presentaras con el apellido de tu padre.

—¿Cómo se le ocurre? Los blancos ni lo pueden pronunciar, y los araucanos se espantan apenas lo escuchan.

—Pero es tu nombre, es quien eres hijo mío.

—Todo el mundo en esta isla se pone el nombre que quiere. El papá del Esteban, por ejemplo, su apellido era "Gil" en España y aquí se puso el nombre del pueblo del que venía, Salamanca...

—Con razón es tan gil el hijo de ese fulano ja ja ja ¿Y tú quieres ser igual a ellos? Entonces te olvidarías de quien eres. ¿Dónde quedaría el Lucas que conocí? Copiando a los demás nunca vas a sobresalir.

—No quiero sobresalir, solo quiero encajar en algún lado, padre...

El joven clavó la mirada en el piso, y el religioso se le acercó. Puso su mano derecha tras su nunca y lo hizo levantar la cabeza, para luego darle un abrazo. Fue breve, Lucas ni se inmutó.

—Mi pequeño Lucas, tú eres especial. Y eso no es algo malo, todo lo contrario. Lo supe apenas llegaste a mis brazos. Eres el joven más valiente y noble que he conocido, y harás grandes cosas, yo sé que sí. Nunca dejes que los demás te digan quién eres.

Como siempre guardó silencio. Lucas nunca sabía qué contestar a las palabras de aliento del cura, las cuales a estas alturas le generaban más que nada aburrimiento por lo reiterativas que eran ¿por qué un pobre diablo como él iba a ser especial? Lo único que compartía del pensamiento de Marraquete es que él no era el primer mestizo, y tampoco iba a ser el último. Se sabía uno más del montón, y lo único que quería era que lo trataran como uno más del montón.

—…Pan batido —dijo al cabo de un rato.

—¿Qué dices?

—Estaba pensando en el nombre que le vamos a poner a su invento.

—¿Y por qué batido? —preguntó el jesuita, contento de haber devuelto la tranquilidad a su protegido.

Ya arriba del barco, descendieron con su baúl a los camarotes. En total, era una tripulación de cuarenta hombres la que se había embarcado en Castro. Salvo por el padre y el joven Lucas, Monroy dio órdenes precisas de no embarcar a nadie que no fuera uniformado de profesión en la expedición. Así y todo, no faltaron los capitanes de milicias que se presentaron en el puerto. De los tres que llegaron, el más porfiado resultó ser el "barón" José María Pantoja. De estatura más bien baja, rostro y cuerpo redondeado, y mejillas rojizas, el "cote" Pantoja, como lo apodaba la mayoría, hizo guardia en el puerto hasta que llegó el maestre, por más que los soldados le insistieron que se fuera.

—¡Don Tristán! —lo interceptó el criollo, apenas el español atravesó el muelle.

—Le dije a su real majestad que se fuera, señor, pero no hubo caso —se excusó el soldado que custodiaba la entrada al barco.

—Descuide, Gutiérrez. ¿Se puede saber qué quiere ahora, Pantoja?

El hombre cargaba una roñosa maleta verde bajo el brazo izquierdo y una botella a medio beber en el otro. Bajó el equipaje y depositó la botella sobre éste. Ansioso, se dirigió con sus saltones ojos al militar. Parecía que le iba a dar otro de sus ataques de asma, pero logró controlar su respiración.

—Barón Pantoja, don Tristán.

El español no lo contradijo, y se armó de paciencia para escucharlo.

—Supe que se embarcan a Valdivia. Tiene que dejarme ir con usted. Mi padre, el Barón de Osorno, tenía mercedes de tierra en esa ciudad. El virrey del Perú le concedió su título en recompensa por...

—Lo sé, lo sé, sus servicios prestados en la guerra de Arauco.

—Ni mi padre ni yo hemos vuelto a pisar esas tierras, desde hace cuarenta años. ¡Es mi deber como miembro de la nobleza real ver en qué están los dominios que el rey le confió a mi familia!

—Puede estar seguro que esas tierras siguen exactamente igual a cómo las dejó. Completamente vacías...

—Le estoy hablando en serio. Desde que tengo memoria que espero esta oportunidad, quiero volver a ver las tierras donde crecí.

—Osorno está un poco lejos de Valdivia —le aclaró sarcásticamente el maestre de campo.

—¡Pero mi padre también tenía tierras ahí!

Monroy desvió momentáneamente la mirada a Gutiérrez. Sin inmutarse, evaluó sus posibilidades. Suponiendo que estuviera sobrio, los argumentos y ganas de debatir de Pantoja abundarían. Y de no ser ese el caso, su porfía lo compensaría. Más por compasión que por persuasión, terminó por exclamar "suba", a lo que el pequeño criollo agradeció besándole la mano, y prometiéndole que lo compensaría dejándolo construir una casa de campo en sus tierras. Una vez que las inspeccionara, claro.

—Estos osorninos… —meditó en voz alta Monroy una vez que el hombrecillo subió con su equipaje al barco.

—De todos los que he conocido, este es lejos el más latoso, don Tristán —le confió Gutiérrez.

—Más respeto, soldado. Que viajaremos con un barón a bordo.

II

Tras unos minutos navegando, el barco empezó a agarrar vuelo, y las náuseas en Lucas no tardaron en aflorar. Era su primera vez en un barco. El padre le sugirió que subieran a la cubierta, y descargara su revuelto estómago por la borda. Poco a poco el joven dejó caer hilos de saliva, luego el bolo de las papas que había desayunado. Tras darle un par de palmadas cariñosas en la espalda, el jesuita dejó a Lucas en la proa, mientras éste se paseaba por la cubierta del barco. Casi no había gente en la superficie, solo un par de marinos ajustando los nudos de las velas. Ya casi no llovía, y se quitó la capucha, al tiempo que distinguió a Monroy acercársele.

—¿Dijo algo nuevo el italiano, padre?

—Sí, por lo visto el corazón de las pampas está habitado por hombres con rabo —contestó serio el cura, mirando hacia la proa.

—Je je, parece que es verdad que estos indios son unos animales.

—Ojalá los encontremos en Valdivia. Sería interesante comerciar con ellos.

—¿Comerciar? ¿usted cree que voy a comprarle chucherías a los indios? ¡No, padre! Esta es una expedición de conquista.

—¿Cómo? Espero que sea una broma. Recién el año pasado firmamos la paz con los nativos. Hacer esto sería una provocación.

—Es la idea, ¿será divertido?, ¿verdad? —contestó el español, apoyado en el borde del barco, mirando ansioso y sonriente hacia el mar del norte.

—Divertido no es la palabra que yo usaría —le reprochó el cura.

—¿Cómo no va a ser divertido el honor? De eso se trata la guerra, padre. Honor y gloria. Usted es un hombre de Dios, no creo que lo entienda.

—Estoy pensando que en Santiago el gobernador del reino se enfurecerá en cuanto sepa de su empresa, ¡esto puede costarle el cargo! Sin mencionar la reacción del país araucano. Toda la indiada se nos puede volcar en contra.

—Por favor, no me haga reír. ¡He repelido los ataques de corsarios holandeses durante años! me he enfrentado a estos putos protestantes desde que era joven en Europa, y lo he vuelto a hacer aquí en el fin del mundo. Ningún corsario ha pisado Chiloé bajo mi administración. Menos un indio insurrecto. Venga conmigo.

El español lo llevó hasta una mesa con un par de botellas y una brújula encima. Monroy hizo espacio y sacó un mapa enrollado de sus ropas. Lo estiró sobre la mesa, y apoyó una botella y la brújula en bordes opuestos para mantenerlo estirado. Ambos se inclinaron sobre el mapa, el cual mostraba la isla grande de Chiloé y sus alrededores.

—Para muchos, la guerra terminó con Quilín. No para mí. No me resigno a la idea de que estos indios en taparrabos hayan derrotado al imperio donde nunca se pone el sol. Quizás en Santiago se hayan olvidado de estas tierras, pero yo no. Pretendo construir mi propio imperio aquí en el fin del mundo, padre. Chiloé se expandirá, primero recuperaremos Valdivia; y despés conquistaremos la Patagonia —a medida que hablaba, su dedo acompañaba cada uno de los puntos mencionados en el mapa—. Las misiones de su orden ya nos han arado el camino en ese frente, gracias a eso formaremos alianzas con los pehuenches y los indios que habitan más allá de la cordillera. Con su ayuda instalaremos un fuerte en el lago Nahuel Huapi, y después llegaremos hasta el océano Atlántico, donde pretendo construir un puerto. Allí podremos comerciar directamente con la metrópoli. Mientras que, por tierra, tendremos comunicación directa con el valle central.

Monroy se irguió y escrutó el rostro de su interlocutor, el cual se mostraba claramente poco convencido.

—En Santiago ni se enterarán. Hace tiempo que nos tienen botados. Los ataques de los ingleses y holandeses los resistimos nosotros solos. Ni hablar de los indios, y la fuerza de la naturaleza, contra la cual luchamos día a día. Ya estamos listos, padre. Podemos hacer más. Tenemos las armas, tenemos los barcos, y tenemos miles de brazos y piernas disponibles en nuestra isla.

—¡Es una locura!

—Deus vult. ¡Dios lo quiere así! Es la única forma que tenemos de evangelizar a los indios.

—Está completamente equivocado. Usted habla como si no hubiese nada en las tierras que me señaló. Hasta donde sabemos, los araucanos están organizados, y muy bien organizados. ¡Acaso quiere repetir Curalaba!

—Eso no pasará. Si tenemos éxito, podremos comprar muchas más armas, y barcos también.

—¿A qué se refiere?

—Creo que el hermano Nicolás no estaba tan equivocado con el oro. Sospecho que los indios aún nos esconden en distintos puntos el preciado metal… se sabe que el principal destino del oro producido en Villarrica era Valdivia. Desde allí lo embarcaban al Perú. He escuchado rumores, padre. Los hombres que abandonaron esa ciudad, huyeron de los araucanos con lo puesto. Dejaron todo el oro atrás —dicho esto, Monroy comenzó a enrollar el mapa—. Confío en que nos irá bien en este primer viaje.

—…Yo también he escuchado rumores —agregó el párroco tras una pausa—. Rumores de que algo demoniaco habita en las tierras de los nativos. Que el diablo en persona mantiene al margen de estas tierras a los cristianos.

—Mayor razón para que usted nos acompañe.

Después de hacer la parada obligada en Ancud, donde quince hombres más se sumaron a la expedición, además de armas y municiones, emprendieron las cuarenta leguas hacia el norte hasta las ruinas de Santa María la Blanca de Valdivia.

El inconmensurable océano los recibió bajo un grisáceo techo de gruesos nubarrones. No obstante, tan repentinamente como se inició, la lluvia cesó, y de a poco el cielo empezó a despejarse. Lo suficiente para inundar las bóvedas australes con el resplandor rojizo del ocaso. Los últimos rayos de luz bañaron la costa chilena, deleitando con arcoíris y distintas tonalidades de amarillos y verdes a las imponentes araucarias que irrumpían por sobre la selva valdiviana.

Con este espectáculo de fondo, la tripulación subió y se instaló con sillas y botellas de ron. Una vez que los marinos encendieron una fogata, el soldado Gutiérrez amenizó la jornada tocando una guitarra. Lucas se puso a jugar a las cartas con uno de los marinos, y el padre Marraquete se entretuvo con un astrolabio y un catalejo que le prestó el capitán; mientras Pantoja, instalado bien cerca de la fogata, narraba a quien quisiera escucharlo los más grandes episodios de la conquista del reino. Desde la pasión de Pedro de Valdivia a manos de Lautaro, cuyo cráneo y espada se decía que aún estaban en manos de los indios como trofeos de guerra;

pasando por el desastre de Curalaba en 1598 y, por supuesto, su propia historia familiar.

—Verán, nosotros, "los de Osorno", como nos llaman, somos una raza especial de exiliados —Pantoja tomó su botella y refrescó su garganta con un largo sorbo—. En su momento, Osorno fue una ciudad más próspera que Santiago. Los palacios abundaban y hasta el español más piojento tenía su propia encomienda con indios a su servicio.

—Tu padre, por ejemplo, que criaba cerdos en España —dijo Gutiérrez, mientras afinaba la guitarra, desatando algunas risas.

—¡Qué tiene, Pizarro partió igual antes de conquistar el Perú! —se defendió el narrador—. Sea como sea, aquí en las Américas mi padre no volvió a criar cerdos...

—Crio uno solo, y le puso José María —interrumpió Gutiérrez, y hasta el padre Marraquete, que escuchaba desde lejos, apoyado en el estribor y con la mirada puesta en el cielo, se sumó a las carcajadas.

—Ja ja, que gracioso, hombre. No, aquí mi padre fue un fiero guerrero. Derrotó él solo a un ejército entero de araucanos. Sobrevivió los mayores tormentos de la naturaleza para levantar la gran ciudad de Osorno. El virrey premió a mi padre con un escudo de armas y un título nobiliario, el barón de Osorno. Tenía su propia encomienda, con docenas de indios a su servicio. Lo recuerdo muy bien, yo era un niño, tendría como ocho años, pero recuerdo como si fuera ayer el palacio de mi padre. Con todo el lujo, la nobleza, el oro que corría a caudales... —contaba Pantoja, con una nutrida gestualidad—. Todo lo cual se perdió con el levantamiento de los indios. Villarrica, La Imperial, Osorno, Valdivia... — tras una melodramática pausa, el "barón" retomó apesadumbrado— todas esas grandes ciudades fueron destruidas por estos indios del demonio. Fue el fin de la época de oro de la conquista. Y los sobrevivientes, la mayoría osorninos, muchos de ellos condes, marqueses y barones como yo, nos refugiamos en nuestro querido Chiloé. Los rumores dicen que de Villarrica casi no hubo sobrevivientes porque allí nuestros compatriotas españoles debieron recurrir al canibalismo. Que, tras un sitio de dos años, completamente aislados y hambrientos, terminaron comiéndose entre sí. Lo cual, déjenme decirles, es absolutamente falso…

—Toda la razón, el único cristiano que se comió a todo ese pueblo fue Pantoja —interrumpió Gutiérrez, sobándole la barriga al barón.

Otra vez las risas fueron generalizadas. Lucas no prestó atención, estaba ensimismado en su juego. Su contrincante era un marino tuerto y de pocos dientes de apellido Gómez. Mientras éste estaba sentado en el piso con las piernas cruzadas, Lucas se encontraba acostado boca abajo. El marino repartió rápidamente y depositó las cuatro cartas sobre la mesa. Raudamente, el adolescente hizo el cálculo mental, y con alegría, separó una carta del trío que tenía en la mano, y se dispuso a tomar las de la mesa.

—¡Escoba! —exclamó.

—No cantes victoria —señaló Gómez.

Bajó sus tres naipes, sumaban quince también.

—Real en mano.

—¡Hizo trampa! ¡Esa carta ya había pasado!

—Mocoso envidioso, no mientas.

—¡El siete de copas lo tenía yo, ladrón, me lo robaste!

—Es falso, no sabes perder…

—¿Qué es esto? —Lucas metió su mano bajo la manga derecha del marino, éste se resistió y forcejearon un breve instante, que terminó con Lucas sacando una carta de la ropa de Gómez— ¡Hizo trampa!

—¡Eso lo pusiste tú ahí!

Mientras los jugadores discutían, en torno a la fogata, Gutiérrez tomó la palabra.

—Hay solo una cosa que no entiendo, maestre de campo. ¿Por qué alguien como usted, un hidalgo de la nobleza, de auténtica nobleza —dijo desviando la mirada a Pantoja, quien le contestó levantándole el dedo medio de la mano derecha—, castellano puro y cien por cierto español, abandonaría la comodidad de su castillo en España para venir aquí al culo del mundo a morirse de frío y pasar penurias?

Monroy se acomodó en la caja sobre la que estaba sentado y meditó bien sus palabras antes de contestar.

—Porque como bien dices, Gutiérrez, comodidad es sinónimo de aburrimiento. En el Viejo Mundo, tuve la oportunidad de probar la hidalguía que heredé de mis antepasados luchando contra los protestantes en los Países Bajos. Allá lo tenía todo, fortuna, honor… pero quería más. Quería un desafío, una auténtica aventura. Apenas vi los mapas que había del Nuevo Mundo y me di cuenta del enorme continente que la Madre España había conquistado, entendí que podía ser de mucha más utilidad a Dios y al rey aquí, donde nadie quiere venir, que administrando el feudo de mi familia.

—Es verdad, nadie quiere venir a estas tierras, mucho menos los nobles —acotó Pantoja—. Ya de antes del desastre, lo único que le mandaba la Corona a Valdivia eran puros presidiarios…

—Entre ellos cierto barón cuyo nombre no voy a mencionar —bromeó Gutiérrez entre risas.

—¡Basta plebeyo! Me envidias porque no tienes un título como yo —dijo Pantoja, pero nadie lo tomó en serio—. ¡Ni aunque trabajaras toda la vida te alcanzaría para comprar un título!

—La nobleza no se compra, Pantoja. Tampoco se hereda —explicó don Tristán, y los demás guardaron silencio—. No basta con ser hijo de. Hay que probar en el campo de batalla si se es digno de tal distinción. Solo para aquellos que tengan la fuerza, la lealtad, el coraje, y la bondad para sacrificarse por los otros. Si lo tienes, vuelves con honor a tus dominios. Si no, vuelve tu cuerpo bañado en la gloria. Y si es que vuelves.

La cubierta quedó en silencio. Dos o tres ángeles pasaron en el intertanto en que los expedicionarios meditaron sobre el significado del honor. Quietud que solo irrumpió una pelea dada a babor de la nave.

—¡Basta, me cansé de jugar con mocosos que no saben perder! —sentenció Gómez.

—¡Usted es el que no sabe perder! Jugar con usted no es divertido —lo acusó Lucas.

—¡Muchachos, miren! —llamó el cura desde el apartado punto en que se encontraba.

Varios marineros, incluido el capitán Polanco, que dejó el timón a cargo de un grumete, se asomaron al estribor a contemplar un extraño fenómeno. Los últimos rayos de sol iluminaban una pradera de bosque quemado que interrumpía las verdes marañas de selva valdiviana. Docenas de troncos, rotos, quemados y derribados se distinguían en la cima de la quebrada que separaba al bosque del océano.

—Qué extraño…

—Quizás fueron los indios —conjeturó Monroy.

—Imposible, por ningún motivo quemarían su propio bosque —razonó el cura—. Españoles no creo, somos los únicos europeos que hay en esta parte del continente.

—Tal vez fueron los piratas —aventuró Lucas, igual de desconcertado que el resto del grupo.

—O quizás fue un rayo, anoche hubo truenos… sea lo que sea soltaremos el ancla aquí. Mañana continuaremos hasta Valdivia —anunció el capitán.

Todos se retiraron, y Lucas estuvo a punto de seguirlos, pero una visión lo hizo retomar su concentración en la costa. Enfocó bien la vista y distinguió una figura femenina parada en la playa bajo el risco. Miraba fijamente al barco, tenía el cabello rubio y ondulado y usaba un vestido blanco, igual al que vio en el bosque el día anterior. Miró a su alrededor, los demás ya se había ido, pero divisó un catalejo sobre la mesa en la cual Monroy le enseñó su mapa al cura. Lucas agarró el instrumento y enfocó hacia la costa, pero ya no había nada. Un confuso escalofrío le subió por la columna a medida que bajaba el catalejo, al igual que la sospecha de que había visto a esa mujer antes en alguna parte.

Finalmente retornó a su camarote. El horizonte se tornó púrpura oscuro hasta finalmente apagarse, y el cielo se repletó nuevamente de nubes. Fue una noche fría, y los supersticiosos marineros durmieron todos con un mal presentimiento, incluido Lucas. La imagen que vio en la playa lo acompañó toda la noche.

A la mañana siguiente, entraron a la bahía de Corral. El barco se movió por una espesa niebla a la altura de la localidad del mismo nombre, donde debían estar las ruinas del castillo Niebla. Navegando prácticamente a ciegas, el San Jorge se introdujo por el río Valdivia en el continente, hasta dar con la intersección de los ríos Calle Calle, Cruces y Valdivia, donde vislumbraron a lo lejos las ruinas de la malograda ciudad.

En el primer bote de reconocimiento, viajó Monroy, junto al padre y Lucas, seis de sus mejores soldados, y tras mucho insistir, el barón Pantoja. Luego de unos minutos remando, encallaron en la playa valdiviana. El maestre de Campo saltó a la arena apretando la empuñadura de su espada con la mano derecha. Tras él, bajaron dos soldados cargando el estandarte con el escudo del imperio español y la bandera con la cruz de San Andrés.

La expedición avanzó por la playa en fila india, hasta llegar a la maleza y arbustos que actuaban como frontera natural entre la arena y la tierra. El piso se empinaba rápidamente, por lo que Pantoja y el jesuita necesitaron de ayuda para escalarlo. Ya en tierra firme, reconocieron desde la altura un montón de maderas y troncos dispersos en la arena, ruinas de un muelle. De éste nacía un camino de tierra que los condujo hasta un caserío de casas de adobe quemadas y derrumbadas. Las ruinas ya estaban dominadas por el musgo y el avance de la naturaleza, y pocas casas (todas de un solo piso) mantenían los techos en su lugar. Lucas se apoyó sobre una de las paredes en pie, y para su sorpresa, la atravesó como si fuera papel, detonando algunas grietas y crujidos. Monroy condujo a su equipo hasta la plaza de armas. El pasto ya lo cubría todo y arbustos tapaban lo que en algún minuto fue un pozo de agua. Escarbando rápidamente con los pies, descubrió entre el pasto algunas boleadoras y hasta un hacha de piedra.

El maestre de campo hizo un gesto a sus hombres, quienes instalaron el estandarte clavándolo al piso. Posteriormente, se arrodilló y comenzó a rezar un padre nuestro. El resto del grupo lo imitó. Tras recitar "por Jesucristo nuestro señor, Amén", Monroy se incorporó de un salto, desenvainó su espada, y gritó a todo pulmón:

—¡Viva el rey Felipe el Grande! —a lo que sus seis soldados contestaron "¡viva!"— ¡Viva España! —ahora Lucas y el padre se sumaron al vítor— ¡Viva nuestro señor Jesucristo!

"¡Viva!", gritó todo el grupo. Eran los primeros españoles en pisar ese pueblo fantasma en casi medio siglo, y Monroy anunció que el padre Marraquete oficiaría una misa en la plaza donde se encontraban apenas desembarcara toda la tripulación.

—¡Don Tristán! —llamó el soldado Gutiérrez, el cual se encontraba en cuclillas a un costado de la plaza.

El resto del grupo se encontraba conversando junto al estandarte, respirando aire puro y degustando la imagen visual que ofrecía el paisaje que rodeaba a las ruinas. El castellano llegó al lugar que le indicaba el soldado. Había descubierto lo que parecía ser la huella de un animal grabado en el barro, pero del tamaño de una mesa para seis personas.

—¿Alguna idea de qué es esto? —interrogó, con el entrecejo tan fruncido como su superior.

—Ni idea, no puede ser real…

La huella era similar a la pata de un pájaro. Tenía tres alargados dedos, y un cuarto cuyo tamaño no alcanzaba a ser la tercera parte del dedo más largo. Cada uno estaba rematado en una filuda garra.

—Debe ser algo que hicieron los huilliches. Algún jeroglífico sagrado de sus ancestros o qué se yo —aventuró Monroy.

—Hay más, y llegan hasta el bosque —el soldado le indicó el camino de huellas, ya más difusas, que se distinguían en el pasto. Terminaban en lo que solía ser una hectárea de selva valdiviana, ahora completamente carbonizada, como la que vieron la tarde anterior.

Un mal presentimiento puso en alerta los sentidos del castellano, quien ordenó al soldado en cuclillas ponerse de pie, y anunció al grupo que se preparara para partir. El maestre de Campo los hizo marchar hacia el sur, de nuevo en fila india. Marraquete y Lucas eran los últimos, y el joven aprovechó de dirigirse al religioso, había un asunto importante que le daba vueltas en la cabeza desde la tarde anterior.

—Padre, debo contarle algo —comenzó Lucas—. Anoche soñé con una mujer.

—Oh, bueno, hijo, verás, yo no soy experto en esos temas, pero es normal que los niños a tu edad empiecen a sentirse atraídos por las mujeres. En especial por ciertas partes de su cuerpo…

—¡No me refiero a ese tipo de sueños! Soñé con una mujer que… que estoy seguro que he visto en alguna parte. Y no es la primera vez. Dirá que estoy loco, pero creo que es como un fantasma que me anda siguiendo.

—¿Cómo era ella?

—Pues… era rubia, y tenía el cabello largo y ondulado.

El padre estuvo a punto de decir algo, cuando los interrumpió Monroy con una orden de detenerse. El hidalgo extrajo un catalejo de sus ropas y auscultó un montículo cercano a la costa. Desde donde estaban era posible apreciar un viejo torreón. Una vez que confirmó que no había enemigos en los alrededores, el grupo avanzó.

—¿Saben a qué me recuerda esto? —comentó hacia atrás el líder del grupo— a la conquista de Granada. Mi antepasado, el capitán Osvaldo de Monroy y Suárez, conquistó con sus tropas un palacio de los moros, en ese entonces reconvertido como fuerte, poco antes de que Colón viajara a América en 1492. Fue allí cuando el rey compensó a mi familia con un feudo y el título de Hidalgo. Esto es lo mismo, tierras españolas que cayeron en manos de los bárbaros… y que ahora recuperamos.

Ya en los pies de la estructura, pudieron distinguir la enmohecida pared de piedra rodeada de arbustos. Pero a pesar de los más de cuarenta años de abandono, el torreón seguía en pie, y en aparente buen estado. La puerta era de madera y, contra todo pronóstico, seguía firmemente cerrada, y Monroy debió romper el cerrojo con su espada. Al abrirla, una bocanada de humedad y madera podrida los embistió. Dentro del oscuro torreón, había una escalera de caracol, aún en pie, pero bastante desgastada. Solo Monroy y uno de sus soldados subieron, éste último cargando la bandera blanca con la cruz roja.

El último piso por fortuna seguía firme, y aún albergaba el viejo cañón, el cual apuntaba fuera de la ventana, a la bahía valdiviana.

—Está en buen estado —apreció Monroy, palpando la rugosa superficie del cañón—. Con esto mismo defenderemos la nueva ciudad. Soldado, suba al techo e instale la bandera.

—A la orden, don Tristán.

Desde la base del torreón, donde esperaba el resto de la expedición, Lucas observó la erección de la bandera del imperio. Pantoja, por su parte, las praderas valdivianas con las manos en su cintura en forma de tasa, y con un aire de latifundista.

—Todas estas tierras son mías, saben. Mi padre siempre me habló de las hectáreas que tenía junto al torreón principal de Valdivia…

Mientras el padre Marraquete fingía que lo escuchaba, los demás soldados ni lo miraban. Lucas, por su parte, rodeó parsimoniosamente el viejo torreón. Cuando distinguió una lagartija entre las ramas que brotaban a sus pies, comenzó una de sus clásicas cacerías. Al primer intento ya tenía la cola del animal entre sus dedos, pero se escabulló rápidamente. Lo siguió hasta el punto opuesto a la puerta, y se acercó sigilosamente, pero el reptil nuevamente arrancó, esta vez fuera de torreón. Lo perdió por unos instantes, hasta que lo distinguió nuevamente en el pasto. Claro que apenas movió un pie Lucas, el animal volvió arrancar en dirección al bosque, a cerca de treinta metros del torreón. Lucas lo siguió raudamente, con la mirada clavada en el piso, y se detenía junto con la lagartija. Una persona normal hubiese perdido a la verdosa criatura, pero el mestizo tenía ojos de lince. Avanzaba y paraba; avanzaba y paraba, dejándose guiar por el pequeño reptil. Por poco lo sigue hasta el bosque, pero se detuvo cuando, intempestivamente, se encontró con que la lagartija atravesó dos pies descalzados, sobre los que colgaba un vestido blanco.

El adolescente se irguió. Delante de él estaba la mujer rubia de la playa, quien lo observaba con aire cansado, pero al mismo tiempo de cariño.

—¿Quién es us…? —balbuceó Lucas, pero el espectro lo interrumpió.

—Tienes que irte.

—¿Por qué?

—Corren un grave peligro aquí, tienes que irte, ahora.

La mujer tenía una palidez casi fantasmal, y una suerte de aura invisible, inefable, la rodeaba. Sobre su cabellera rubia usaba una corona de laurel, y sus ojos eran de un tono verde bastante particular. Un color que Lucas había visto en el espejo todos los días de su vida.

—… ¿Mamá?

La mujer dio media vuelta y se internó en el bosque.

—¡Hey, espere! ¡espere! —Lucas la siguió, pero una rama lo hizo tropezar apenas entró al bosque. Cuando levantó la mirada, el espectro había desaparecido.

Frustrado y confundido, el joven partió en dos de una patada la primera rama que encontró. Inmediatamente después, sintió que alguien lo agarraba de la pantorrilla izquierda. Miró abajo, y hacia atrás, pero no había nadie. Luego el cosquilleo subió por su muslo. Aterrado, y sin tener idea de qué era, el urgido Lucas metió la mano dentro de su pantalón, pero ahora lo que sea que caminaba sobre su piel había alcanzado su estómago, y subía por su pecho. Metió la otra mano bajo el pliegue del cuello, y agarró la zona del cosquilleo. Cuatro patas verdes, pegajosas y húmedas se revolvían en su puño cuando extrajo la mano de sus ropas.

¡Qué estúpido era! ¿cómo podía asustarlo un animalito como ese? Pensó al tener a la lagartija en sus manos. Y es que, en muy pocos segundos, su corazón había vuelto a latir como el día en que huía de Esteban y sus matones. Respiró, y secó el sudor de su frente con la mano libre. ¿Habrá sido un sueño? ¿me estaré volviendo loco? Meditó mientras la lagartija luchaba por liberarse de sus dedos.

Cuando estaba a punto de cumplir su intención original y cercenarle la cola (que se moviera después de amputada era obra del demonio, le había advertido los jesuitas), un repentino temblor lo sacó de sus cavilaciones. Le siguió otro, y el crujir de unos árboles. Después otro, y un árbol cayó derrumbado dentro del bosque. Luego otro, sin lugar a duda eran pisadas. Sus dedos se aflojaron, y la lagartija corrió asustada por su antebrazo hasta volver a esconderse en la camisa de Lucas. Esta vez no prestó atención al reptil. El joven mestizo se quedó paralizado delante del bosque, retrocedió unos pasos a medida que se asomaba una extraordinaria criatura.

Su enorme cuerpo abría camino entre el espeso follaje valdiviano. Y al mismo tiempo se camuflaba a la perfección. Cuando Lucas lo tuvo en frente suyo, lo primero que pensó fue en una lagartija, pero mucho más grande. Una lagartija cuya cabeza se elevaba por sobre los siete metros de alto, y que su cuerpo, sin contar la cola, debía sumar otros quince metros de largo. Verde oscuro, y escamoso como un cocodrilo, su cabeza de reptil era rematada por dos enormes y oscuras fosas nasales, y sus ojos eran amarillos e inyectados en sangre.

La monstruosa cabeza miró fijamente al petrificado Lucas, quien podía escuchar atentamente la respiración y ronroneo de la bestia. A menos de un metro de unos ojos llenos de ira y destrucción, Lucas solo atinó a retroceder, lentamente, paso a paso. Pero el monstruo abrió sus fauces y pegó un descomunal alarido. Su boca estaba dominada por cuatro filas, dos a cada lado, de largos y amarillentos colmillos. De ésta saltaron dos hilos de saliva y expidió un fuerte hedor a bilis y huevos podridos, mientras que las aves que habitaban el bosque huyeron despavoridas. Allí Lucas se percató que el ser tenía alas, las cuales abrió como un pavo real con su aullido, y el hijo de Triakunwenumapu corrió como desesperado hacia el torreón. Para su fortuna, el monstruo no lo siguió, sino que levantó vuelo.

Monroy, por su parte, bajó a reunirse con el resto de sus hombres a los pies de la estructura.

—El piso está firme, pero la escalera habrá que reforzarla —explicaba el castellano—. Una vez que terminemos las reparaciones, mantendremos a dos hombres aquí haciendo guardia. Como ustedes saben, hay un fuerte en Niebla y un castillo en la Isla Mancera. El plan original de la Corona contemplaba un sistema de fuertes mucho más completo, pero todo eso quedó truncado con el desastre de Curalaba. Nosotros retomaremos ese plan, y convertiremos a Valdivia en la fortaleza inexpugnable con la que soñó el rey.

—¡Corran! —gritó Lucas apenas llegó y cruzó la puerta del torreón.

—¿Qué pasa, González? —preguntó calmadamente Monroy.

Un bestial alarido los hizo estirar el cuello y contemplar en el cielo un enorme e inconcebible pájaro, volando a contraluz. El ser viró y se plantó con las patas firmemente aferradas a la piedra en la cima del torreón, tras la bandera, la cual quedó a la altura de su vientre. Allí, los aterrados expedicionarios pudieron apreciar en mayor detalle, ahora iluminado por el sol, al extraordinario monstruo, el cual abrió nuevamente su hocico, disparando un poderoso chorro de fuego.

Sin alcanzar siquiera a gritar, el grupo se dispersó. Solo Monroy alcanzó a llegar al torreón. Una pared de fuego cubrió la entrada y uno de los soldados terminó envuelto en llamas y rodando desesperado en el pasto.

"¡Castigo divino!" gritó el francés mientras se ocultaba con Gutiérrez tras un grueso roble rodeado de arbustos. Desde su escondite observaron parapetados al monstruo perseguir a cada uno de los soldados y engullirlos en una dantesca escena con su trituradora mandíbula. Paralelamente, Monroy subió corriendo la escalera de caracol hasta el último piso del torreón, rompiendo más de un peldaño en el trayecto. Pensó rápido, y sacó su ballesta. Con el arma apuntó por la ventana al monstruo, de cuya boca se veía sobresalir la cabeza y los brazos de un cristiano golpeando desesperadamente a la bestia para que lo soltara. El castellano apuntó, y disparó el dardo al amarillento ojo del enorme ser. Como reacción, el monstruo abrió sus fauces y dejó caer los descuartizados restos del soldado español.

La criatura se acercó enfurecida, auscultó con el ojo inyectado en sangre por la ventana del torreón y sopló una poderosa carga de fuego. Monroy reaccionó rápido y saltó por un hoyo en el piso, cayendo cinco metros hasta la base del torreón, mientras el techo se deshacía en una lluvia de tablas y fuego que bajaba rápidamente. Lucas, que estaba oculto bajo los primeros escalones, se incorporó rápidamente y ayudó al castellano a levantarse. Sintiendo el calor abrazador a pocos centímetros de su erizada piel, el militar y el mestizo cruzaron el umbral del torreón convertido en chimenea. La bestia ahora había centrado su atención al oriente de la estructura.

En esa dirección había huido Pantoja, quien todavía corría, jadeando y cojeando del calambre que le dio, tratando de llegar al bosque, cuando el monstruo alado se cernió sobre él y lo agarró con fuerza con sus garras. "¡Socorro!", lo escucharon gritar mientras el monstruo lo elevaba por el cielo austral. Marraquete y Gutiérrez salieron de su escondite, y Monroy y Lucas se acercaron al borde de la quebrada a observar la fantástica escena: el obeso criollo pataleando y gritando "¡ayuda!" mientras la gigantesca criatura lo abducía, cual halcón que caza una rata, alejándose cada vez más del torreón, como una gaviota más de la costa, con dirección hacia el mar.

III

Rodeado de grumetes, el soldado hablaba sin parar sobre su inverosímil aventura. Ante la incredulidad, y la falta de palabras para describir lo que vio, Gutiérrez hizo gala de sus talentos artísticos y sacó una libreta donde dibujó al monstruo con todos sus detalles.

—¡Era una cosa aterradora! ¡un demonio salido del mismísimo infierno! De su poderoso hocico salía disparado un chorro de fuego del abismo…

Sobre-actuadamente, el militar subía y bajaba los brazos imitando al vuelo de la bestia. Monroy se acercó a disgregar el grupo, y observó que varios marinos portaban distintos dibujos de la criatura. Gutiérrez la había dibujado en distintas poses, persiguiendo a los soldados, soplando fuego, gritando de perfil, de frente, y con su cuerpo visto desde abajo.

Se hizo paso entre la multitud y llegó donde su subalterno, quien agitaba su cuaderno de dibujos. Monroy le extendió la mano para que se lo entregara y así lo hizo, pero Gutiérrez no paró de hablar:

—Pantoja corrió como niña, o mejor dicho rodó, cerro abajo con dirección al bosque, pero el monstruo fue más rápido y lo agarró del pescuezo. Lloró y sollozó como nena para que lo bajaran...

El maestre de campo echó un rápido vistazo al dibujo. Delineaba a quien parecía ser Pantoja, cuya redondez estaba bastante exagerada, agitando brazos y piernas en la boca de la criatura, al tiempo que lágrimas saltaban de sus ojos.

—Bueno ya, ustedes vuelvan a trabajar —ordenó Monroy.

—¡Ya oyeron a don Tristán, todo el mundo vuelva a sus quehaceres! —ordenó el capitán Polanco, quien llegó tras Monroy, y el grupo se disgregó.

—¿Y usted, Gutiérrez? Ni muerto dejará de molestar al desgraciado Pantoja.

—No sabemos si está muerto, don Tristán.

—¿Usted qué cree?

El castellano no agregó más y regresó como si nada a su camarote. Al darle la espalda, Gutiérrez observó un detalle del cabello de Monroy que en la mañana no tenía: ya no le llegaba hasta los hombros. Unos chamuscados centímetros quemados le habían quitado la uniformidad, recordándole que se había salvado, literalmente por los pelos, de morir calcinado en el torreón.

El barco había zarpado hacía unos minutos, y al llegar los sobrevivientes de la masacre se toparon con que varios marineros habían vislumbrado a lo lejos a la extraordinaria criatura volando sobre las ruinas de la ciudad. Los sobrevivientes, menos Gutiérrez, ahora estaban reunidos en el camarote del capitán. Todavía en shock por lo sucedido.

Monroy cerró la puerta y se dirigió a Marraquete y Lucas, ambos sentados sobre la cama de Polanco, con una frazada sobre sus hombros. El castellano tenía las manos en su cadera y, cosa rara en él, la mirada baja.

—Padre, ¿qué demonios era esa cosa?

—Usted lo ha dicho. Un demonio… —fue lo único que acertó a decir el jesuita.

—Era un dragón —agregó el adolescente.

—Un verdadero dragón —Marraquete.

Monroy se llevó la mano a la barba, jugó con sus pelos unos instantes, y luego se dirigió a una silla contigua a la cama.

—No, no, ¡imposible! Los dragones son seres ficticios, de los cuentos de hadas. De todos modos, no tiene sentido ¡qué iba a hacer un monstruo así en estas tierras!

—Y por qué no, si el rey Arturo era hijo del dragón, de ahí su nombre Arturo Pendragon —contestó Lucas—. Sigfrido y también Beowulf pelearon contra uno, y en ese libro que me regaló usted padre, Amadís de Gaula…

—Ay, por el amor de Dios, padre ¡no me diga que esa basura es lo único que lee este niño! —interrumpió Monroy.

—¿Qué quiere que haga? Lo único que leían los conquistadores que llegaron a esta comarca eran novelas de caballería. No hay mucha variedad en la biblioteca de la iglesia.

—Creo que sé cómo derrotarlo —continuó Lucas, que del miedo había pasado a un entusiasmo juvenil por poner en práctica todo lo aprendido en sus lecturas—. Sigfrido destruyó al dragón atacando al corazón con su espada…

—Mira niño, no porque salga en un libro va a ser verdad —interrumpió el castellano.

Esa última frase descolocó al joven. No le cabía en la cabeza que alguien se tomara la molestia de escribir en un libro cosas que no eran ciertas ¿acaso debía desconfiar también de lo que salía en la Biblia? Por lo menos a gusto de Lucas, las novelas de caballería eran más entretenidas que ésta última (y la única alternativa de lectura en el apartado Chiloé).

—Está bien, es un dragón... pero eso trae más preguntas que respuestas —reflexionó Monroy, sentado y con las palmas en posición de rezar —estoy pensando que eso explica el bosque quemado que vimos ayer.

—Don Tristán, estaba especulando —agregó el francés— que el pueblo que vimos estaba completamente quemado. Recordé las leyendas que escuché antes de venir aquí y... quizás no fueron los araucanos quienes destruyeron Valdivia.

—¿Dice que esa cosa ayudó a los indios a destruir las ciudades?

—Es posible. Es muy posible. En este minuto... todo puede ser.

—¡Dios Santo, padre! ¿usted es un hombre de Dios? ¿Cómo se explica esto, entonces? ¿cómo el Todopoderoso permite que exista una criatura así sobre la faz tierra?

—Quizás es un castigo de Dios... —dijo Marraquete, sin mirar a ninguna parte.

Un alboroto en la cubierta los sacó de la conversación. El trío salió del camarote, y casi toda la tribulación se dirigió a la proa. Delante del barco se erigía la Isla Mancera con su característico castillo. Pero ahora que el barco venía de vuelta, pudieron observar en la parte trasera de la fortaleza un escalofriante detalle.

Monroy caminó junto al capitán Polanco, quien observaba con su catalejo la isla. Le prestó el instrumento, y el castellano enfocó a la orilla de la pequeña isla. En ésta, se veían las cáscaras de tres amarillentos huevos rotos del tamaño de la rueda de una carreta. Detrás de estos, un oscuro y enorme orificio que conducía a una insondable caverna excavada en el montículo que dominaba la isla. Lucas observó con detención y horror lo que significaba esa escena. Hasta la lagartija, que todavía cargaba, comenzó a darse vueltas en su bolsillo.

—¡Ahí está otra vez! —gritó un marinero.

Todo el mundo viró a estribor, y se alcanzó a distinguir el lomo de un ser acuático oscuro que se hundía rápidamente. No era un pez, tampoco un tiburón. El escamoso lomo era sin lugar a dudas de un reptil.

—¡Hombres, preparen sus arcabuces! —ordenó Monroy.

Un estremecedor alarido se escuchó brotar de las entrañas de la caverna a medida que el barco se acercaba a la isla. Doce soldados de Monroy apuntaron sus armas hacia la entrada, sin saber qué esperar.

Pasados unos tensos momentos, el suspenso se acabó con una explosión de agua a babor del barco. Todo el mundo volteó: del fondo del río había surgido un dragón negro, de cerca de cuatro metros de largo.

—¡Apunten a la criatura! —vociferó Monroy.

—No se parece a tus dibujos —observó un soldado parado junto a Gutiérrez, mientras cargaban sus arcabuces.

—Es porque no es el mismo —contestó Gutiérrez.

El ser se elevó vertiginosamente, y luego descendió a la misma velocidad como un bólido, directo hacia el barco. "¡Fuego!", gritó Monroy, y los soldados dispararon sus armas. Ninguna bala dio en el blanco, y el dragón viró a pocos metros de la embarcación. Los hombres recargaron las armas, pero antes de que terminaran de limpiar el cañón, el dragón ya estaba de vuelta, y vomitó fuego sobre la cubierta. En medio del caos, el joven Lucas atravesó temerariamente la superficie ardiendo y descendió a los camarotes. "¡Lucas!" gritó el jesuita, pero en vez de seguirlo agarró una cubeta de agua y la arrojó al fuego.

Polanco dirigió a cinco de sus hombres mientras reunían y arrojaban cubetas de agua, luego se encaminó al timón, y viró el barco hacia la costa. El dragón volvió a atacar, esta vez rozó con sus patas la cubierta, y atrapó a uno de los marinos que intentaba apagar el incendio. Entre gritos se lo llevó volando, pero apenas despegó, una bala disparada por Gutiérrez atravesó una de sus oscuras alas. Como consecuencia, el ser pegó un chillido y soltó al grumete, quien cayó al mar.

Del interior del barco resurgió el joven mestizo, ahora con un arco y una flecha. Cuando se dirigía al piso superior del barco, el cura lo detuvo tomándolo de la muñeca derecha.

—¿Qué crees que estás haciendo?

—Confíe en mí, yo sé lo que hago.

—¡Esto no es una de tus novelas!

—¿Tiene una mejor idea, padre? —observó, y se soltó del cura sin esperar su respuesta.

Lucas se ubicó junto al timón, donde estaba el capitán luchando por encallar el barco en un lugar seguro. El dragón venía en picada, esta vez desde la nariz de la embarcación. Abrió sus fauces y dejó que el fuego cayera y abrazara todo, desde la proa, hasta bañar por completo los mástiles y las velas, para luego detenerse frente al timón.

El adolescente criollo lo observó fijamente a los ojos, y el monstruo le devolvió la mirada. Tenía los ojos verde olivo, similares a los de Lucas, y un entrecejo marcadamente iracundo. Sin ocultar el miedo en su rostro, Lucas apuntó el arco y disparó la flecha. En un larguísimo segundo, el proyectil llegó a su blanco, a mitad del pecho de la criatura. El ruido fue seco, directo. Otro largo instante en que solo las llamas abrazadoras crepitaron. El monstruo se llevó las patas delanteras a su pecho, y Lucas observó. Esperaba verlo caer, en cualquier minuto, como un ave de presa. Pero no ocurrió, tras un leve esfuerzo, se desenterró la flecha como si nada de su pecho. No hubo sangre, ni muchas muestras de dolor. Boquiabierto, Lucas bajó el arco, y el dragón les cayó en picada.

El adolecente se arrojó al piso, pero el capitán sacó su espada. En un abrir y cerrar de ojos, el dragón agarró al capitán de una de sus piernas, y se lo llevó. Lucas se reincorporó, sacó otra flecha de su mochila, y estuvo a punto de disparar, pero el capitán atacó con su espada a las patas del monstruo. Como consecuencia éste lo soltó, cayendo en el mar, muy cerca de la orilla.

Los inútiles esfuerzos por apaciguar el incendio solo continuaron unos instantes más, hasta que el buque encalló, con un golpe que sacudió a toda la tripulación, en la orilla del Calle Calle.

Los hombres se arrojaron desesperados a la pedregosa arena. Varios hombres en llamas habían saltado antes al río. Algunos lograron llegar nadando a la orilla. Aunque Monroy lideró los esfuerzos del resto de la tripulación por apagar las llamas, no pudieron salvar mucho. Una vez pasada la catástrofe, los sobrevivientes se reagruparon en la playa. Tres de los soldados quedaron tan malheridos, con la mitad de su cuerpo carbonizado, que Monroy no tuvo otra opción que degollarlos. Polanco tuvo suerte, pero se lesionó la pierna en su lucha contra el monstruo, y dos soldados, uno de ellos Gutiérrez, le improvisaron un par de muletas. El padre Marraquete y Lucas lograron salir nuevamente ilesos de la aventura, solo con el inevitable trauma que los invadía a todos.

Mientras todos cooperaban en algo, atendiendo heridos o rescatando cosas útiles del barco, el adolescente se apartó del grupo. Caminó lentamente hacia el norte, atravesando un roquerío. Esa penetrante mirada que le dirigió el dragón lo dejó pensativo. Casi con la idea de que el ataque al barco fue algo personal ¿de dónde salió esa cosa? ¿cuántas más podían haber? ¿por qué no funcionó la flecha? Claramente la solución no estaba en los libros europeos de fantasía.

Todas estas preguntas lo embargaban cuando el fatigado chilote vio en lontananza nuevamente a la criatura. Ahora daba vueltas sobre el río, de lejos pasaba fácilmente por una gaviota más. Por lo visto no los volvería a atacar, y lo siguió con la mirada hasta que volvió a sumergirse en el río. La iluminación del medio día era tan buena que la sombra de la bestia se traslucía a la superficie, y lo observó avanzar hasta la orilla oriente del Calle Calle. Cuando pensó que daría vuelta, contra todo pronóstico, el monstruo siguió de largo y su silueta se perdió.

Por un segundo Lucas pensó que el dragón chocó contra el lecho marino, pero tras observar detenidamente las calmas aguas del Calle Calle, una idea le iluminó sus pensamientos. Corrió a reencontrarse con los sobrevivientes del ataque.

—¡Hay un túnel!

—¿Qué dices? —preguntó Monroy, mientras se limpiaba una herida en su antebrazo izquierdo, con la manga arremangada.

—El dragón, viaja por debajo del agua. Lo vi esconderse en un túnel que pasa por debajo de la tierra.

Monroy y Marraquete se miraron desconcertados.

—"Dientes y fuego"... el río de por sí llega hasta la cordillera —Marraquete—. Quizás, puede tratarse del mismo monstruo que vio el padre Mascardi en Nahuel Huapi.

—Suponiendo que es el mismo, si hay huevos es porque hay más —razonó Monroy.

—Dios Santo, entonces toda la Patagonia está plagada de esas bestias... ¡esto es obra de Lucifer! ¿Qué hacemos?

El maestre de campo caminó hacia la orilla del mar, con la mano en el pomo de su espada, pensativo.

—No podemos salir por el río. Apenas nos acerquemos a la isla Mancera reaccionará la criatura. Pero viajando por tierra también somos blancos fáciles... todo esto es mi culpa. Yo y mis brillantes ideas —sentenció, con la vista perdida—. Todo por querer emular al capitán Monroy...

—¡Don Tristán!

No muy lejos se ubicaba el soldado Gutiérrez, quien le señaló la cima de la quebrada. Frunciendo el ceño, y tapando la luz del sol con su mano izquierda, el líder de la malograda expedición distinguió una columna de humo brotar entre los matorrales en la cima de la quebrada.

Sin más opciones aparentes, encaminó a sus hombres hacia la señal de civilización. La subida fue larga, debieron rodear un buen trecho antes de encontrar un terreno lo suficientemente horizontal. Una vez encaminados, el marchar en contra de la gravedad los hizo aumentar su abatimiento.

Finalmente, el descalabrado grupo llegó marchando hasta lo que parecía ser un cementerio indio. Una docena de tótems de madera, cada uno con rasgos distintos, se erigirían tres metros por sobre el suelo. El grupo avanzó entre ellos con la cabeza gacha, sin prestar atención en los detalles. Salvo Lucas y el padre Marraquete. Varias de las figuras tenían pechos y rasgos femeninos. Su sombrero era más bien triangular, mientras que la cabeza de los barones estaba rematada por una forma más pedregosa. Cada uno tenía un grueso entrecejo que cubría de oscuridad los ojos de la figura de madera, así y todo, Lucas se sintió observado por varios de ellos.

Hacia el fondo del cementerio había una ruka, y de ésta brotaba una columna de humo. Monroy se ubicó a un costado de la entrada, la cual solo tenía unas cortinas por puerta. Se apegó a la pared de madera y desenvainó su espada, hizo un gesto a sus hombres, y los soldados se pusieron en posición de combate. Contó con sus dedos desde el cuatro hasta el uno, e irrumpió con su sable en la morada araucana.

Dentro solo encontraron una hoguera, telares y frazadas dobladas en un rincón, y delante del fuego, dándole la espalda a los castellanos, una figura acuclillada y vestida de negro.

—¡Levántese! —ordenó Monroy.

La anciana se puso de pie, pero no se elevó mucho, era bastante pequeña. Vestía un traje oscuro, con un amplio y ruidoso collar de plata. Su rostro era delgado y alargado, moreno y curtido por el sol, con una piel desgastada, pero inmune a las arrugas que hacía imposible determinar su edad. Su cabellera, negra como el carbón, y salpicada de algunas canas, estaba cubierta por un pañuelo azul. Observó a los intrusos sin inmutarse, recogió una taza de agua caliente y se retiró de la ruka como si nada. Caminó entre los chilotes, quienes la observaron con cierta distancia.

—¡Hey, usted, le estoy hablando! —le espetó Monroy.

La anciana rodeó la ruka, y recogió unas yerbas que crecían en un disimulado huerto a un costado de su hogar. Se volteó hacia Monroy, quien estaba solo unos pasos atrás y le ofreció la taza.

—Esta bruja me quiere envenenar, ¿verdad? —comentó el maestre de campo, sin que nadie le contestara—. ¿No hablas mi idioma? ¡cura, venga acá! —el padre Marraquete le obedeció, y se plantó junto a Monroy— dígale a esta mujer que queremos saber si hay más gente viviendo en estas tierras, y pregúntele todo lo que sepa sobre el dragón que acecha las ruinas de la ciudad…

—Es un pillán.

Con sorpresa los extranjeros voltearon hacia la machi. La voz de la anciana era rasposa y grave, a lo largo de la conversación observaron que hablaba de corrido y sin comas.

—Yo sé lo que es un dragón. No necesito que una vieja huilliche me diga lo que vi— aseveró Monroy.

—No es un dragón, es un pillán. Y no soy huilliche, soy mapuche —contestó con solemnidad. Bebió un largo sorbo de su taza, y luego se la ofreció al jesuita, quien sí aceptó. Éste hizo una sobreactuada mueca de satisfacción—. Están a salvo aquí dentro. El cementerio es suelo sagrado, el pillán no los puede cazar aquí.

Tranquilamente, la anciana regresó al interior de su ruka. Monroy ordenó a Marraquete seguirla y hacerla hablar. Cuando el castellano se asomó, los vio conversando animadamente. No obstante, sin saber nada de mapudungun, distinguió varias palabras relacionados con comida. Cuando mapuche y francés salieron nuevamente a matar unas gallinas, sus sospechas resultaron correctas.

Mientras cocinaban, Monroy fue a exigirle explicaciones al francés. "Tenga paciencia, es un desaire rechazar una invitación a comer", lo tranquilizó Marraquete. Ya se estaba poniendo el sol cuando los sobrevivientes del San Jorge se sentaron todos con las piernas cruzadas en torno a la ruka, cada uno con un plato de cazuela de pollo, otros comiendo charqui, y otros simplemente pelando una papa chilota. Para los que no alcanzó, recurrieron a las provisiones rescatas del barco.

—Hermana machi —dijo el padre Marraquete, apenas terminó su plato. Él, Monroy y Lucas se habían sentado junto a la anfitriona—, muchas gracias por la comida, de verdad. Es un gesto muy bonito, en especial después de todo lo que tuvimos que pasar. Nos enfrentamos a esos... monstruos. Mataron a varios de nuestros hombres y destruyeron nuestro barco.

—No debieron entrar a estas tierras —contestó mirando al piso la anciana.

—Eso está claro... ¿qué son esas cosas? ¿de dónde salieron? —intervino ansioso Monroy.

—En el principio de los tiempos, la serpiente de la tierra y la serpiente del mar se enfrentaron en una lucha a muerte que destruyó el mundo conocido —narró la anciana—. Terremotos y maremotos barrieron con todo el Wallmapu. Los sobrevivientes fueron los antepasados de mi pueblo...

—Sí, sí, esa historia es muy bonita, pero, ¿qué tiene que ver con la criatura que vimos?

—Cuando los reche hacen llorar a Ngenechén, las serpientes del agua y la tierra nos castigan. Cuando los winkas invaden nuestra tierra, Ngenechén los castiga mandándoles la serpiente del aire.

El castellano miró confundido al jesuita. Si lo que decía esa mujer era verdad, esa mañana se había enfrentado a un monstruo de la mitología araucana. Que para ambos cristianos era lo mismo que un monstro engendrado por Lucifer.

—La wünelfe ya se ve —dijo la machi, apuntando al planeta Venus, la primera estrella que se vislumbraba en el horizonte—, vengan conmigo.

Dicho esto, la mujer se puso de pie. Monroy, Marraquete y Lucas la siguieron, y llegaron hasta una especie de cementerio más pequeño, ubicado tras unos robles a cien metros del original. Al centro, había rocas con signos de haber sido esculpidas, y herramientas botadas en el piso.

—Mi pueblo se divide en distintos clanes. Cada uno de ellos desciende de un pillán, los espíritus primigenios, el alma de nuestros antepasados. Mientras más antiguo, más poderoso. Cada clan le rinde culto a uno distinto. No todos son buenos, algunos pueden ser demoniacos y malignos. Esos viven dentro de los volcanes, otros bajo la tierra, y otros bajo el mar. Cuando logran salir, causan mucho daño en el mundo de los vivos.

—Esa es la clase de monstruos que idolatra su pueblo ¡bestias que trituran cristianos y los incineran! —reprochó Monroy.

—Don Tristán, más respeto, por favor —dijo Marraquete.

La machi avanzó hacia los pocos tótems que quedaban en pie. Tras estos había uno derribado, con signos de haber sido rayado con cuchillos.

—Este pillán es el antepasado de una estirpe muy particular de guerreros reche. Una que ya está extinta, pero que en su época fueron famosos por su fuerza y valentía, solo equiparables a las de Lautaro y Caupolicán.

Lucas se agachó sobre el tronco que alguna vez fue tótem. Quedó helado cuando la anciana agregó: "Este tótem pertenece al último de su estirpe, el lonko Tri-akunwenumapu".

—Hermana machi —intervino el cura—, necesitamos saber cómo destruirlo. Tiene a uno de nuestros hombres en su poder, y no nos deja movernos a ninguna parte. Tiene que haber algo que se pueda hacer.

—El pillán está aquí defendiendo la Wallmapu. Mientras hayan winkas, no se moverá— contestó la machi—. Solo un verdadero reche puede destruirlo, y no cualquier reche, sino un descendiente directo de su estirpe.

—¿O sea que la única solución es que los castellanos huyamos como nenas de la Araucanía? —preguntó Monroy, con un aire sarcástico en su voz.

—No de la Araucanía, del Wallmapu.

—No me engañe, conozco a las brujas como usted— se le acercó Monroy, señalándola con el dedo índice—, allá en Chiloé tenemos varias, y sé cómo tratarlas. Sé que usted puede destruir a esa cosa.

—Quizás deba preguntarle a su dios, después de todo él es más poderoso que el nuestro, si cuelga briosamente de un palo ensangrentado.

—¡Blasfema! —Monroy desenfundó su cuchillo y, en un abrir y cerrar de ojos, lo puso sobre el cuello de la mujer— usted lo que quiere es engañarnos para que nos vayamos de aquí, ¿no es cierto?

—¡Basta, don Tristán! —intentó disuadirlo Marraquete, agarrándolo del hombro y del codo del brazo con el que sostenía el cuchillo.

—Esta mujer nos está engañando, cura. Lo único que quiere es que no reconquistemos Valdivia. En cualquier momento traerá a esa bestia para que nos coma a todos.

—Si de verdad quisiera hacer eso, lo habría hecho apenas ustedes entraron a mi ruka —contestó la anciana, sin mostrar el más mínimo atisbo de miedo.

Tras unos tensos momentos, el castellano bajó el cuchillo.

—Pasaremos aquí la noche —anunció, resignado, y se marchó dando zancadas de furia al cementerio principal.

La machi también se retiró, pero Lucas se quedó mirando el tótem derribado. El padre lo acompañó. Ya era de noche, y poco se distinguía del monumento al lonko Triakunwenupau, menos después de los vandalismos de los que había sido objeto.

—En ninguna parte quieren a mi padre.

—Por lo menos no lo quemaron, eso dice mucho. No es santo de su devoción, pero tampoco lo borraron de la memoria araucana —lo animó el cura.

Jamás pensó que encontraría la tumba de su padre, y ahora estaba ante sus denostados restos. La madera tenía cortes y hasta olor a orina, pero se lograba distinguir algo del rostro del tótem, notoriamente más serio que el de los demás.

—Esa cosa entonces... soy su descendiente.

—Realmente increíble. Estas cosas solo pasan en América —meditó el sacerdote.

Pasado un rato, el adolescente y el cura se sentaron sobre una roca, todavía con la mirada en la tumba. Marraquete rompió el silencio y dijo:

—Lucas, eres nuestra única salida, solo tú puedes derrotar al pillán.

—¿No hoyó lo que dijo esa mujer? Solo un reche, yo soy un mestizo...

—¿Qué te pasó? Esta mañana lo único que querías era plantarle una flecha en el corazón. Eres el último de tu clan, si alguien puede destruirlo eres tú.

—¿Qué está diciendo? —el joven se incorporó— yo no soy un guerrero, ¡no soy nada! Mi estúpido plan de cuento de hadas fracasó. Y aunque lo hiciera... no sé cómo me sentiría, estaría traicionando a mi pueblo. Igual que mi padre...

—¡No, no digas eso! —el cura se incorporó también, y puso su mano sobre el hombro de Lucas— tú padre no era un traidor, sácate esa idea de la cabeza. Él era un visionario. Te lo digo yo, que lo conocí muy bien. Su sueño era un mundo donde araucanos y europeos vivieran juntos y en armonía. Donde los araucanos aprendieran a cabalgar caballos, y los españoles a cocinar comida de estas tierras. Donde araucanos se casarán con españolas, y españoles con araucanas ¡su amor por tu madre era la mayor manifestación de ese sueño!

—Qué estupidez más grande es esa...

—Es verdad. Tú padre no estaba solo. En los últimos años de la guerra, muchos lonkos se aprovecharon de su posición, y empezaron a saquear pueblos de indios. No de españoles, de indios. Quienes no se sumarán a su causa, eran destruidos, y les quitaban todo lo de valor. Contra eso se rebeló tu padre, y muchos lonkos lo apoyaron, aunque hoy no lo reconozcan. Si ahora existe la paz entre españoles e indios, es en parte gracias a Triakunwenumapu.

—¿Y usted desde cuándo cree en todas esas patrañas mágicas? —lo espetó Lucas, irritado— ¿no que era un jesuita, un soldado de Cristo?

—A veces el demonio toma formas paganas, hijo. Y este Nuevo Mundo tiene sus propias reglas. No perdemos nada con intentarlo. Ayúdanos, Lucas Triakunwenumapu, eres nuestra única esperanza...

El adolescente no lo escuchó. Se retiró, sin rumbo fijo, dejando al sacerdote hablando solo. Sin saber muy bien dónde dirigirse, terminó retornando al cementerio principal. A un costado de éste, los chilotes ya habían levantado un campamento con una docena de carpas endebles. Salvo un par de soldados que hacían guardia, todos los demás estaban acostados.

El joven mestizo suspiró, puso ambas manos en los bolsillos y se puso a patear piedras entre las tumbas. Terminó de pie frente al tótem más alto, de cerca de cuatro metros de estatura, y contempló los demás. Todos altos, serios, con las manos cruzadas sobre el vientre, y sintió pena. Pena y un vacío en el estómago, por el que solo circulaba el aire frío de la noche valdiviana.

—Se llaman chemamüll, hombres de madera —le explicó la machi, quien apareció detrás de Lucas—. Son estatuas que solo erigimos a los más grandes guerreros de nuestro pueblo.

—También a los más odiados, ¿no? Como Triakunwenumapu —comentó Lucas.

—No todo el mundo odia a tu padre, Lucas.

Al escuchar esas palabras, el adolescente la observó sorprendido, y con el rictus serio, como acostumbraba.

—Te reconocí apenas te vi. Yo te traje al mundo, ¿sabes? Fui la partera de tu madre. Nunca se me olvidarán esos ojos verdes como el laurel que tienes.

Lucas no dijo nada. Se quedó pensativo, mirando al piso, hasta que tragó saliva y miró a los ojos a la machi.

—No sé qué soy. Ni a quién debo apoyar. Si peleo contra esa cosa, los españoles volverán a tomarse estas tierras. Pero si no lo hago, dejaré que muchos más sufran ¡Y suponiendo si sobrevivo! Lo más probable es que me mate…

—Lucas, ¿sabes cuál era el nombre que te puso tu padre? —lo interrumpió la machi.

—No.

—Wirikaman. Significa "elegido". Cuando el lonko murió y te adoptó ese winka de la sotana, te cambió el nombre a Lucas, vaya a saber uno por qué. Tu padre tenía muy claro lo que eras tú.

Le anciana le hizo un gesto y caminó hacia el cementerio pequeño, donde la acompañó Lucas. Ya no se veía al padre Marraquete, y la machi lo condujo hacia una piedra bien apartada del resto de las tumbas. Una piedra con una especie de martillo mapuche con la hoja de piedra enterrada en la roca.

—Es el martillo de tu padre, lo heredó de su padre. Quien a su vez lo heredó de su padre, y así sucesivamente hasta llegar al pillán. Solo un verdadero Triakunwenumapu puede recogerlo.

El joven la interrogó con la mirada, pero la anciana no dijo más. Dio unos pasos atrás, y dejó a Lucas con el martillo en la roca. Dio otro largo suspiro, escuchó a los grillos amenizar la noche, y apretó los puños. Se aferró con ambas manos al mango del martillo y jaló, con toda su fuerza. Sin resultados, hizo una pausa para respirar. Se fregó las manos en la camisa, y retomó su objetivo. Jaló hasta tensar el último músculo de sus brazos, hasta remarcar la vena que se traslucía a un costado de su frente, hasta que finalmente la roca cedió.

Retrocedió unos pasos con el impulso y casi tropieza. Al recuperar el equilibrio, observó el martillo. La hoja era circular, y tenía una abertura en la parte delantera, como luna creciente. El mango era de madera de araucaria, cuidadosamente tallado. Lo sostuvo con la mano derecha, no era tan pesado como esperaba, y se sintió fuerte. Más fuerte que nunca.

IV

Al día siguiente, minutos antes de que el sol se elevara por la codillera, Lucas robó una de las dos canoas que sobrevivieron del incendio del barco y remó hasta la isla Mancera, acompañado solo de una espada, su pequeño amigo verde y, por supuesto, el martillo.

Sigilosamente, el adolescente encalló en la orilla norte de la pequeña isla. En la ladera oriental se erigía el frontis del castillo construido por los españoles. Se trataba de una imponente pared rectangular de piedras rematada con un torreón en cada lado. Tras el muro, la colina principal del cerro, forrada de verde como casi toda la isla. En la cima del cerro, aún se distinguían los cañones abandonados y las entradas a los túneles subterráneos excavados por los castellanos. Claro que Lucas caminó hacia el poniente de la isla, al túnel mayor, excavado por el monstruo al que le iba a dar caza.

Tras sortear algunos roquerío y mojarse los pies, finalmente llegó a la ladera poniente de la isla, donde comenzaba una explanada natural lo suficientemente grande para que crecieran árboles. Cerca de la orilla, se encontraban los tres huevos rotos. Lucas se asomó, y distinguió que éstos aún poseían una sustancia viscosa rosácea en su base que mantenía varios fragmentos unidos. Tomó un pedazo del tamaño de un cuchillo, y apreció que la superficie del cascarón estaba cubierta de miles de diminutos puntos negros. Apretó un poco, luego más fuerte hasta que logró quebrarlo.

Arrojó los restos al piso y volteó, hacia la enorme y oscura caverna que vislumbraron desde el barco. Un vacío sintió que se le abría en el estómago, al tiempo que sintió al pequeño insectívoro trepar por su brazo hasta el hombro izquierdo y sacar fugazmente su lengua.

—¿Tienes miedo? Pues ya somos dos —le dijo Lucas al reptil.

El joven mestizo avanzó hacia el averno. Había amanecido hacía muy poco, de manera que la luz del sol le llegaba directamente a la cueva, iluminando los primeros diez metros de camino. El piso era de arena, húmedo y una vez en la oscuridad, bastante más frío que en el exterior. Lucas avanzó apoyando la mano derecha sobre la rocosa superficie, despacio para no tropezar. En un punto, la pared sobre la que se apoyaba se acabó. Tras palpar a tientas todo lo que pudo, entendió que el camino doblaba hacia la izquierda. Para su fortuna, distinguió un haz de luz al final del túnel. Caminó sin apoyarse en nada, y llegó hasta un punto iluminado por un agujero en el techo, desde donde se distinguía la maleza que crecía en la colina y que colgaba de dicha abertura. La luz era poca, pero suficiente para distinguir otro túnel que nuevamente doblaba, esta vez directo a las entrañas de la colina.

Lucas se apoyó en la pared del nuevo túnel, estaba tapizada de musgo. Avanzó un paso, tratando de ser sigiloso, pero pisó una rama produciendo un ruido de quiebre que lo hizo retroceder como si pisara una trampa para ratones. Su nerviosismo no hizo más que aumentar cuando, al retroceder, sintió que su espalda chocaba con una figura humana.

Viró con los pelos de punta, soltó el martillo de su padre y llevó la mano al pomo de la espada que le colgaba de su cinturón. Pero antes de hacer cualquier cosa, una gruesa mano se posó sobre su boca, al tiempo que Monroy le indicaba con la otra que guardara silencio.

—¿Qué haces aquí? —interrogó el castellano, con el ceño fruncido.

—Yo… eh… estaba…

—Déjame ver si entendí, planeabas matar un monstruo gigantesco, volador, que echa fuego por la boca, tú solo y con un hacha de piedra —dijo el europeo, señalando a la herramienta en el piso.

—… solo yo puedo hacerlo —respondió Lucas al cabo de un rato.

El español miró hacia el techo, en un claro gesto de desprecio por la respuesta del adolescente. Lo miró con detención de arriba a abajo. La espada que portaba se la había robado de su carpa mientras fingía que dormía. Monroy se incorporó poco después, y tras interrogar al jesuita por los pasos en los que andaba su protegido, supuso dónde podría encontrarlo.

Suspiró, recogió el martillo del piso de arena, dedicó otra silenciosa mirada al impetuoso mestizo, y le devolvió el arma.

—Bueno, ya estamos aquí —fue todo lo que dijo, y se internó en el último túnel.

Sorprendido de su condescendencia, Lucas lo siguió. El camino se hacía cada vez más frío y empinado, y un extraño olor comenzaba a percibirse de las profundidades de la cueva. Monroy estimó que debían estar bajo el nivel del mar, no obstante, el olor que percibían no se parecía en nada al de algas o pescado podrido. Pero era algo podrido, sin duda.

Justo cuando Monroy pensaba en regresar para improvisar una antorcha, un resplandor rojizo los guio hasta el final del camino. El terreno volvió a nivelarse, y tras unos metros más los forasteros llegaron a la caverna final.

Se trataba de un domo de piedra gigantesco, vagamente iluminado por docenas de antorchas adheridas a la bóveda. A un costado de la cueva, encontraron a la criatura. Durmiendo, y enroscada con su cola abrigando su nariz, y una poderosa respiración donde cada movimiento para exhalar iba acompañado de un vaho de humo que expulsaban sus fosas nasales. Pero eso no fue lo que llamó la atención de Lucas y Monroy, sino el cerro de oro y joyas al interior de la caverna.

Boquiabierto, el castellano se introdujo despacio en la cueva y rodeó junto a Lucas la montaña de miles de monedas de oro, lingotes, copas, y alhajas. Tomó un puñado de monedas de oro, las miró con detención y distinguió el escudo de la Corona estampado en ellas.

—Así que aquí estaba el oro de Villarrica —susurró Monroy mientras guardaba las monedas en su bolsillo.

Su sorpresa no terminó ahí. Mientras rodeaban la montaña de monedas, escucharon una voz murmurar algo que no entendieron. A medida que se acercaron, entendieron que la voz estaba contando algo, y riéndose entremedio. Llegaron a la fuente del ruido, y encontraron al barón José María Pantoja acostado sobre la pila de monedas, portando tres collares de oro distintos, una corona, y un anillo en cada dedo. Hablando y riéndose solo.

—4327, 4328, mmm... 4329 —contaba Pantoja, al tiempo que besaba cada una de las monedas que tocaba, sin moverse de su cómoda posición.

—¿Pantoja? —irrumpió Monroy.

—4330, 4331 ¡jaja!, 4332... —siguió contando el osornino quien, por lo visto, ni se percató de las visitas.

El maestre de campo se arrojó sobre el enajenado criollo y lo sacudió agarrándolo con ambas manos.

—¡Reaccione, hombre! —espetó el militar.

—¡Shuuu! Está durmiendo —dijo serenamente Pantoja, refiriéndose al pillán.

—¿Qué cree que está haciendo, hombre?

—¿Qué parece que estoy haciendo? Estoy contando mi precioso tesoro —dijo mientras volvía a dirigir la mirada a las monedas que sostenía en su palma.

Lucas desvió la atención a los pies del osornino. Tenía un grillete en su pierna izquierda. El joven siguió con la mirada la cadena, ésta desembocaba en la pared, junto a un montón de esqueletos y calaveras apiladas, muy cerca del nido del monstruo. Sacudió la manga de Monroy para indicarle la grotesca escena, y el español distinguió varios huesos carbonizados entre los restos. Inmediatamente sacó su cuchillo y se arrodilló, procediendo a introducirlo en la cerradura del grillete.

—Tristán, ¿qué está haciendo? —preguntó Pantoja, con la mirada perdida.

—Estoy tratando de liberarte ¿quién demonios te encadenó?

—Yo mismo.

Monroy y Lucas lo miraron extrañados. El primero se irguió y le exigió explicaciones.

—Él me lo pidió. No pude decirle que no. El dragón se ha portado muy bien conmigo.

—Pero, ¡¿qué estás diciendo, hombre?! ¡No te das cuenta que esa cosa te va a devorar!

—Don Tristán tiene razón, barón —intervino Lucas, tomando del antebrazo a Pantoja—, tenemos que sacarlo de aquí cuanto antes.

—¡Ni hablar! —el osornino retiró con asco y desprecio su brazo— finalmente soy rico otra vez. Recuperé la fortuna que ustedes, indios de mierda, le arrebataron a mi familia. ¡Este es mi destino! Nací príncipe y moriré como príncipe, en mi palacio rodeado de lujos...

—¡Qué dices, hombre! —le reprochó Monroy— no eres príncipe de nada ¿no te das cuenta que estás en una jaula de oro?

—Pero de oro.

—¡Pero una jaula!

—Pero de oro.

Irritado, el maestre de campo se quedó mirando seriamente al trastornado osornino. Retrocedió unos pasos, desenvainó su espada, y acomodó la cadena de Pantoja, pisando con cada uno de sus pies un eslabón.

—¿Qué está haciendo? —preguntó el barón.

—Estás fuera de tus cabales, Pantoja —dicho esto, el maestre de campo comenzó a serrar la cadena con su espada.

—¡No! Ya le dije que no pienso irme. No pienso alejarme de mi oro, mi precioso oro.

—Don Tristán... —intervino Lucas.

El monstruo comenzó a emitir gruñidos y revolverse en su madriguera. Reacomodó su cola, levantó la cabeza, y ocurrió lo que más temían los visitantes: se despertó.

Sus enormes ojos, con unas pupilas dilatadas a más no poder, se abrieron, y apenas se enfocaron en los intrusos, el entrecejo los comprimió en sus cuencas. Paralizados en sus puestos, Monroy le indicó a Lucas que no se moviera. El monstruo emitió un largo quejido similar al de un ronquido, se incorporó y abrió su hocico.

—¡Corre! —gritó Monroy.

Una oleada de fuego salió disparada en dirección a los visitantes. Estos se refugiaron detrás del montículo de oro, pero Pantoja se quedó dónde estaba, relajado, riendo y desconectado de la realidad. "Mi precioso...", fueron sus últimas palabras antes de ser envuelto por la ráfaga de fuego.

Las llamas brotaron de cada lado de la montaña de oro, envolviéndolos en una atmósfera ardiente y humeante. En su improvisada trinchera, Monroy le indicó a Lucas que iba a distraer a la criatura para que el joven aprovechara de guarnecerse. Entonces el castellano, sable en mano trepó a zancadas la montaña de monedas de oro (muchas de las cuales estaban semifundidas).

Llegó a la cima al mismo tiempo que el dragón se lanzó con la boca abierta, y Monroy aprovechó la inmejorable ocasión para enterrar su espada en el paladar de la bestia. Ésta emitió un alarido de dolor, y el español presionó con más fuerza hasta asegurarse de que el metal llegara hasta el cerebro del monstruo. Pero lejos de inmovilizarlo, el ser cerró sus fauces, atrapando el brazo de Monroy, quien pegó un grito de dolor que Lucas jamás olvidaría. En el mismo momento, el pillán levantó al militar colgando del brazo, y golpeó su cuerpo con fuerza contra la pared de la caverna, para después soltarlo y dejarlo caer como un trapo viejo.

—¡Nooo! —gritó Lucas.

Tras este grito, el monstruo volcó de nuevo su atención a Lucas. Abrió sus alas, y con ellas barrió con el montículo de moneda de oro que se interponía entre él y el adolescente. La avalancha de monedas envolvió al mestizo, quien sintió como si lo volcara una ola en la playa, pero mucho más fuerte. Cuando recuperó la orientación, estaba en el piso, y cubierto hasta la cintura de monedas. Buscó rápidamente su martillo, el cual quedó varios metros más adelante.

—¡El cuello, Lucas!

La inesperada voz parecía que provenía del aire, pero tras buscar rápidamente con la mirada, Lucas dio con un espejo de oro tirado en el piso entre las monedas. En su superficie se reflejaba una imagen imposible: su madre.

—Ahí es donde produce el fuego. Es la fuente de su fuerza ¡ataca su cuello! —le dijo la mujer del vestido blanco desde el otro lado del espejo.

Sin tiempo para asombrarse por el prodigio, el mestizo se dispuso a incorporarse, pero repentinamente sintió que el mundo entero le aplastaba las piernas. Una de las patas del pillán lo tenía aprisionado. Desesperado, logró escabullirse de entre sus garras, y el monstruo puso su otra pata casi al lado de su presa. Lucas se alejó gateando rápidamente, mientras el pillán lo seguía con la mirada, con sus intensos ojos amarillos de estrecho iris y amplia pupila. El gigantesco ser acosó a Lucas como un gato jugando con un ratón antes de comérselo. Sin mirar hacia atrás, solo gateando (rechazó la idea de incorporarse cuando sintió su tobillo contracturado) se arrastró hacia el martillo, a medida que su cazador abría de a poco sus enormes y malolientes fauces.

Lucas pegó un empujón desesperado hacia adelante hasta que logró agarrar el martillo. Se dio vuelta, y la panorámica de la garganta del monstruo lo volvió a recibir, pero él se lanzó contra su cuello, donde clavó el arma de sus antepasados. Como resultado, el pillán disparó el alarido más agudo que le había escuchado. Lucas casi se tropieza, definitivamente le costaba estar de pie, pero raudamente reunió energías y se agarró con ambas manos del martillo incrustado en el cuello del monstruo. Ahora sí brotaba sangre de la herida.

Tensando sus bíceps a más no poder, Lucas empujó el martillo hacia abajo. Le demandó el mismo esfuerzo que le significó sacar el arma de la roca, pero logró hacerla descender, ampliando el tajo que abrió en el cuello del monstruo. La sangre brotó a borbotones, y la criatura se alejó tambaleando. Notoriamente debilitado, el monstruo chocó contra la pared, avanzó unos pasos más, abrió sus alas como si quisiera levantar vuelo, finalmente se desplomó sobre una pared, y agonizó con una agitada respiración.

El mestizo se incorporó a duras penas, cojeó en dirección a la criatura para retirar su martillo, pero rechazó la idea cuando la cueva empezó a temblar. Miró hacia el cielo, la bóveda comenzaba a resquebrajarse, y de las grietas caía de a poco más y más tierra. Nuevamente contra el tiempo, Lucas corrió hacia el cuerpo del maestre de campo. Lo encontró orillado en la pared, y rodeado de un espeso charco de sangre, la cual brotaba de un corte donde solía estar su brazo derecho.

—¡Don Tristán! tenemos que irnos.

Con mucha dificultad, ayudó al español a ponerse de pie. Con el brazo que le quedaba, se apoyó sobre el adolescente, y juntos trotaron fuera de la cueva, mientras enormes macizos de roca caían del cielo. En el primer túnel casi no hubo problemas, pero en el siguiente, el cual estaba iluminado por el agujero en el techo, la tierra y las rocas caían como lluvia torrencial, y tuvieron que ir parando cada tres pasos para evitar morir aplastados. Finamente el pánico fue más fuerte, y el dúo cojeó a toda prisa fuera de la trampa mortal en que se había convertido el túnel.

Arrastrándose entre la oscuridad de la húmeda arena, Lucas y Monroy finalmente lograron salir al exterior. No se detuvieron sino hasta diez metros fuera de la entrada de la cueva, cuando el cansancio pudo más y Monroy cayó de rodillas y se desplomó en el piso. Lucas lo ayudó a acomodarse en el pasto, mientras la entrada a la caverna se derrumbaba, y la cima del peñón se deformaba tragándose las construcciones castellanas.

Cuando los crujidos y movimientos de tierra cesaron, y Lucas tuvo la certeza de que el demonio araucano había muerto tragado por la tierra, se arrodilló y dedicó su atención al moribundo maestre de campo. Don Tristán tenía una palidez fantasmal, estaba acostado en posición militar, tieso como un palo y con una expresión mortal en su rostro. Mientras Lucas se rajaba un pedazo de su camisa e improvisaba un tornillo para paliar en algo la pérdida de sangre de su brazo, el español susurró unas palabras. El adolescente no entendió, y se acercó al rostro de Monroy.

—Bien hecho, Sigfrido —fue lo primero que dijo, y el adolescente contestó con una tímida sonrisa.

Lucas terminó amontonando el trozo de camisa en la herida, más por apurado que por falta de técnica, y recorrió de un vistazo las heridas del militar. Tenía moretones y cicatrices abiertas en todo el cuerpo. Sin saber qué más hacer, el mestizo lo miró con el rostro compungido y los ojos rojizos.

—¿Sabes una cosa que españoles y araucanos tenemos en común? —susurró el agónico castellano—. Los dos idolatramos a nuestros antepasados. Y cometemos el mismo error. Escogemos qué recordar, lo incómodo solo lo ignoramos.

—Bueno, creo que usted ya pudo honrar a la memoria de su antepasado, ese capitán que conquistó Granada, ¿no? —preguntó Lucas, con la voz casi quebrada, tratando de mantener una conversación normal.

—Pues sí... y también a mi tatarabuela, una mora con la que se casó.

Lucas estaba a punto de romper en lágrimas, pero la sorpresa que lo invadió retrasó la caída de las gotas. Al Nuevo Mundo solo podían migrar los "cristianos viejos", aquellos que no tenían sangre ni de judíos ni de musulmanes. La inquisición se encargaba de investigar el árbol genealógico de cada uno de los colonos para mantener esa restricción. Que un respetable hidalgo confesara algo así era poco usual.

—Él no fue el único, Granada estaba llena de negros en esa época, todos adoradores de Mahoma. A mi tatarabuelo todos le dijeron que no reconociera los hijos de esta señora... pero lo hizo, estaba muy enamorado.

Lucas lo escuchó atento, ya se había olvidado del dolor en su pierna.

—¿Te das cuenta, Lucas? No tiene nada de malo ser un mestizo… Tria… Trikun…

—Triakunwenumapu.

—Eso…

Fue lo último que dijo. No pegó un suspiro más. Ni alcanzó a cerrar la boca. Menos los ojos. Lucas tomó suavemente la cabeza del moribundo desde la nuca, respiró y jadeó hasta que su respiración se normalizó. Triste y cansado miró a su alrededor. El peñón seguía ahí, algo deforme por el derrumbe, como después de un terremoto. Las aves seguían graznando, y el viento costero seguía soplando en la isla Mancera.

En el mismo bote en que llegó, Lucas cargó el cuerpo de Monroy y remó, con los brazos casi entumecidos del cansancio, de vuelta a la orilla. Cargar su cadáver fue una tarea bastante incómoda, en especial porque la sangre terminó chorreando todo el bote, hasta sus piernas. Por un segundo temió que llegando lo acusaran a él de ser el asesino del maestre de campo.

Afortunadamente no fue así, y apenas el bote se asomó a la orilla, el grupo entero de soldados y marinos náufragos se volcó a recibirlo. Con el bote en la playa, siendo golpeado por el oleaje, los chilotes contemplaron el cuerpo de su líder, y no dijeron nada. La mayoría de los soldados solo se sacaron el casco en señal de respeto. El padre Marraquete se asomó, y se santiguó.

Prácticamente nadie cruzó palabra, y a Lucas le pidieron explicaciones mucho después de la misa que ofició el jesuita en la misma playa. Buscaron el área más despejada del roquerío, e improvisaron una tumba con una cruz de madera echa con restos del barco. Aunque cojo, el capitán ayudó a depositar el cuerpo de Monroy, junto al religioso y otros tres hombres, en la tumba. "¡Esperen!", susurró el capitán, al escuchar algo tintinear en los bolsillos del castellano. Al registrarlo, extrajo cinco monedas de reluciente oro, que los presentes devoraron con la mirada. La machi, por su parte, depositó unas hojas de canelo, depositó un poco de la infusión de hierbas que preparó el día anterior en la boca del cadáver, y recitó unas palabras en su idioma.

Para las tres de la tarde ya había una tumba excavada y tapada, y en torno a ella un grupo de cincuenta chilotes, atentos a las palabras del sacerdote.

—Por Jesucristo, nuestro señor, amén —fueron las palabras con que Marraquete terminó la ceremonia.

Después del "Amén" dicho al unísono, el cojo capitán Polanco desvió su atención a la punta de la quebrada. Varios lo imitaron, en lo alto se distinguía a un huilliche con poncho observándolos, y secundado por una docena de araucanos a caballo.

Chilotes y aborígenes se reunieron en un punto intermedio, donde terminaba la playa y comenzaba la subida a la colina. Para sorpresa del jesuita, el líder del grupo era el lonko Chiway, quien transportaba dos docenas de terneros y un número indeterminado de potros y guanacos con rumbo a la zona de Osorno, para después cruzar al otro lado de la cordillera donde planeaba venderlos.

—Dichosos los ojos que lo ven, honorable lonko —comenzó Marraquete.

—Ustedes destruyeron al pillán —respondió el anciano araucano en castellano. Desde su caballo, y con la sombra que proyectaba el sol, su ceño se veía más fruncido que nunca.

—Solo nos defendíamos —acotó el capitán, parado junto al jesuita, y aún apoyado en sus muletas.

—La verdad el mérito es de nuestro pequeño Lucas —afirmó el cura, desviando la mirada a su pupilo, quien observaba serio la escena desde el fondo del grupo.

—Debería ajusticiarlos aquí mismo por haber roto la tregua. Estas son nuestras tierras — acusó el lonko al cabo de un rato de silencio.

—Lo tenemos muy claro. Ya nos íbamos —se excusó Polanco—, nuestro barco fue destruido y varios de nuestros hombres murieron. Venimos en son de paz y no queremos problemas.

—¿Si no quieren guerra entonces a qué vinieron?

—Lonko Chiway —intervino el jesuita, extrayendo súbitamente del bolsillo de Polanco las monedas de oro —, estoy viendo que usted tiene más caballos de los que usan sus hombres.

La conversación siguió en mapudungun, y tras mucho negociar, el sacerdote consiguió que el araucano les vendiera cinco de sus caballos por las cinco monedas de oro. Para el capitán fue un robo, pero Marraquete fue optimista y lo miró como una señal de los nuevos tiempos que se venían: hace unos años el lonko no habría aceptado dinero español, solo trueque. Ahora ambos pueblos comenzaban a establecer relaciones comerciales.

El primer caballo fue para Polanco, quien ocupó el lugar de Monroy liderando el grupo. Otros tres fueron para cargar el equipaje más pesado, principalmente comida, armas y otros enseres que rescataron del barco. Iba a ser un viaje largo devuelta a Chiloé, y cruzar el canal del Chacao un problema mayor. Para dicha instancia el capitán pensaba escribir una carta y mandarla con una paloma mensajera a Ancud, suplicándoles que mandaran una embarcación a recogerlos.

El quinto caballo fue, por insistencia del padre Marraquete, para el discreto héroe de la jornada. Aunque Lucas se resistió inicialmente, cuando el padre fue a verlo a las ruinas de la iglesia de la ciudad, que improvisaron como potrero, ya se estaba subiendo al caballo. Y aún más, empacando cosas.

—¿Te gustó el caballo que te conseguí?

—Sí, le puse Newen —le contestó, sin dejar de hacer lo que estaba haciendo.

—¡Buen nombre! Significa energía, fuerza. ¿Piensas llevar tanta comida de vuelta a Chiloé?

—No volveré a Chiloé, padre —dijo Lucas, muy serio, y mirándolo a los ojos.

—¿Cómo? ¿Qué dices...? —por primera vez desde que Lucas lo conocía, el jesuita tartamudeó.

—La machi me explicó que los lagos de la Patagonia, a ambos lados de la cordillera, están conectados por una red de ríos, algunos visibles, otros corren por túneles subterráneos. Por ahí se desplazan estas criaturas. Son anfibios, así que en algún minuto tienen que salir a tomar aire.

—¿Y tú piensas ir a cazarlos a todos?

—No es tan difícil como parece. Hay un nido principal donde se reúnen todos.

—¿En dónde?

—En la Ciudad de los Césares.

El cura tardó unos momentos en procesar esa idea. La mítica ciudad no solo existía, sino que estaba habitada por dragones.

—No, Lucas. Ya viste lo que le pasó a Mascardi. No solo está desquiciado, lo dejamos agonizando en la iglesia, morirá en cualquier momento...

—Estaré bien, padre. No se preocupe.

El joven desató las cuerdas que ataban a su caballo a un tronco, y lo sacó de la ruinas. Se detuvo en la entrada junto a una piedra recubierta de musgo. Llevó su mano al bolsillo, y de ella sacó una lagartija, la depositó con cuidado y con una cálida sonrisa en la piedra, donde el pequeño reptil salió disparado hacia el pasto. Lucas continuó su camino y el cura lo siguió, con el rostro desencajado.

—Hijo, no puedes irte, es una locura...

—Usted lo dijo, es mi destino, padre. Soy el único que puede destruirlos.

Marraquete lo observó boquiabierto, mientras el joven se preparaba para montar el caballo. Justo antes de que subiera, lo interrumpió gritando:

—¡Lucas!

El adolescente soltó al animal, y miró al sacerdote. Éste llevó las manos a su cuello, y se sacó una cadena metálica, de la que colgaba un amuleto de madera.

—Ten —le dijo, ofreciéndole un cristo tallado por él mismo en madera de araucaria—, lo necesitarás.

—Gracias, padre... gracias por todo —respondió con un hilo de voz.

El hijo de Triakunwenumapu tímidamente lo tomó, y dejó que su mentor se lo pusiera en el cuello. Éste le dedicó un fraternal abrazo. Incómodo, pero no menos triste, Lucas también lo abrazó. No dijo ni una palabra más, y montó a la bestia. Avanzó lentamente por la calle principal, en torno a la cual los chilotes reponían fuerzas entre las ruinas de Valdivia y cargaban los pocos caballos que tenían con lo indispensable. Lucas giró la cabeza, y volteó hacia el sacerdote, dedicándole una sonrisa de agradecimiento, y éste devolviéndole una mirada de ojos llorosos y una mano derecha alzada bien alto en señal de despedida. El resto de los criollos ni se inmutó, mientras Lucas Triakunwenumapu cabalgaba en dirección a la cordillera, el norte de su pueblo.

El sacerdote se secó las lágrimas en el potrero, donde nadie lo veía. Después, recorriendo los escombros, descubrió que un horno de barro seguía en pie. No lo pensó dos veces, e hizo aquello que siempre le levantaba el ánimo: cocinar. Con la poca harina que pudo rescatar del barco preparó más panes de su autoría, y los repartió entre los criollos.

Ya era casi de noche cuando el jesuita encontró al soldado Gutiérrez en las ruinas de la municipalidad, una de las pocas casas que conservaba sus cuatro paredes. El criollo se encontraba sentado sobre una roca de forma cuadrada, dibujando en su cuaderno.

—¿Por qué tan solo? —irrumpió Marraquete.

—Me ayuda a concentrarme.

—¿Qué está dibujando?

—Se lo diré si me convida algo de esa canasta.

—A eso mismo vine —dijo el religioso y extrajo de debajo del pañuelo que cubría la canasta una pieza de pan.

Mientras el soldado lo devoraba, le alcanzó el cuaderno al sacerdote. El croquis mostraba la escena que había visto el día anterior: sobre un detallado torreón, con una sombra exagerada, el artista había delineado los primeros trazos del monstruo alado, poniendo especial cuidado en unos ojos sin pupila y el hocico.

—Bastante bueno, sería buen artista usted, Gutiérrez —comentó el cura.

—Soy creativo, pero la verdad me gustaría ser herrero. Ese era el oficio que tenía mi padre en España antes de venir aquí. ¿Le muestro otra cosa?

El criollo se levantó, y con su manga limpió la cara visible de la roca sobre la cual estaba sentado. En ésta había un grabado cuyo dibujo central ya no se distinguía, pero le indicó al cura que se agachara para apreciar el lema que aún se leía en tres de sus bordes.

—"Da más vida la muerte menos temida" —recitó Gutiérrez.

—Es el escudo de Pedro de Valdivia, el fundador de esta ciudad —comentó Marraquete.

—Creo que van a necesitar un nuevo escudo —Gutiérrez se comió la última bocanada de su pan, con una clara mueca de satisfacción—. ¿A dónde fue el mestizo González? Vi que salía del pueblo.

Disimulando vagamente la tristeza en su rostro, el jesuita contestó desanimado:

—Lucas... dijo que iba a visitar a unos parientes, pero que nos alcanzaba en Ancud.

El chilote percibió la mentira, prefirió no ahondar en detalles y continuó degustando su bocadillo.

—Esto está bueno, no conocía este pan.

—¿Le gusta? Yo mismo lo inventé.

—¿Cómo se llama?

—Estoy pensando en ponerle "pan francés" o "pan batido".

—¿Pan francés? ¡cómo se le ocurre! Estamos en tierras españolas. Por último, póngale su nombre.

El soldado se retiró, pero el cura no lo siguió. Aún dentro de las ruinas, sacó un pan de la canasta, se sentó en la roca, y meditó en voz alta mientras lo degustaba:

—Mmm, pan Jean Pierre, puede ser... —de un mordisco, engulló la mitad del pan—. Pan Marraquete... marra...

V

Lucas cabalgó durante días y noches sin parar. Consultó en cada ruka del camino, y todos le hablaron de un lago mágico donde eran vistas distintas maravillas. A medida que se acercaba, no necesitó más indicaciones. Solo siguió los susurros del bosque nocturno, y el aullido del Tue Tue.

Una tormenta torrencial lo obligó a guardar refugio en unas húmedas cavernas. Allí durmió durante un día completo. Cuando despertó y asomó la cabeza fuera de la caverna, lo recibió el resplandor del sol recortándose donde la tierra se confunde con el cielo. Su confusión era tal, que inicialmente no supo si estaba ante el alba o el crepúsculo. Se aseguró que el caballo siguiera amarrado al árbol donde lo dejó, lo alimentó y exploró su entorno.

La innumerable gama de colores que se desprendía del cielo tras la lluvia y se reflejaba en las rocas, las plantas, las hojas que actuaban como recipientes de agua, y los copihues, imbuyeron sus ojos y sus pulmones con una energía que brotaba directamente de la humedad de la tierra.

Siguió al sol del amanecer por un sendero que lo llevó a escalar, con la lentitud que implicaba sortear las imposibles enredaderas de las plantas, hasta un nuevo bosque. Tras la última muralla de nalcas que abrió con su cuchillo, se reveló ante él su destino: el Lago Esmeralda, también conocido como el Lago de Todos los Santos.

Su enorme y resplandeciente superficie brillaba con una aurora esmeralda, como si en su lecho abundaran miles de joyas. Se asomó a su orilla, dejó que sus pies se embarraran con la arena mojada y se lavó la cara. Contempló su reflejo un largo rato. Estaba más flaco, pero también más fibroso. Tenía el pelo bastante más largo, y el rostro lleno de piñén. Había crecido, ya no era el mismo muchacho de unos meses atrás. Es más, contrario a todo pronóstico, le estaba saliendo barba. Su sangre española todavía luchaba por imponerse por sobre su herencia indígena.

Miró hacia el lago. Tenía una forma irregular, a diferencia del Llanquihue (donde había estado hace no mucho), y era bastante alargado. Lo custodiaban las imponentes montañas de la precordillera, y en su centro lucía una pequeña isla, con altísimos árboles que se desbordaban de su orilla. Pero fue una ilusión lo que captó su atención.

Lo que al principio creyó que era un error de sus ojos fue tomando forma. Primero fue un chapuzón de algo que saltó desde esa isla. Luego una silueta que nadaba a una altísima velocidad desde donde se produjo el chapuzón, hasta donde se encontraba el joven guerrero. La siguió con la mirada impaciente, hasta que la silueta se encontraba a pocos metros de la orilla. Espero unos momentos que parecieron eternos. Cuando pensó que ya no ocurría nada, una figura femenina brotó del agua.

—Mi pequeño Lucas —exclamó su madre, con la misma voz angelical que le escuchó en Valdivia.

El ser le hizo un ademán para que se acercara. Lucas quedó con el agua hasta la cintura, y el espectro a menos de un metro de él. El joven mestizo se dio cuenta que no podía avanzar un paso más: el lecho marino se hundía varios metros.

—Lo has hecho muy bien, cielo —exclamó el espectro.

—Solo hice lo que tenía que hacer —respondió, con los ojos abiertos como platos.

—Tu padre estaría muy orgulloso de ti.

—Mamá… —Lucas extendió su mano, y acarició la mejilla de la mujer del lago.

Una lágrima se deslizó por su rostro, y se acercó para abrazar a su madre. Ésta lo envolvió en sus largos brazos que, contrario a lo que esperaba su hijo, estaban completamente secos. Durante el largo abrazo, en que Lucas apoyó la cabeza en el espacio comprendido entre el mentón, el cuello y el omoplato de su progenitora, donde encajó con la precisión de un rompecabezas, escuchó los latidos de su corazón. Profundos, rítmicos como un tambor, más vitales que el de cualquier persona viva. Sin ganas de separarse, su madre le indicó que se irguiera.

—Todavía tienes un largo trabajo por hacer.

—Pero, ¿cómo? Perdí el martillo ¿sin él cómo se supone que venza a tanto monstruo suelto?

La angelical figura no dijo nada. Lo miró con una sonrisa paternal antes de hundirse completamente. Lucas no supo qué hacer, pero no tuvo tiempo para reaccionar, pues del agua volvió a brotar un objeto largo y afilado. Se trataba de una espada, larga e imponente, sostenida por la mano de la criatura que brotaba del agua. Lucas la sostuvo, y la mano de su madre se hundió de nuevo.

La hoja tenía un tono especial, casi como del color del lago. En el metal se leía la inscripción "da más vida la muerte menos temida", y en el mango se apreciaban bien marcados los espacios para los cuatro dedos de su portador. El mestizo la agitó, casi como si fuera de papel, parecía hecha para su tamaño y su fuerza, y sintió el mismo calor que le subía por el estómago. El mismo newen que le irradió el martillo la primera vez que lo tomó. Comprendió que el martillo fue una herencia de su padre, y la espada un regalo de su madre. Con el poder de esa hoja, destruiría a todos los monstruos que pululaban al sur de ese largo reino con forma de espada.

***

"Oficialmente Valdivia fue reconquistada y reconstruida en 1647, con la venia de los araucanos, y el compromiso de los winkas de respetar las fronteras entre ambas naciones. Hoy ya nadie recuerda la fallida expedición de 1642. Ni menos mis servicios al reino como cazador de dragones. No aspiro a la fama, ni al reconocimiento. Pero si alguno de mis nietos encuentra este testimonio, solo espero que le sirva para encontrar valor cada vez que lo necesite. Y esa palabra tan esquiva que algunos llaman "nobleza". Lucas Wirikaman Triakunwenumapu González".

Sebastián cerró el libro, lo depositó en el cajón donde lo encontró y salió de la oscura habitación. Afuera lo esperaba la misma tienda de antigüedades, con su padre todavía conversando con el locatario. Como era usual, la charla se había prolongado.

—…Completamente seguro, este es el álbum más completo que hay de la colonia alemana en Valdivia— escuchó que le explicaba don Segismundo a su padre, señalando una página del libro que sacó un rato atrás — el que está de pie aquí, a la derecha, tiene que ser tu abuelo. Aquí sale su nombre en el listado, ¿Blumenthal, correcto? En alemán significa…

—Ya sé lo que significa, Segismundo. Estoy investigando a mi abuelo porque quiero sacar la nacionalidad alemana.

—¡Pues déjeme felicitarlo! Es importante conocer a los antepasados. Más aún los de su raza, que tanto bien le han hecho a esta patria. La Sonita era Cortés, ¿verdad?

—Así es.

82

—¿Papá? —interrumpió Sebastián.

—¿Sí, campeón?

—¿Cuál era el segundo apellido de la abuela?

—Mmm… ay, sí, yo sabía… es que ella siempre se presentaba como "Sonia Cortés de Blumenthal". Era bien largo, algo así como… Triakunwenumapu, algo mapuche.

Al escuchar esto, el joven se quedó helado. Volteó para ver nuevamente el mueble en la habitación, y sintió nuevamente que el dragón le devolvía la mirada.

—Eso, poh, Felipito. Nos vemos mañana en el velorio entonces —dijo don Segismundo al tiempo que le daba un caluroso abrazo a su cliente— ¡y arriba el ánimo! Cualquier cosa que necesites no dudes en pedirla.

—Muchas gracias, Segismundo.

Al salir de la tienda de antigüedades, la lluvia había amainado, y el cielo comenzaba a despejarse. Arriba del auto, Sebastián retomó la conversación donde se había quedado.

—Papá, creo que ya sé qué nombre me pondría.

—¿Arturo Vidal? —bromeó Felipe Blumenthal.

El camino hacia el fundo era largo y oscuro, pero la luz de la luna llena los acompañó todo el viaje por el camino de tierra rodeado de araucarias.

La salitrera steampunk

1881, en algún lugar del desierto

Girando en círculos sobre sus cabezas, sus sombras y gemidos eran cada vez más nítidos. Las aves ya los venían acompañando desde hace un buen rato, y anunciaban la cercanía cada vez mayor de la cordillera. Y también de un funesto destino.

El abrazador desierto no solo les había negado el agua desde hacía tres infernales jornadas, sino que todo ruido o señal de vida, al margen del grupo de trece uniformados.

Liderando el contingente, el capitán Gallardo volteó la cabeza y contempló una penosa escena. Uniformes arrugados, desteñidos, sudados a más no poder, y hombres adelgazados y encorvados como octogenarios. Con la moral más que decaída, Gallardo irrumpió el sideral silencio de Atacama:

—Un cura flaco y seco en mi pueblo confesaba… /a beatas, viejas sapas y señoras del lugar… —sus palabras no habían hecho el más mínimo eco en la tropa que, peor aún, claramente había reducido el ritmo de la marcha— ¡canten!

De a poco, los sedientos chilenos se fueron sumando a los versos.

—Las beatas y las viejas lo miraban muy golosas/ y el cura, viejo zorro, las dejaba golosear/ ¡Échale pimienta a las pancutras, vieja sapa/ pa' que el cura olvide las sotanas, ayayay!

Hacia el fondo del destacamento, se ubicaba el teniente Bravo. El militar, el único de ojos azules y cabello castaño del grupo, optó por no cantar, sino por acelerar el paso hasta alcanzar a su superior, quien continuaba marchando con la espalda recta como siempre, el ceño fruncido y la mirada concentrada en el horizonte.

—No había una canción menos católica, mi capitán —le comentó Bravo.

—¿Qué quería, cantar por millonésima vez el Himno de Yungay, teniente?

—En circunstancias como éstas lo único que nos queda es encomendarnos a Dios. No creo que las blasfemias ayuden.

—En circunstancias como éstas lo único que nos queda es seguir órdenes. Ahora marche y cante.

Su breve diálogo fue interrumpido por el graznido de uno de los cóndores y el sonido de una sustancia que explotaba al tocar tierra. El grupo volteó, y muertos de risa contemplaron al "indio" Weichafe limpiándose excremento de ave de su gorra. Solo Gallardo contuvo las carcajadas.

—¡Esto pasa por hacer enfurecer al tatita Dios! —gritó uno de los soldados.

—¡Buena, indio come-mierda! —se burló el soldado Guerrero.

A falta de agua, Weichafe brotó la gorra contra la arena y la guardó en su mochila, de donde sacó un pañuelo para taparse la cabeza antes de continuar el viaje. Sus kilos demás lo hacían sudar más que sus compañeros, lo que aumentaba el brillo de las incesantes gotas que caían por su morena piel. Esto, sumado a su baja estatura, lo hacían blanco de burlas constante de la tropa, algo que el sureño se tomaba con humor.

Al retomar la marcha, el teniente oteó el cielo, donde se ubicaban sus escoltas aéreas.

—Es curioso, ¿verdad? —comentó a Bravo.

—¿Qué cosa?

—El cóndor. Tan bonito que se ve en el escudo chileno. Siempre lo pintan como el ave nacional, noble, bonita, y todo lo demás, pero ignoramos que, al fin y al cabo es un buitre. No caza, el muy cobarde se alimenta de muertos. Los persigue hasta que caen, y hunde su cabeza en cuerpos putrefactos para alimentarse… gusto que no les vamos a dar a los conchesumare.

—Más que los buitres, a mí me preocupa De la Garza —acotó Bravo.

—También, De la Garza —respondió entre dientes.

Dicho esto, el militar y el grupo retomaron la canción. La batalla del cerro Colorado había sido hace ya tres días, y formalmente ninguno de los dos bandos había ganado. Lo único claro, era que la estrategia del general peruano Avelino De la Garza de dividir a las tropas chilenas había resultado bastante efectiva. El militar enemigo huyó apenas pudo con sus tropas hacia la cordillera, donde se creían que poseía su refugio. La comunicación con el resto de las tropas chilenas se había perdido hace rato, pero la instrucción era que debían dirigirse hacia el oriente a reencontrarse con el resto del ejército chileno.

El trayecto no solo había agotado las provisiones de Gallardo y sus hombres, sino que había logrado curarlos del miedo a morir de sed. Era otro el enemigo que asomaba como más letal: la locura.

—¡Alto!

Obedeciendo al teniente, el grupo agudizó la mirada, intentando descifrar la imagen que brotaba a lo lejos. Espejismos había visto varios, ya no se convencían tan fácilmente. Gallardo sacó sus binoculares y escudriñó, con la boca entreabierta, el horizonte.

—¿Ve algo, mi capitán?

Gallardo hizo una extraña mueca antes de bajar los binoculares y contestarle al teniente:

—Parece una salitrera. Es extraño… nunca antes había visto una salitrera con un cercado tan alto— afirmó y le prestó los binoculares.

Efectivamente, el teniente Bravo distinguió un cerco del que solo sobresalían un par de chimeneas, el humo de ambas parecía fundirse en la columna que los guiaba. Cuando bajó los binoculares, el teniente estaba consultando su mapa, que sostenía con la mano izquierda, y con la otra su brújula. Al abrirla, distinguió en la tapa una pequeña fotografía en blanco y negro de su hija, María Ignacia.

—Curioso, hasta donde sabemos ni siquiera debería haber una oficina salitrera aquí. —meditó Bravo— ¿Serán amigos o enemigos?

El capitán guardó el mapa. Se retiró la gorra, descubriendo su cabellera crespa, y se limpió el sudor de su frente y rostro curtido por el sol. Gallardo siempre decía que los chilenos entraron blancos a la guerra, y salían tan broceados que se confundían fácilmente con los "cuicos", como apodaban a los bolivianos.

—Mientras no sea De la Garza, me conformo.

Guardó sus binoculares y ambos militares se plegaron en la cima de una duna desde donde hicieron el reconocimiento del territorio. La salitrera estaba a los pies de un cerro, el Cusicanqui, que según los apuntes que tomó Bravo en el mapa, era un cerro sagrado para los lugareños. Pero nada se decía de la misteriosa salitrera. Y ni una bandera se vislumbraba en kilómetros a la redonda.

Finalmente, tras caminar otros veinte minutos, llegaron al misterioso lugar.

Opciones de tomar la oficina por la fuerza eran casi nulas, de lejos se vislumbraba la estructura como virtualmente impenetrable. Si la población era prochilena, eso no haría falta. Pero si eran peruanos, lo más probable era que los hicieran prisioneros. Solo había una forma de averiguarlo.

A medida que fueron llegando apreciaron que los muros eran de madera, de gruesos troncos de roble y al menos tres metros de alto. El portón, única entrada que distinguieron, era de un reluciente metal, y sobre éste, un cartel rezaba el nombre "Porvenir".

—No sé si sea buena idea. Parece más un fuerte que una salitrera ¿no será la base de De la Garza, capitán? —inquirió Bravo.

—No lo creo, quizás solo reforzaron la estructura para protegerse de la guerra. Además, De la Garza no tiene tantos recursos, solo lo que saquea de los puebluchos por los que pasa.

El capitán dio un rápido vistazo a sus hombres, quienes no ocultaban su reticencia ante la enigmática fortaleza. Sin ningún titubeo, dio tres fuertes golpes en el portón. Gritó con su mejor voz de mando un poderoso "¡aló!" y esperó.

Estaba a punto de proferir otro grito cuando una voz lo sorprendió por su derecha. Uno de los troncos sobresalía del resto de la serie, y en su interior había un hueco en el cual distinguieron una caja con una bocina, y sobre ella una especie de telescopio dorado que se doblaba hacia el interior de la estructura. Ambos aparatos apuntaban hacia el portón, justo donde se encontraba ubicado el teniente. De la bocina había brotado un "Buenas tardes" con una aguda y difusa voz que hizo retroceder a los demás hombres del batallón. "¿Con quién tengo el placer de hablar?", continuó la bocina.

—Eh… soy el capitán José Manuel Gallardo, del Ejército de Chile. Le pido que se identifique.

Pasaron unos instantes en los que el teniente estuvo a punto de repetir la pregunta, pero el aparato contestó:

—Esta es la oficina salitrera Porvenir, capitán ¿qué más le puede interesar de nosotros?

—Mire, mis hombres y yo estamos buscando refugio. Necesito saber si su oficina le es fiel a Chile o a la alianza Perú-Boliviana.

Pasaron otros momentos. Todo el batallón esperó paciente una respuesta, mientras que el teniente empezaba a sospechar de algún defecto técnico para explicar el desfase temporal que existía en la comunicación con la bocina.

—Es una locura, el capitán no tiene idea qué está haciendo… mejor nos vamos, no vaya a ser una trampa de De la Garza —le susurró el soldado Guerrero a Bravo.

—No sea cobarde, Guerrero, el capitán sabe lo que hace —Le respondió el teniente.

—No es de cobarde, este tipo ya casi nos mata una vez, no vaya a ser esta la definitiva —susurró Guerrero a Weichafe, quien estaba parado al lado suyo.

—Aló, aló ¿puede escucharme?... —inquirió el capitán al cabo de un minuto, hasta que un ruido de engranes resonó mientras los pesados portones se abrían de par en par.

Y los soldados contemplaron el interior de la salitrera: ante ellos había dos largas hileras de casas y en medio de estas una vía central por donde pasaba una estrecha línea de tren; postes eléctricos recorrían todo el lugar, decorados con luces, válvulas de presión y más bocinas; tuberías de vapor brotaban y se entrelazaban en distintas partes casi con la misma concentración que los cables eléctricos.

La entrada era custodiada por media docena de guardias, todos vestidos con poncho a la usanza de los antiguos serenos, y una amplia chupalla. Portaban todos unos rifles, que colgaba con una correa de su cuello, y usaban unas gruesas antiparras oscuras. Su pétrea expresión, y el tener ocultos sus ojos, les conferían un aire bastante sombrío.

Ninguno de ellos se opuso a la llegada de los forasteros, quienes avanzaron por la vía central. Los habitantes, en su mayoría mujeres y niños, se fueron acercando a ellos. Todos se veían asustados y con la cara y manos llenas de hollín. El capitán reparó en este detalle cuando distinguió a un niño de entre la multitud que volvió corriendo a su casa en cuanto sus miradas se cruzaron. Luego alzó la vista hacia el final de la vía: una torre de reloj similar al Big Ben, y coronada con un observatorio, marcaba unos minutos después de las doce.

De la periferia de la ciudad distinguieron otro tramo de la estrecha línea de tren donde viajaba un rápido y pequeño transporte. Este parecía consistir en una dresina manual adaptada con un poderoso motor que hacía subir y bajar su mecanismo de empuje. Con ligereza y velocidad, el aparato y su conductor doblaron en la vía central del pueblo, aproximándose raudamente a los soldados.

Su pasajero descendió y se dirigió a los forasteros.

—Saludos, soldados. —exclamó con un marcado acento británico— Me presento, mi nombre es Orville Blackwood. Bienvenidos a Porvenir.

El hombre usaba un impecable traje azul oscuro. Era de contextura gruesa, de barriga prominente y fuertes bigotes negros. Usaba un típico sombrero inglés, un monóculo cuyo interior no se distinguía y un guante café oscuro en la mano derecha.

—Capitán Gallardo, supongo. Un honor conocerlo —dijo y le ofreció al chileno su enguantada mano.

El apretón fue frío y duro, pero el capitán ignoró ese detalle.

—Mucho gusto —le respondió.

Los uniformados devoraban cada detalle visual que podían, todo en el pueblo lucía extraño y mecanizado. Nadie quiso hablarle a ese extraño personaje, pero Bravo se acercó:

—Espere, usted es Mister Blackwood ¿El ingeniero?

—El mismo —contestó orgulloso—, me imagino que sus hombres deben estar hambrientos. Vengan, los llevaré a mi hogar donde podrán alimentarse como corresponde.

El hombre volvió a subirse a su curioso aparato y desde allí guio a los chilenos hacia donde les indicaba. Viajaba a corta velocidad, de modo que le pudieran seguir el ritmo caminando. A lo largo del camino las vías se bifurcaban en distintos caminos, pero Blackwood solo jalaba un par de palancas en los postes eléctricos que había antes de cada cruce, y las vías cambiaban hacia la dirección que el necesitaba sin ningún problema. Junto con esa operación se encendían automáticamente luces verdes y rojas que, por lo que entendió el teniente, hacían de semáforos. Aunque al teniente Bravo le recordaban más a un árbol de navidad por lo aparatoso de los postes. En un cruce debieron detenerse para dar paso a un pequeño tren, del porte de una carreta, que arrastraba una hilera de tres carros con cobre en dirección al cerro. No había conductores en dicho aparato. A lo largo del camino se percataron que la "mini vía del tren" se extendía y ramificaba por toda la oficina salitrera.

—Entonces, ¿qué sabes de este hombre, Bravo? —le preguntó Gallardo sigilosamente mientras caminaban.

—Como usted sabe, teniente, yo estaba estudiando ingeniería antes de que empezara la guerra. Mi familia siempre me incentivó a que me introdujera en el mundo de los negocios, de allí que conozco a Blackwood. El hombre, según se dice, es un genio. Trajo a Chile tecnología e inventos que han vuelto la producción de salitre mil veces más eficiente de lo que era antes. Se le considera uno de los fundadores de la industria en Atacama. No obstante, yo creí que estaba muerto. Por lo menos eso me dijeron, son muchos los rumores que hay en torno a su persona.

—¿Qué clase de rumores?

Después de una larga pausa responde:

—Que está loco.

Ambos dirigieron una mirada recelosa a la espalda de su guía, quien continuaba su constante y fluido avance por la línea férrea en su aparato.

El palacio al que llegaron, pegado al muro oriental de la oficina, lucía por fuera como lo más normal dentro de la exótica salitrera. De tres pisos y estilo neogótico, su interior era aún más lujoso que la pomposa fachada. Blackwood instaló a sus visitas en una larguísima mesa donde cada uno de los trece pudo sentarse a medio metro de distancia de los demás. En el extremo norte se ubicó el anfitrión, y en la cabecera opuesta estaba otro extranjero. Completamente calvo, con una barba blanca de chivo, de estatura más bien baja y un traje gris de tres piezas. "Les presento al Dr. Sarrasin Schultze", introdujo el anfitrión, "es el médico local", agregó.

El olor a comida impregnaba la atmósfera, y los uniformados quedaron deslumbrados con el banquete que sirvieron las empleadas del anfitrión. Platos de pollo, arroz con carne, spaghetti y porotos fueron devorados con la vista por los chilenos apenas entraron en el comedor. Weichafe devoró abstraído todo lo que le pusieron por delante. Hasta Guerrero, que padecía de labio leporino, terminó sacándose un pedazo de pollo que se le quedó atorado en la hendidura de su boca.

No obstante, Bravo destinó su atención en otro detalle. Las cabizbajas domésticas, de facciones andinas, vestían el mismo uniforme blanco con azul y tenían la misma expresión de miedo y resignación que percibió afuera.

Mister Blackwood le explicó al teniente que el secreto de un trabajador productivo era uno bien alimentado, y por lo mismo se preocupaba de que todos sus trabajadores se alimentaran bien.

—Se dará cuenta, capitán, que en la salitrera Porvenir los obreros están mejor alimentados que en ninguna otra parte. No solo eso, el hospital local también cuenta con una completísima infraestructura, aquí cuentan con un envidiable sistema de salud, ¿no es verdad doctor? —el callado médico asintió levantando su copa.

—Se nota que toda la población aquí goza de grandes beneficios —observó el capitán—. Pero creo que lo que más llama la atención es la tecnología que tiene aquí…

—¿Eso? No me diga que lo asombró el sistema de trenes autómatas. Hay uno en cualquier juguetería.

—¿Tiene mejores maravillas que esa bajo la manga, sir? —intervino Bravo, mientras cortaba su filete.

—Oh sí, usted lo ha dicho, bajo la manga…

Dicho esto, el británico extrajo cuidadosamente su guante derecho. Al hacerlo, varios hombres dejaron caer la comida de su boca. La visión de una araña de dedos metálicos impactó a los comensales. Delgados y dorados, los dedos convergían en una palma donde se podían apreciar tubos semitransparentes por los que fluía un aceitoso líquido que circulaba, a modo de sangre, por toda la mano mecánica.

—Espero no haberles quitado el apetito —a medida que hablaba, realizó movimientos con los dedos, exhibiendo la prolijidad que ejercía sobre estos—. Esta prótesis es el resultado de un accidente, una explosión en mi laboratorio. Afortunadamente, con el Dr. Schultze diseñamos este efectivo reemplazo.

—Mi-mi-mister Blackwood… —balbuceó Gallardo— lo que me está mostrando es increíble… la guerra, usted debe saber, ha dejado amputados a miles de compatriotas. Brazos y piernas han volado por los aires, a causa de minas y gangrenas… lo que usted nos muestra podría…

—¿Cambiar el curso de la guerra? Ya lo creo —interrumpió mientras volvía a ponerse el guante.

—De hecho, iba a decir, darles una nueva oportunidad a nuestros veteranos. El gobierno de Chile pagaría una fortuna por este invento. Aún más de lo que produce esta oficina.

—Mi querido capitán, debo decir que la salitrera es solo una excusa. Mi verdadera vocación siempre ha sido inventar cosas. Mientras el negocio funciona, mis ratos de ocio los paso en mi laboratorio, trabajando en mi investigación. ¿Quiere que le muestre qué otras cosas he logrado en este oasis de conocimiento llamado Porvenir? Apenas termine su plato se lo enseñaré. No suelo recibir visitas, y créame que siempre es un placer compartir mis proyectos con los demás.

Terminado el almuerzo, los doce uniformados salieron a pasear por la salitrera. A los pies de una de las compactas viviendas obreras, Bravo distinguió un niño acostado en el piso dibujando en un papel sobre una tabla. El teniente le sonrió, pero el niño agachó la cabeza, asustado. A medida que caminaban, los militares notaron cómo la gente se alejaba y rehuía su mirada. Y los guardias, todos físicamente iguales, con el mismo poncho, sombrero y antiparras, los seguían con la mirada.

Cuando llegaron de nuevo al reloj, descubrieron que en su base había una suerte de rueda de hámster gigante. En esta había un chiquillo de quince años corriendo, y al lado suyo dos jóvenes más, esperando. Llegaron justo cuando el corredor se bajó de la rueda y lo reemplazó uno de los niños que esperaba. Blackwood les había explicado que se trataba de un dinamo eléctrico. Todos en la salitrera tenían como deber trotar media hora en la rueda para producir electricidad. Los turnos podían ser a cualquier hora del día o de la noche. Porvenir tenía una enorme demanda de electricidad. Por supuesto que ninguno de los mozuelos les dirigió la mirada.

Pasado el reloj, los militares ya se había divido en grupos de tres.

—¿No les llama la atención que casi no se ven hombres aquí? —señaló Bravo.

—Deben estar en la mina —conjeturó Guerrero.

—Este lugar me da mala espina, peñi —aseguró Weichafe—. Yo trabajé un tiempo en la salitrera Santa Laura, pero esto no se parece a nada que haya visto antes.

—No debemos perder el foco —Guerrero—. Mientras antes nos vayamos de aquí mejor. El objetivo es reencontrarnos con el Ejército y atrapar a De la Garza.

—Aun no entiendo por qué es tan importante —se quejó Weichafe—. ¿No se supone que ya ganamos la guerra? Lima ya es nuestra ¿por qué debemos seguir luchando?

—Es un caudillo regional, y el principal líder de las guerrillas de resistencia. Si sigue tomando pueblos y juntando tropas, el Perú entero volvería a levantarse contra nosotros —explicó Bravo—. Y es muy querido entre la población. Se dicen muchas cosas de él. Que puede estar en dos lugares al mismo tiempo, que no duerme, que tiene pacto con el diablo, y hasta he escuchado rumores de que su cuartel central está en Pacha Pulai.

—Por favor, Bravo, ¡no me diga que cree en esas supersticiones! —inquirió Guerrero.

—¿La ciudad de la leyenda? A mí me han contado que sí existe —acotó Weichafe.

—Más le vale al peruano maldito que exista, porque solo así se salvará de lo que le espera si lo encontramos— espetó Guerrero—. Si es que Gallardo nos deja, claro —agregó, levantando una ceja.

—¿Qué quieres decir? —preguntó Weichafe.

Dado que Guerrero era el más alto del grupo (y también el más delgado), el mapuche estiró su cuello para descubrir que la impávida expresión característica del soldado de ojos pequeños y dormidos ahora revelaba una sonrisa cómplice.

—¿No lo sabes? Él y De la Garza eran amigos.

—¿De verdad?

—Más o menos —aclaró Bravo—. Pelearon juntos en la guerra contra España en el '64. Y en Antofagasta eran vecinos. Tenían chacras aledañas, y si no me equivoco, el teniente es padrino de la hija de De La Garza, o al revés, parece. Eran otros tiempos, cuando chilenos, peruanos y bolivianos vivían juntos y revueltos... pero el deber es primero. Todos sabemos de lo que es capaz De la Garza. Sus tropas saquean, violan, ha torturado a nuestros compatriotas, los cuelga y crucifica...

Lo interrumpió un papel que llegó arrastrado por una ráfaga de viento. El primero en intentar atraparlo fue Weichafe, luego Guerrero, pero a ambos se les escurrió de las manos. Fue Bravo quien logró atajarlo por una punta. Tras el papel, llegó un niño de ocho años corriendo. De ropa harapienta, y peinado a lo príncipe valiente, el pequeño parecía estar a punto de retroceder cuando vio que el papel estaba en manos de los forasteros. Con todo el tacto que pudo, Bravo se le acercó y se lo ofreció de vuelta.

—¿Venías buscando esto?

—Gracias —dijo el pequeño, con la mirada clavada en el piso.

El teniente observó el amarillento papel. El garabato delineaba a tres personas, dos grandes y una pequeña, junto a una especie de caja sobre una mesa.

—Dibujas muy bonito, ¿son tus papás?

—Sí… —contestó el niño al cabo de un rato.

—Y el de acá eres tú, te quedó igualito ¿cómo te llamas?

—…Pablo.

—Bueno pablo, me llamo Juan José Bravo, puedes decirme "Juanjo" o Pepe. Como más te guste —dijo el teniente al tiempo que le extendía la mano.

Tras pensarlo unos instantes, el niño respondió: "Pepe".

—Jeje, buena elección. ¿Qué están haciendo en el dibujo?

—Es el funeral de mi hermano chico —respondió, siempre sin sacar la mirada del piso.

—Jesucristo, lo siento mucho ¿cómo se llamaba?

—Pedro.

—Ya veo… arriba el ánimo, Pablito. Todavía tienes a tus dos papás.

—A mi papá no lo veo hace tiempo, está en la mina.

—¿Hace cuánto que no lo ves?

—Tres meses.

—¡Tres meses!... pero me imagino que vino para el funeral de Pedro, ¿no?

—No le hicimos funeral. Aquí no dejan.

—¿Qué quieres decir?

—No dejan...

***

El cielo atacameño se vio interrumpido por el paso de un bólido distinto a los tradicionales cóndores. Se trataba de una especie de bicicleta con extensas alas de tela. Su retorcida estructura de tubos de hierro almacenaba en su interior una especie de motor, que finalizaba en su parte posterior en un grueso tubo de escape que expulsaba una constante bocanada de fuego. Su tripulante, quien portaba unas antiparras que le daban un aspecto similar a una mosca, viró el manubrio y descendió hasta aterrizar en una pista aérea ubicaba en el techo del galpón principal de la salitrera, colindante con el palacio de Blackwood.

El vehículo recorrió treinta metros de pista antes de detenerse. El capitán Gallardo, con los ojos abiertos como platos, observó al doctor Schultze retirarse las gafas y descender del vehículo con la misma normalidad con que un hombre desmonta un caballo.

—Una máquina voladora, increíble.

—Asombroso, ¿verdad? Mi gran sueño siempre fue ver a un hombre volar —comenzó Blackwood—. Verá, los globos son atractivos, más ligeros que el aire, pero dan poca maniobrabilidad. Hasta que hice dos descubrimientos. Uno en estricto rigor no es mío, es de Leonardo Da Vinci. Me basé en uno de sus diseños para construir este aparato. El otro, lo hice en este galpón, cuando descubrí que la combustión del queroseno con el oxígeno líquido generaba el impulso suficiente para elevar mi aparato.

—Tantas maravillas, no entiendo por qué no las comparte con el mundo —señaló Gallardo.

—Ahí es donde entra usted. Verá, mi capitán, —Blackwood sostenía con su mano mecánica un grueso puro, mientras que la otra la posó sobre el hombro del chileno y lo condujo hasta el ascensor, que los llevó hasta el primer piso del galpón— una de las razones por las que vine hasta está lejana parte del mundo, es para proteger la autoría de mis inventos. En Europa me robaron un par de patentes cuando era joven, allí entendí que tenía que ser más desconfiado. No mostrar mi trabajo hasta que estuviera finiquitado. Y en los años que llevo aquí, he descubierto muchísimas cosas.

Ya en el primer piso, atravesaron un galpón lleno de motores, engranajes del porte de un timón de barco, y válvulas de vacío. Aunque estaba oscuro, Gallardo distinguió distintos prodigios y otras máquinas cuyo funcionamiento no adivinó. Una de ellas, era una especie de calculadora gigantesca, del tamaño de un clóset. Consistía de siete largas columnas llenas de tarjetas perforadas, y conectadas en su base a una serie de engranes, que convergían en una especie de máquina de escribir, junto a un tubo de papel enrollado, donde, aparentemente, debía imprimirse información. Delante del coloso mecánico, había un pequeño letrero que rezaba "máquina diferencial".

—Quiero hacerle la siguiente propuesta —continuó Blackwood tras expulsar unas bocanadas de humo—: que usted sea mi contacto en el Ejército. Hasta donde sé, la guerra aún no ha terminado. Y si quieren dominar de verdad a esos indios patesucia, van a necesitar mi ayuda.

—Podría hacerle esta misma oferta al gobierno peruano. O boliviano —inquirió el capitán.

—Jeje, es verdad. Pero créalo o no, yo ya me siento chileno. ¡Si hasta pienso en español! Todos mis obreros acá son chilenos. Y eso es porque soy un convencido de la superioridad de la raza chilena. Ustedes son distintos, lo he visto con mis propios ojos. Mientras que ustedes son obedientes, trabajadores ¡y grandes guerreros!, sus vecinos son sucios, holgazanes, y borrachos. Unos bárbaros que mantienen prácticas de la edad de piedra, de la época de los incas… pero, en fin, si usted me gestiona una reunión con el general Lynch, o mejor aún, con el ministro de guerra y marina, yo le garantizo una buena compensación. Una cifra con muchos ceros.

El capitán no dijo nada, solo se quedó pensativo, cuando, a la salida del galpón, lo interceptó Bravo junto a dos soldados.

—Mi capitán, tenemos que hablar con usted.

El británico extrajo su reloj de bolsillo, y el brillo del oro encandiló fugazmente a los presentes. Acto seguido dijo:

—Bueno, yo los dejo, tengo que atender unos asuntos en mi oficina. Lo estaré esperando, capitán.

En cuanto el obeso extranjero se alejó, el capitán retomó la palabra.

—Mi capitán, tenemos que irnos de aquí. Ahora.

—¿Por qué el apuro, teniente? En este lugar podemos hacer el negocio de nuestras vidas. Aquí está todo lo necesario para ganar la guerra…

—¿Pero a qué costo? Este lugar es muy extraño, mire lo que dibujó este niño —exclamó y le extendió el dibujo de Pablo.

—Qué bonito, es como los que dibuja mi hija.

—Es un funeral. El funeral ideal con que sueña un niño de ocho años —explicó Bravo—. Me explico, este niño me comentó que los turnos en esta mina son de cerca de tres meses, desde entonces que no ve a su padre, que no pudo estar cuando murió su hermano menor. Y no solo eso, ni siquiera pudieron realizar una ceremonia fúnebre, Blackwood lo tiene prohibido.

—Buscamos en toda la salitrera, y no hay una sola capilla —agregó Weichafe—. El gringo ha prohibido matrimonios, bautizos, primeras comuniones, todo lo que sea religión. Es más, la gente tiene miedo de pronunciar la sola palabra "dios".

Los militares cortaron el diálogo en cuanto percibieron un alboroto en una plaza, a unas calles de donde se encontraban. Siguieron el ruido, y llegaron hasta la muralla sur, donde, en una pequeña plaza, ornamentada apenas con un par de árboles y una banca, unos guardias le daban una paliza a un anciano de edad indeterminada, tumbado en el piso. Instantáneamente, los chilenos intervinieron.

—¡Qué te hai creído, malagradecido!

—¡Roto de mierda, nos queríai abandonar! —gritaban sus agresores.

—¡Suéltenlo! —exclamó el capitán Gallardo, desenvainando su espada— ¡déjenlo en paz!

—Usted no se meta, forastero. Es un asunto entre el viejo y nosotros— respondió uno de los guardias, al tiempo que los demás cesaban las patadas al anciano.

—¿Se puede saber qué fue lo que hizo?

—Yo lo único que quería era salir a dejar esta ofrenda a una animita del Tata Santiago —exclamó el desdentado anciano con un hilo de voz, quien sostenía un ramo de chamuscadas flores en sus manos.

—¡Sacrílego! ¡Pagano! —despotricó uno de los guardias, mientras levantaba su arma desde el cañón, aprestándose para golpear con el mango al anciano.

—¡Deténgase! —Bravo lo impidió, y entre los cuatro rompieron el cerco de centinelas y se llevaron al anciano hasta una banca. Aunque el semblante de los centinelas les dio la impresión de que contratacarían en cualquier momento, finalmente los dejaron en paz.

En la banca le ofrecieron una cantimplora con agua al hombre de cabeza blanca y ojos dormidos, y limpiaron sus heridas con el botiquín que cargaba Guerrero en su mochila.

Una vez que se calmó todo, el anciano rompió en lágrimas.

—¡Yo lo único que quería era cumplir con mi manda! —sollozaba—. Estas flores y velas eran para el tatita Santiago. A mi hija la secuestraron hace años unos bandoleros. Pasé días y noches sin dormir, rezando porque me devolvieran a mi hija. Entonces le hice una encomienda a San Santiago. Le dije que, si me devolvía a mi hija, le iba a dejar una ofrenda todos los años. Al día siguiente, los bandoleros murieron en un enfrentamiento con la policía rural. Y aunque no lo crean, mi hija volvió. No la había violado, ni nada. ¡Era un auténtico milagro! Así que le construí una animita a San Santiago en la cima del cerro Cusicanqui. Todos los años, en el día del tatita, el 25 de julio, hacíamos todo un carnaval para conmemorar a nuestro santo patrono, y yo aprovechaba de cumplir con mi manda. Eran tiempos de fiesta y celebración… pero todo eso cambió cuando llegó el gringo.

Mientras se enjuagaba las lágrimas, Gallardo observó que los centinelas los observaban a lo lejos, pendientes de lo que conversaban. Casi como esperando que se retiraran para volver a atacar al anciano.

—Escuche, buen hombre, no sé si entendí bien, pero ustedes ¿no pueden salir de la salitrera? —el obrero no respondió—. Por favor, explíqueme, ¿cómo son las reglas aquí, no los dejan salir…?

—No podemos hablar de eso, no nos dejan…

El hombre se quedó mudo en cuanto se acercó uno de los guardias.

—Vilches, venga con nosotros.

Sin oponer resistencia, el hombre se limpió por última vez el rostro y, resignado, se incorporó y acompañó al guardia, cojeando de la pierna izquierda.

—¿A dónde se lo llevan? —interrogó Gallardo al centinela, pero éste siguió caminando, sin inmutarse—. ¡Hey, le hice una pregunta! ¿a dónde se lo llevan?

***

La oficina de Blackwood estaba en el piso superior del palacio. La ventana, tenía una vista privilegiada de la salitrera. Allí Gallardo se percató que la avenida principal continuaba más allá de la torre del reloj hacia el oriente, y era rematada por el palacio. Además del reloj que vieron desde la entrada, la torre también poseía un reloj que miraba hacia la cordillera, de modo que Blackwood tenía una panorámica permanente de la hora. Así y todo, la oficina estaba llena de relojes, cuyo tictac se percibía como un zumbido constante apenas el chileno puso un pie en la habitación. Entre los relojes, también había cuadros de científicos ingleses, y de familiares de Blackwood. Allí Gallardo se percató que el extranjero tenía parientes en la nobleza británica.

En un amplio escritorio de caoba, el industrial se encontraba leyendo el Times. Aunque se percató de la entrada del visitante, no despegó los ojos del periódico.

—Escuche esto, "Chile: república modelo de Sudamérica". Ya decía yo que escogí bien dónde invertir. Como le decía, capitán, ustedes no se parecen a sus vecinos. Son más como nosotros.

Dicho esto, el inglés cerró el diario y se dirigió a un minibar. Le ofreció una copa al capitán, pero este la rechazó. En cuanto Blackwood se sirvió, se aproximó a uno de los cuadros más grandes, donde se veía a un hombre con armadura, cabello largo y bigote.

—¿Le he contado que soy descendiente del gran Oliver Cromwell? Un gran personaje de la historia británica —afirmó, con un dejo de orgullo en su voz.

—No tenía idea... —el chileno desvió su atención a una pequeña foto en un marco junto a una lámpara, semiescondida entre un busto de Aristóteles y un cenicero. Allí se veía a un Blackwood bastante más delgado, posando junto a un hombre de facciones parecidas, con un puerto de fondo— ¿Quién es el de la foto? ¿es hermano suyo?

—Mi medio hermano, Wilbur —precisó Blackwood, quien borró la sonrisa de su rostro.

—Parece vieja la foto. Debe ser duro vivir lejos de la familia, me imagino que no lo debe ver desde que llegó a Chile —comentó el capitán, quien no pudo evitar recordar que no veía a su hija desde hace meses.

—Al revés, lo conocí cuando llegué a Chile —aclaró, evidenciando cierta molestia en su tono—. Y déjeme decirle que no es difícil para nada.

—¿Por qué dice eso, si se puede saber?

Blackwood revolvió suavemente con el movimiento de su mano la copa, y se instaló en un sillón de piel italiana junto a un librero lleno de voluminosos libros. Una vez sentado, tomó aire en un largo suspiro antes de hablar.

—Mi padre era comerciante. Se la pasaba viajando. Toda la vida pensé que era hijo único, hasta que él murió repentinamente cuando yo tenía 21 años. Supuse que me lo había dejado todo a mí, pero en la lectura del testamento me enteré que tenía un hermano en Nueva York, Wilbur.

Extendió su mano y tomó otra foto sobre la mesa de la lámpara junto al sillón. Ésta lo mostraba a él solo, posando con la costa de Valparaíso de fondo.

—Nos conocimos en Valparaíso. Allí heredamos la compañía naviera que nos dejó mi padre. Intentamos trabajar juntos por un tiempo, pero…

—¿Pero…?

—Resultó imposible. Ese yankee es un estúpido. Somos muy diferentes. ¡Con decirle que vio a mi padre tres veces en su vida y juraba qué él era su favorito! Nos empezamos a pelear, él dijo que la compañía le correspondía a él por derecho… finalmente la vendimos.

—¿Y regresó a Estados Unidos?

—Curiosamente no. Aunque no nos llevábamos bien, emprendimos un último viaje juntos, a Iquique. Teníamos el mismo destino, pero distintos planes. Yo quería invertir mi parte de la compañía en una salitrera donde pudiera desarrollar mis inventos. Y el muy lunático… vino en busca de Pacha Pulai.

El capitán no disimuló la extrañeza en su rostro.

—¿Entonces de verdad existe Pacha Pulai?

—Sí, y está en frente de nosotros. En el cerro vecino. Pero no se engañe. No es la ciudad fantástica que describen las leyendas. Son solo unas ruinas incas donde habita una aldea de indios. Allí no hay nada más que rocas, musgo, templos destruidos, y largos e interminables caminos que no llevan a ningún lado... —Blackwood acabó de un trago su copa—. Claro que para Wilbur esas ruinas son sagradas. Yo soy un hombre de ciencia, teniente. Él es un esotérico. Estudió durante años los indios navajos en Norteamérica, y vino aquí a estudiar los indios quechuas y aymaras. Buscaba "ponerse en contacto con la Pachamama" y todos esos disparates de indios.

Blackwood se incorporó, y se dirigió a su escritorio. Dejó la copa a un lado, se apoyó sobre sus puños un momento, y después, extrajo un puro de una caja dispuesta en uno de sus cajones.

—¿Quiere que le cuente todos los disparates que él me narraba de Pacha Pulai, teniente? Wilbur jura que todas esas fantasías son reales.

—He visto a hombres volar en su salitrera, mister Blackwood. Ya nada me sorprende.

—Y eso que no es mi mejor invento —dijo el británico mientras prendía su puro, sin mirar a los ojos al militar.

—Usted convierte lo fantástico en posible.

—Corrección, no todo lo fantástico. Solo lo que tiene base científica. La basura religiosa y esotérica no tiene cabida en mis dominios.

—¿Por eso les prohibió celebrar misa a sus empleados?

Blackwood lo miró fijamente mientras el tabaco caía de su puro. Botó una larga bocanada de humo antes de contestarle.

—Ya le vinieron con el chisme.

—No es un chisme. Esta gente necesita algo en qué creer.

—Mientras trabajen para mí, yo soy lo único en lo que deben creer. El único inventor de maravillas que les puede cambiar de verdad la vida. Y si están aburridos, para eso existen los dínamos.

—No los deja hacer nada. Son sus empleados, no sus esclavos.

—¡A ver! —golpeó la mesa con su palma izquierda— ¿me va a decir cómo tengo que tratar a mis empleados? Usted no opine sin saber, no estaba cuando yo llegué. Estos bárbaros vivían en la edad de piedra. El poco ganado que mantenían lo desperdiciaban en sacrificios a sus dioses ¡hasta había sacrificios humanos! Otra herencia de los incas. Si no fuera por mí, esta gente se estaría matando entre sí ¡peleándose por trozos de pan!

El capitán se lo quedó mirando serio, reprobando el exabrupto del británico. Blackwood se calmó, respiró, y depositó el puro, aún encendido, en un cenicero. Luego se paró y recuperando la compostura, le explicó a su interlocutor:

—Escuche, lo que yo hago aquí es serio, capitán —enfatizó gesticulando con ambas manos—. Soy un científico. Un hombre de razón, que trabaja elaborando inventos para el bien de la humanidad. La luz del progreso y la razón ilumina poco a poco la oscuridad que antes dominaba la religión y las supercherías. Esta salitrera es la mayor prueba de ello. El nivel de vida que tienen estos rotos aquí es mejor que en cualquier otra salitrera de todo el desierto. Eso gracias a que trabajan y producen con técnicas científicas. No puede haber bautizos, funerales o feriados religiosos interrumpiendo eso. Son un obstáculo...

Se sentó de nuevo, con parsimonia, en la silla de su escritorio, y retomó el puro.

—Créame, capitán. Me falta muy poco para terminar mi trabajo. Tengo entre manos algo grande. En cuanto el mundo lo conozca, nada volverá a ser como antes, y ésta gente me lo agradecerá. Porque habrán sido parte de algo mucho más grande que ellos mismos… ¿y ha pensado en la oferta que le hice?

El capitán lo miró serio unos momentos antes de responderle, cuadrado militarmente frente al escritorio.

—La verdad no creo que un juguete volador impresione al general Baquedano. Si quisiéramos volar, usaríamos globos. Pero un ataque aéreo nos resta precisión. El enemigo está fondeado en la sierra. Para enfrentarlo tenemos que atacar desde tierra, no desde el cielo.

Ahora fue Blackwood quien le devolvió la mirada reprobatoria. La crítica había sido a propósito, el teniente solo buscaba constatar qué tan trastornado era el carácter del sabio inglés.

—No sé qué parte corregir primero de esa oración. Ya le dije que el "juguete volador", como usted lo llama, no es mi mejor invento. No, eso no va a cambiar a la humanidad —se incorporó—. Lo que le voy a mostrar ahora lo hará.

Mientras conversaban, el trío de soldados que auxilió al anciano obrero siguieron disimuladamente a los centinelas que lo detuvieron.

Había llevado al hombre hasta una pequeña comisaría, ubicada a un costado de la torre del reloj, en el centro de la salitrera. Cada celda tenía una ventana con barrotes, a través de ella le ofrecieron una cantimplora llena de aguardiente y un pedazo de pan. Tras resistirse inicialmente, el hombre aceptó. Bebió con ganas, y les confió que no había probado una gota de alcohol desde que entró a trabajar a Porvenir. Blackwood se había propuesto a combatir el alcoholismo cuando llegó, recordó el prisionero.

—Señor Vilches… —comenzó Bravo.

—Jorge —dijo mientras devoraba el pan.

—Don Jorge, hay algo que no entiendo. ¿Por qué los guardias dijeron que San Santiago era algo "sacrílego"?

—Lo que pasa es que es una mezcla. Es Illapa, el dios del trueno de los incas, mezclado con el santo guerrero del caballo blanco, San Santiago. El gringo odia la religión de los cristianos, pero odia todavía más las tradiciones andinas... aquí entrenos, muchos de nosotros albergamos la esperanza de que San Santiago hará otra de sus apariciones milagrosas, y nos liberará de este gringo —agregó en voz baja, antes de engullir el último bocado de pan.

—No puedo entender cómo aguantan todo esto ¿nadie más ha intentado escapar?

—Yo no quería escapar, pensaba volver. De verdad...

El hombre se mostraba asustado, no se atrevía a hablar más. En cualquier minuto iban a llegar los guardias a darle una nueva paliza si lo veían hablando con los forasteros. Pero el teniente Bravo era bastante afable, y logró convencerlo de que confiara en él.

—Ustedes no estaban cuando llegó el gringo. Antes aquí había solo dos caseríos. Uno a los pies del cerro, el otro allá arriba, en Pacha Pulai... sí, de verdad existe ese lugar. El primero que llegó fue otro gringo, Wilbur, el hermano de este gringo.

—¿Blackwood tiene un hermano? —inquirió Bravo.

—Sí, y aunque no lo crean es mucho peor. Dicen que es un brujo. Muchos arrancaron del cerro, porque decían que el gringo practicaba magia negra. Que retomó los sacrificios humanos incas, que momificaba a gente con vida... ¡y luego los muertos se levantaban por la noche! Después llegó el otro gringo, y él nos ofreció trabajo, comida, y un lugar seguro. La cerca que ven allá afuera, era para protegernos del exterior. Del otro gringo, de los bandoleros, de la guerra, de los monstruos que acechaban en ese cerro maldito...

Guerrero y Weichafe se miraron con una mezcla de sorpresa y miedo en sus miradas. Bravo se mantuvo sereno, y retomó la conversación.

—Don Jorge, ¿usted también es minero? ¿hace cuánto que usted trabaja aquí?

—Dos años.

—¿Me puede decir por qué los turnos son tan largos?

—Eso es reciente. Del último año. Lo que pasa es que yo tuve un accidente. Hubo un derrumbe hace nueve meses. Fui el único herido y quedé pa´ la escoba... todos me dijeron que iba a perder la pierna —dicho esto, el anciano se levantó la manga izquierda de su pantalón, descubriendo una pierna forrada de tubos amarillentos, similares a un aparato ortopédico, pero incluían engranes mecánicos en la rodilla y en la base del pie—. Y el Dr. Schultze me ayudó. Puedo caminar, pero ya no sirvo para el trabajo de la mina. Desde entonces que me tienen de limpiapisos. Se lo agradecí con todo mi corazón a mister Blackwood, por eso no puedo irme. En la mina el trabajo es duro, pero no más que en otras partes. El gringo ha hecho mucho por nosotros, nos da trabajo, comida y salud, no podemos ser malagradecidos.

—Pero los turnos, ¿por qué ya nadie sale de la mina?

—He escuchado historias, que el gringo hizo pacto con el diablo...

Don Jorge se alejó aterrado de la ventana. Escuchó pasos que se acercaban y se sentó en su cama, tratando de actuar natural. Los soldados, por su parte, se agacharon, manteniéndose a una distancia prudente de la ventana. Lo suficiente para escuchar lo que pasaba dentro de la celda.

—Vilches, salga.

—¿A dónde me llevan?

—A la mina, ¿no querías volver ahí?

—Pero cómo, mi pierna...

—No se preocupe, el patrón tiene un lugar especial para gente como usted —sentenció el guardia, con un fuerte acento campechano.

Los militares escucharon cómo la reja se cerraba, y tras intercambiar una mirada cómplice, se pusieron de acuerdo, sin decir una palabra, en seguir al minero reincorporado.

***

El ascensor llevaba un buen rato bajando, y Gallardo calculó que debían estar por lo menos cincuenta metros bajo tierra. Tras salir de la oficina, el británico lo llevó por un camino más bien corto hasta una caverna a los pies del cerro, donde comenzaba la mina. De allí, salía una línea de tren con una maquina a vapor que cargaba los minerales extraídos. Todo automatizado, sin ningún ser humano a la vista.

—¿Exactamente qué es lo que extraen aquí?

—De todo —contestó Blackwood, mientras habría la reja del ascensor—. No solo salitre, también cobre, litio, e incluso pepitas de oro. Esta zona es riquísima en distintos tipos de minerales, teniente. No escogí el Cusicanqui al azar.

Fuera del ascensor, el chileno quedó deslumbrado por lo que vio. La caverna era gigantesca, de un tamaño descomunal. La rampa de tierra subía en zigzag con los vagones cargados de minerales. Y si bien amplios focos colgados de docenas de postes iluminaban el lugar, la mayoría de la luz era irradiada por gigantescas calderas mientras vertían cobre al rojo vivo en distintos compartimentos movidos por una cinta de producción.

Los mineros se veían dispersos por todas partes. Todos pequeños y oscuros, con un traje que los cubría por completo, de modo que Gallardo no pudo distinguir mayor detalle.

Blackwood lo condujo a una escalera, donde subieron a una estrecha plataforma metálica, de la cual se sostenían de la baranda para no resbalar. Avanzaron hasta el fondo de la caverna, donde el chileno presenció, con una privilegiada panorámica, un gigantesco taladro, de ocho metros de altura, consistente en una

110

especie de locomotora, de la cual brotaba en uno de sus extremos el taladro giratorio.

—Otro de mis inventos, gracias a él pudimos cavar tan profundo. Y eso no es todo

Condujo al chileno unos metros más adentro de la plataforma. Allí pudo apreciar que, detrás de la prodigiosa máquina, se encontraba un aparato aún más notable. Un humanoide mecánico de cinco metros de altura y dos metros de ancho. De aspecto rechoncho, su metálico cuerpo consistía en dos piernas similares a las de un perro, un brazo rematado en una mano parecida a la de Blackwood, pero con dedos mucho más gordos, y otro brazo rematado en un garfio de tres delgadas pinzas. En lugar de cabeza, el coloso metálico tenía una especie de cabina, en cuyo interior había un asiento con comandos, separado del exterior por un cristal.

—Inverosímil… —dijo Gallardo, anonadado.

—¿Cómo se vería usted peleando la guerra con esta armadura?

—¿De verdad funciona?

—Por supuesto, le da a cualquier soldado una fuerza sobrehumana. Sin contar las ametralladoras que instalé en sus dos hombros. Súmeles las máquinas voladoras. Tirando bombas desde ellas, puede destruir ciudades enteras. Es el arma perfecta para atacar a los insurrectos en la sierra.

—Pero, ¿qué dice, hombre? Morirían civiles también.

—¿Y? usted está pensando en una guerra convencional. Yo estoy pensando en la guerra del futuro. La guerra de exterminio, capitán. Con estas armas, usted puede terminar cualquier guerra en 24 horas.

—Uff… —el capitán Gallardo suspiró. Lo sádico del pensamiento de su interlocutor lo tenía desconcertado. Miró hacia otro ángulo, y se apoyó con ambas manos en la baranda, levantando los hombros—. A veces me pregunto por qué peleamos… no vaya a pensar que soy un desertor, o algo parecido. Soy un hombre de armas, siempre estaré donde mis superiores me lo indiquen. Pero he pensado, quince años atrás estábamos en el mismo bando, y ahora nos estamos matando entre nosotros —reflexionó Gallardo—. ¿Cuáles son las causas de esta guerra, Blackwood? ¿por qué tenemos que odiarnos entre hermanos?

—¿Qué tiene? Yo odio a mi hermano y eso nunca ha sido un conflicto ético para mí.

—No, hace rato me quedo más que claro que lo menos que tiene usted es ética.

—Voy a hacer como que no oí eso.

Blackwood observó a una de las calderas que quedó dada vuelta en la cinta de producción, impidiendo el paso de las demás. Los pequeños y oscuros mineros trataron inútilmente de sacarla, hasta que bajó un gigantesco electroimán con forma de herradura del techo. El imán colgaba de un brazo mecánico, el cual se acercó a la caldera, se adhirió al metal, lo recogió, y luego lo soltó a un lado de la cinta. Blackwood, por su parte, se acercó a un cono amarillento que funcionaba a modo de megáfono, ubicado en medio de la baranda.

—¡Hey, usted! —señaló el británico a uno de los obreros—. Póngase la armadura y llévese esa caldera al basurero —se alejó del megáfono, y se dirigió de nuevo al invitado—. Y usted venga conmigo. Aún no le muestro mejor.

Gallardo ya estaba cansado de que le presentaran tantas maravillas, cada una más destructiva que la anterior, pero sin otra opción, lo siguió.

Mientras el resto de los soldados chilenos había vuelto a la mansión para la hora del té, donde las empleadas les sirvieron un nuevo banquete de dulces, Bravo, Guerrero y Weichafe se escabulleron en uno de los trenes robotizados que viajaba con rumbo a la mina. Aprovecharon que la máquina regresaba a su destino con sus vagones vacíos, y se ocultaron en tres compartimentos distintos. Tapados con una gruesa manta gris, lograron burlar la vigilancia de los centinelas. A la orden de Bravo, saltaron al piso de arena del desierto. Estaban ante el Cusicanqui, a unos pocos metros de la boca de la caverna. Antes de adentrarse, inspeccionaron el entorno.

Una especie de retén policial se ubicaba cerca de la caverna. Los soldados se aproximaron agazapados, y asomaron por la ventana. Allí vieron a un grupo de cinco guardias riéndose y emborrachándose con botellas de ron y aguardiente. "Tienen sus privilegios estos hijos de perra", susurró Bravo.

Siguieron caminando hasta una gruta de pocos metros de profundidad a los pies del cerro. La pared era lisa, y tenía dibujos y jeroglíficos andinos.

—¿Qué es esto? —Weichafe.

—Parece que fueron hechos por los incas —dijo Guerrero, acariciando la pared.

—No lo creo, parecen mucho más viejos —intervino Bravo—. Son muy similares a las líneas de Nazca.

Los dibujos describían a distintos animales, monos, arañas, pájaros, y lo que Gallardo identificó como una réplica del gigante de Atacama: un humanoide con cabeza cuadrada, y cuatro antenas que salían de los tres lados superiores a modo de rayos de luz.

—Eso tiene pinta de ser nuevo —apuntó Guerrero a una leyenda escrita con tiza en el fondo de la cueva, a pocos centímetros del piso.

Weichafe se arrodilló ante el garabato, y empezó a murmurar entre dientes.

—No me digas que está en mapudungun, indio —dijo Guerrero.

—No es mapudungun, es quechua.

—¿Y tú por qué sabes quechua?

—En Santa Laura me casé con una boliviana. No duró mucho —dijo el soldado, levantando los hombros en señal de resignación—. Una lástima. De que cocinan bien las cholas, cocinan bien jeje.

—¡Con razón estai tan guatón, indio! —agregó Guerrero.

—¿Puedes traducirlo? —preguntó Bravo.

—Viva el winka… no, "viva el gringo. La Pachamama prevalecerá".

El militar se dio vuelta a sus compañeros levantando los hombros en señal de desconcierto.

—Hey, tropa —dijo Guerrero, mirando fijamente al techo—. Esto también, definitivamente es nuevo.

El soldado se refería a otro garabato, hecho con la misma tiza blanca y el mismo tipo de letra en el techo de la gruta, el cual rezaba "¡Viva el general De la Garza! ¡mueran los chilenos!". Se miraron entre sí, sin atreverse a decir en voz alta su descubrimiento: De la Garza estaba en ese cerro. Acto seguido, hicieron abandono de la gruta.

—Quizás algo de razón tiene ese tal Jorge —comentó Guerrero, mientras bordeaban el cerro.

—¿Qué quieres decir? —preguntó Bravo.

—Que ese muro los protege. Solo piénselo, ¿por qué luchamos? Nuestros vecinos no han hecho más que agredirnos. Nos quitan territorio, nuestras industrias, nuestro salitre, sus bandoleros saquean nuestros pueblos, en fin. Son unos fanáticos. Han torturado a prisioneros chilenos, pelean como si siguiéramos en la época precolombina.

—Bueno, por eso el capitán quiere que el gringo le venda armas al Ejército —señaló Weichafe.

—Je, yo no estaría tan seguro… —Guerrero hizo una sonrisa irónica—. No sé si confiar mucho en nuestro superior. En medio de la batalla, hace tres días, cuando ya todo acababa, yo estaba no muy lejos de él. Cuando los peruanos arrancaban, De la Garza fue el último en huir. Lo vi en su caballo, obeso como siempre, con sus largas patillas y su piel morena como la noche. Gallardo estaba frente a él. Le apuntó directamente con su arma. Se quedaron así un rato, viéndose a los ojos… y no pasó nada. Cuando le pregunté por qué no disparo, me dijo que se quedó sin balas. Pero yo no le creo mucho.

—¡Qué dices hombre! —Weichafe—. Estás hablando de nuestro capitán.

—Sí, el mismo capitán que nos hizo perdernos en el desierto, y deambular hasta casi morirnos de sed. Bastante inoperante este milico.

—Más respeto, Guerrero, si no quiere que lo sometamos a corte marcial por traición —le advirtió Bravo.

El grupo se quedó callado cuando sintieron un leve temblor. El sonido fue tomando forma, era una serie de fuertes impactos contra la tierra. Como si un gigante caminara hacia ellos. Y su instinto no les falló.

Agazapados tras una piedra, vieron cómo salía de la caverna un gigante metálico. Éste cargaba una caldera enorme que botó en un corral lleno de chatarra minera. Una vez hecha su tarea, dio media vuelta y se encaminó de regreso a la mina. No obstante, su pie derecho tropezó con una piedra bastante filuda. Los torpes esfuerzos del coloso metálico por mantener el equilibrio derivaron en que éste finalmente se desplomara. El estruendo resonó tan rápido como se extendió hasta desaparecer a lo largo del desierto. Los soldados se retiraron lentamente de su escondite, el primero en levantarse fue Bravo.

—Mi teniente, ¿qué va a hacer? —Weichafe.

—Hay un hombre allí dentro, ¿no se dieron cuenta? Tenemos que ayudarlo.

Tras una reticencia inicial, el par de uniformaos los acompañó. La cabina donde se encontraba el tripulante, si bien era transparente, se encontraba tan sucia y llena de hollín que era imposible distinguir con claridad su interior. La máquina en apariencia no sufrió ningún desperfecto, la duda era el estado de su ocupante.

Tras intentar abrir la compuerta inútilmente, Bravo recurrió a su sable, y finalmente a su pistola. Dio tres tiros hasta que finalmente aflojó el cerrojo. Cuando finalmente logró abrir la cabina de mando, los chilenos quedaron impactos con lo que vieron.

Avanzando por un oscuro túnel donde una insuficiente hilera de focos eléctricos iluminaba su paso, Blackwood condujo a Gallardo hasta una sección bastante apartada de la caverna. En una bifurcación, Gallardo observó que uno de los caminos terminaba en una caverna iluminada por luz solar. Si bien no era su destino, logró convencer al ingeniero de llevarlo por dicho camino. Allí lo sorprendió un globo aerostático, cuyos colores eran los de la bandera de Reino Unido. Sobre él, un larguísimo túnel vertical llevaba a la superficie.

—Cuando comenzamos las faenas, había muchos cortes de electricidad, y la maquinaria no daba abasto, así que usábamos el globo para agilizar la comunicación con la salitrera —explicó el ingeniero.

—¿Y las armas para qué son? —Gallardo se había inclinado al interior del canasto. Dentro de él había rifles y granadas.

—Ya entenderá, pero esto no era lo que le quería mostrar. ¿Volvamos a nuestro camino?

Volviendo a la bifurcación, tomaron el camino del segundo túnel. Al final del mismo, llegaron a una caverna donde tenían montado un pequeño laboratorio. En él se encontraba el Dr. Schultze, quien usaba un delantal de laboratorio y manipulaba unos tubos de ensayo. Frente a él, había una mesa cubierta con una manta, y hacia el fondo una serie de bobinas tesla y medidores de voltaje.

—Mi capitán, le voy a presentar al minero más viejo del mundo.

Dicho esto, el británico retiró la manta y descubrió a un hombre momificado en posición fetal. Aunque sus tejidos y extremidades estaban notoriamente bien conservados, su piel tenía un extraño tono verde.

—¿Qué es esto?

—Lo encontramos durante las excavaciones hace tiempo —comenzó Blackwood—. Según indagamos, se trata de un indígena que murió trabajando en la mina hace aproximadamente dos mil quinientos años. Lo llamamos "el hombre de cobre". La falta de humedad y de oxígeno evitó que su cuerpo entrara en proceso de descomposición, y el cobre de la caverna comenzó a recubrirlo de a poco apenas murió. Hoy es prácticamente una armadura.

—En el desierto vi momias chinchorro, pero nada como esto —dijo Gallardo, palpando suavemente la superficie del difunto.

—Toque no más, no muerde... todavía. Verá capitán, cuando estudié en Suiza, no solo conocí al Dr. Schultze, también conocí un científico, el barón Von Frankenstein, quien realizaba unos interesantes experimentos con electricidad en cadáveres, ¿sabe lo que pasa cuando aplico electricidad a una rana muerta?

El británico había caminado hacia una de las mesas del improvisado laboratorio. Tomó con su mano mecánica un frasco de agua en cuyo interior, se veía una rana cuyo vientre estaba abierto. Las vísceras del animal estaban conectadas a un pequeño circuito, cuyos cables salían del frasco y terminaban en una batería eléctrica conectada a un switch.

Con el estómago revuelto ante tan grotesca imagen, el militar respondió:

—No, no tengo idea.

Blackwood sonrió, ubicó el frasco en su lugar, y jaló el switch. La corriente eléctrica generó un zumbido, y se generaron burbujas en el frasco. Luego las patas se contrajeron y la rana croó. Fue por un leve momento, como si la vida hubiese regresado al espécimen por solo un segundo.

—Asombroso.

—Ahora imagine lo que pasaría si aplicamos una carga mucho mayor a un ser muerto, pero cuyos órganos y tejidos vitales están todavía en su lugar.

El ingeniero inglés hizo un gesto a Schultze, y éste conectó unos cuatro electrodos a las extremidades del hombre de cobre. Acto seguido, ubicó una especie de casco, también conectado al mismo aparato que los electrodos, en la cabeza de la momia.

—Será mejor que retroceda —Blackwood se quitó su monóculo, y se puso unas gafas oscuras iguales a las de Shultze. Caminó hacia la máquina más grande y bajó una palanca.

El resultado fue que las agujas de los medidores giraron sin cesar. De la máquina comenzó a salir humo, y el hombre de cobre se vio en vuelto en un resplandor eléctrico que atravesó todo su cuerpo.

Durante todo el proceso, el chileno se tapó la vista con su antebrazo. Cuando lo bajó, de la mesa donde se encontraba el cadáver brotaban leves columnas de humo. Lo más increíble vino después, cuando comenzaron a moverse los dedos de la mano derecha de la momia. Después los de su pie, después su cabeza giró. Luego, el chileno contempló atónito cómo el cadáver se sentaba torpemente y miraba en dirección suya. No había ojos, solo una prominente frente que proyectaba una sombra, oscureciendo lo que se encontraba arriba de la nariz.

—Santo dios…

—¿Asombroso, no es así?

—Esto es demoniaco…

Gallardo se quedó sin habla cuando el ser, lentamente, logró bajarse de la mesa y ponerse de pie. Caminó pausadamente hacia el chileno. Con cada paso, sus pies salpicaban chispas eléctricas. Con las manos en alto, el resucitado se acercó a Gallardo, éste instintivamente reaccionó sacando su pistola y disparando, pero las balas rebotaron, solo sacaban más chispas de la metálica piel del hombre de cobre. Finalmente, el monstruo puso sus manos en el cuello del capitán.

—¡Blackwood haga algo! —gritó mientras se asfixiaba.

Tras forcejear un leve instante, Gallardo se quitó al hombre de cobre de encima y lo empujó lejos. Al caer, un último resplandor eléctrico brilló, como el sonido final que hacen las moscas antes de morir, y se quedó petrificado en el piso.

Mientras recuperaba el aire, el ingeniero se le acercó con una toalla.

—¿Está bien? Menos mal, límpiese el cuello.

—¡Qué rayos fue eso! ¿por qué no lo detuvo?

Blackwood hizo otro gesto con la mirada a Schultze para que se encargara del hombre de cobre, mientras conducía al capitán por el túnel que entraron, fuera del laboratorio.

—¿Cómo lo iba a detener, capitán? ¿no se dio cuenta que es invulnerable? Resiste las balas y es más fuerte que un hombre promedio. El problema, es que se descarga fácilmente. Apenas toca tierra, se dispersa la electricidad. Funciona igual que un tren de juguete. Afortunadamente encontré la solución para eso. He fabricado miles de botas especiales y baterías de litio para almacenar la energía. Para eso me puse a extraer litio de esta mina…

—Espere, ¿dijo miles?

Gallardo lo miró pasmado, y adivinó en los ojos y la diabólica sonrisa de Blackwood sus intenciones. Iba a decir algo, se quedó boquiabierto unos momentos, pero no encontró las palabras. Aterrado, botó la toalla y corrió a la salida del túnel.

Apenas llegó a la caverna, chocó con uno de los mineros. Casi le da un infarto al presenciar que bajo el casco del trabajador había una cabeza rojo—amarillenta de cobre. Con la misma frente y los inexistentes ojos. Gallardo casi tropieza, corrió en otra dirección, y vio otra pareja de mineros, rojos de pies a cabeza, cargando un par de picotas. Donde quiera que mirara, la mina era operada por cientos de hombres de cobre.

Blackwood llegó trotando desde el interior del túnel, estuvo a punto de decirle algo al capitán, hasta que llegaron dos centinelas con tres soldados chilenos con las manos amarradas tras la espalda.

—Los encontramos husmeando allá ajuera, patroncito. Parece que atacaron y derrumbaron a uno de sus gigantes —dijo uno de los guardias de poncho y lentes oscuros.

—¡Es mentira! —gritó Bravo, y el guardia que habló lo hizo callar golpeándolo con la cantonera de su escopeta en la nuca.

—Je je, bueno, ahora verán lo que hacemos con los saboteadores aquí en Porvenir —dijo Blackwood con una sardónica sonrisa.

Como si fuera una pesadilla de la que no podía despertarse, el capitán solo siguió al grupo. Los llevaron a una plataforma más amplia ubicada en el centro de la caverna. Bajo ésta, había otra cinta de producción, que terminaba en una enorme máquina de forma cúbica, cuya utilidad estaban a punto de descubrir. Una vez que los centinelas amarraron a los tres detenidos a la baranda metálica, Gallardo, quien aún procesaba la irreal escena ante la que estaba, exclamó:

—¡Blackwood, exijo que libere a mis hombres ahora!

—Las reglas aquí son bien claras. Sus soldados son culpables de espionaje y sabotaje, mi capitán —contestó serenamente, con las manos tras la espalda.

—¡Qué pretende, por dios!

—Ay, por favor capitán, me irrita la sola palabra dios.

—¡Usted es un monstruo! —irrumpió Bravo— ¿qué les ha hecho a sus hombres?

—Los convertí en los mineros del futuro, teniente —respondió el inglés—. No necesitan comer ni dormir, solo electricidad.

—Esto es satánico —exclamó Weichafe—. Estas personas tienen familias esperándolos allá arriba, ¡y usted los convirtió en demonios rojos!

—Estos demonios rojos, como usted los llama, pueden hacer más de lo que parece. Mi plan es convertirlos en los soldados del mañana. Solo piénsenlo. Un soldado que resista las balas, con una fuerza aumentada, que no necesite comer ni dormir… y lo mejor, es que podemos construir este ejército a partir de soldados muertos o moribundos.

—O de soldados vivos —agregó muy serio el capitán.

—Mi capitán, esto es lo que quiero ofrecerle. Su país está peleando en este minuto la guerra más grande de América. Con este ejército, con todas estas armas, tendrán la capacidad de conquistar toda América si se lo proponen. Una oportunidad como ésta no pueden desperdiciarla ¿qué me dice?

—…digo que usted está loco.

—Oh captain, my captain, come on…

—Blackwood, ¡usted es un lunático! Por ningún motivo permitiré que a mis hombres les hagan algo así. ¡Solo un monstruo enfermo como usted puede atreverse a profanar cadáveres de esa forma! ¿quién se cree que es usted, Dios?

—¡Yo no soy un enfermo! Soy un visionario ¡soy un genio que ha vencido a la muerte! Desde hace siglos que la ciencia ha tenido que enfrentarse a hombres como usted. Hombres prejuiciosos y asustados del progreso científico. Pues bien, si para sacar adelante mis inventos tengo que acabar con todos ustedes, que así sea.

El británico estaba a pocos centímetros del rostro de su interlocutor, como queriendo resaltar que le sacaba quince centímetros de ventaja en estatura. De sus oscuros ojos se exhalaba furia y demencia, y de su boca un poderoso aliento a tabaco, nada de lo cual perturbó la pétrea expresión marcial de Gallardo. Tras unos tensos segundos, Guerrero interrumpió la escena:

—Tiene razón.

El ingeniero y el capitán viraron a escucharlo.

—¿Qué dices? —preguntó su superior.

—Él tiene razón. Con este ejército podríamos acabar con la guerra hoy mismo, capitán. Solo piense cuántos hombres perdimos en Cerro Colorado… hoy todos ellos podrían levantarse y cobrar venganza.

—¿No estará hablando en serio? —Gallardo—. El calor del desierto ya le pasó la cuenta, Guerrero…

—¡Y qué sabe usted! Por su culpa nos perdimos en ese desierto maldito. Por su culpa perdimos en Cerro Colorado, ¿sabe por qué? Porque no tuvo las agallas para matar a De la Garza, ¡así como ahora tampoco tiene las agallas para aprovechar esta oportunidad!

—¡Basta Guerrero, esto es insubordinación! —lo reprochó Bravo.

—Je je je, déjenlo —intervino Blackwood—. Por lo menos uno de sus hombres es sensato, capitán. Suéltenlo.

Incapaz de creer la traición e inmoralidad de su soldado, el capitán observó a los centinelas soltar las amarras de Guerrero. Desenfundó su pistola, y apuntó a la cabeza del ingeniero.

—Blackwood, en nombre del Estado de Chile, usted está arrestado.

El británico no se inmuto, hizo un gesto a uno de sus guardias parados tras el militar. El centinela levantó bien alto su arma y tumbó al capitán Gallardo con un fuerte golpe en la cabeza.

* * *

Cuando Gallardo recobró la conciencia, estaba sentado, con las piernas amarradas, y las manos atadas a los fierros de la baranda. A pocos centímetros lo observaba Bravo, en circunstancias similares.

—Le dije que era una mala idea acercarse a esta salitrera del demonio, capitán —comentó resignado el teniente Bravo.

Bajo la plataforma se encontraba el viejo Vilches, sujeto de pies y manos con grilletes a la cinta de producción. Blackwood estaba en la baranda y volteó apenas sintió a Gallardo despertarse.

—Buenos días, capitán. Despertó justo a tiempo para el espectáculo.

Dicho esto, el británico movió una palanca junto al megáfono, y la cinta comenzó a correr. Lentamente, el anciano de la prótesis en la pierna se acercó a la boca de una intimidante máquina, cual masa entrando a un horno. Su boca estaba amordazada, y el hombre se mantuvo silencioso, pero en sus ojos Bravo vio tanto miedo como resignación, sentimientos que ahora pasaba a compartir con los obreros de Porvenir. Una vez dentro, la compuerta se cerró, y válvulas de presión comenzaron e expeler vapor de los intersticios de la máquina. Un grito ahogado de dolor alcanzó a percibir los militares desde la plataforma antes de que éste se desvaneciera en medio del chirrido de poleas y engranes. Blackwood, con sus lentes oscuros puestos, sonreía. Tras unos minutos, unos estanques llenos de agua pegados al aparato, traspasaron el vital elemento al interior del mismo, el cual fluyó por unas cañerías semitransparentes. Le siguió el ruido de una descarga eléctrica.

—Verán, caballeros, para que no se descargue la electricidad con la primera cosa que toquen, una vez bañados en cobre, someto a sus cuerpos a un proceso de galvanización electroquímica. Los recubro de zinc, y un aislante que extraemos de esta misma mina. Después, les instaló una batería de litio en su espalda, que los sigue proveyendo de energía.

Mientras el ingeniero explicaba, un par de caballos corrían sobre una enorme rueda ubicada sobre la máquina. Era otro dínamo que proveía de electricidad al invento de Blackwood.

Finalmente, otra compuerta ubicada en la salida de la cinta de producción se abrió. Del interior del monstruo mecánico, salió Vilches convertido en un hombre de cobre. A diferencia del que vio Gallardo en la cueva, éste tenía una piel perfectamente lisa, y una postura militar y recta, como de un maniquí.

"Éxito" susurró el británico, y del techo bajó nuevamente el brazo mecánico rematado en un electroimán. Éste tomó al hombre de cobre, y lo puse de pie, a un lado de la cinta. Inmediatamente, bajó otro brazo, con un tubo del cual brotó una especie de pintura en spry color azul. Con ella pintó solo el tórax del hombre de cobre, de modo que su aspecto quedó muy similar al uniforme militar chileno. Finalmente, bajó un último brazo, que portaba una mochila de litio, la cual incrustó en la espalda del humanoide. Ésta se adhirió sin ningún problema.

—Les presento al primer soldado del ejército de hombres de cobre.

—Ha convertido a ese pobre anciano en un engendro —susurró Bravo.

—¿Usted cree que me tomé la molestia de mantener a un minusválido porque sí? Ahora me será mucho más útil. Continuaremos con sus hombres, capitán.

—¿Qué cosa dijo? —preguntó Gallardo a Blackwood.

—Voy a necesitar a uniformados con instrucción militar que guíen al peonaje —aclaró sin desviar la atención de la máquina.

Mientras Gallardo estuvo inconsciente, Guerrero se había dirigido a la salitrera donde condujo a los otros nueve soldados al interior de la mina, con el pretexto de reunirse con el capitán. Una vez allí, los centinelas noquearon y ataron a cada uno de ellos a la cinta de producción. En cuanto el primer soldado, amordazado y maniatado, estuvo a metros de ingresar a la máquina, Guerrero se acercó al ingeniero. El soldado, quien ahora vestía el poncho de Vlos centinelas y un nuevo fusil Remington, se dirigió a su nuevo jefe con una expresión más seria de lo usual.

—Mister Blackwood, esto no era lo que yo tenía en mente —dijo mientras cargaba su nuevo rifle al hombro.

—¿Me está cuestionando, soldado?

Con inseguridad en su voz, aclaró sus ideas y le espetó al británico:

—Pensé que haría esto solo con gente muerta. Pero estos son mis compañeros…

—Vivos, muertos, qué diferencia hay. El proceso es más efectivo cuando todavía respiran. Lo importante es no dejar de producir, Guerrero.

Se repitió el proceso. Vapor. Engranes. Gritos. Después paz. Agua. Electricidad. Un nuevo soldado sale del horno, y los brazos mecánicos afinan las terminaciones. Siguió otro, y después otro. Pérez, Rodríguez, Galdámez… cada uno de los sobrevivientes del pelotón. Blackwood contemplaba el proceso con su demoniaca sonrisa junto a la palanca y el megáfono. Mientras que Guerrero se quedó atrás, con su típica expresión inescrutable, junto a los militares secuestrados, cuyos rostros revelaban consternación total por el dantesco espectáculo. Cuando los nueve ya se había transformado, el inglés viró la cabeza y dijo: "Sigue usted, capitán".

Silencioso, pero con sus ojos fuera de sus órbitas, el militar fue trasladado por Guerrero y uno de los centinelas hasta la cinta de producción. Este era el fin, mil pensamientos se agolpaban en la confundida mente del capitán. Cientos de kilómetros recorridos en el desierto, para terminar sus días en ese auténtico infierno. Pagaba sus culpas, pensó Gallardo, por todas las vidas que quitó en el campo de batalla. Sin aspirar a frases para el bronce, solo había una cosa que quería decir antes de morir.

—Eres un traidor —le susurró a Guerrero, una vez acostado.

—En cuanto yo le diga, usted dispara —le susurró Guerrero al oído. Se retiró, y Gallardo se percató que los grilletes no estaban cerrados.

Con el centinela tras de sí, Guerrero hizo un rápido movimiento y golpeó su mentón con la culata de su arma. Acto seguido le disparó, y le quitó el rifle, el cual se lo arrojó a Gallardo, quien lo atajó en el aire.

Mientras tanto, Bravo y Weichafe se incorporaron de un salto. El primero le disparó al guardia que se quedó en la plataforma, la cual le había entregado disimuladamente Guerrero mientras los desataba. La bala erró su blanco, pero estaban tan cerca que el guardia y el teniente pelearon a golpes. Weichafe, por su parte, fue por Blackwood. Éste último, en cuanto viró, vio que los prisioneros escapaban. Cuando el soldado se aprestaba a noquearlo, el extranjero agarró a Weichafe con su mano mecánica por el cuello, y lo levantó. Pataleando, el soldado trató desesperadamente de abrir los dedos metálicos que lo asfixiaban. Con un hilo de voz, comenzó a murmurar "Santa María, madre de Dios, ruega por nosotros pecadores...". Blackwood le dedicó una última mirada cargada de odio, y lo arrojó de la plataforma.

Bravo logró neutralizar a su contendor y arrebatarle el arma, pero por la escalera llegaron corriendo dos guardias más. Miró a su alrededor, el electroimán pasaba a una distancia corta de la plataforma. Sin pensarlo dos veces, saltó. Se aferró al brazo, pero su rifle salió despedido de su hombro y se quedó adherido al aparato. Incapaz de recuperarlo, saltó cuando estaba a una distancia menor del suelo, y se unió a Gallardo y Guerrero. Desde arriba, en la plataforma, les comenzaron a llover las balas.

Los tres corrieron y se refugiaron tras un vagón de carga. El capitán y Guerrero, que aún tenían sus rifles, dispararon a sus agresores desde su nueva trinchera.

—¿Qué hacemos? ¿cómo salimos de aquí? —Bravo.

—...tengo una idea, tenemos que llegar a ese túnel —Gallardo señaló a una entrada que estaba a por lo menos veinte metros de ellos.

—¡No, las balas nos matarán! —señaló Guerrero.

—¡Usted no diga nada! Si logramos salir de aquí, lo primero que haré será fusilarlo por traición —le reprochó el capitán.

Gallardo revisó el contenido del vagón. Encontró láminas de cobre del tamaño de un periódico abierto. Sacó los tres más grandes que encontró, y se los dio a sus hombres.

Sosténgalos a la altura de sus cabezas.

Sin perder más tiempo, los militares corrieron el tramo que los separaba del túnel usando las láminas de cobre a modo de escudo. Primero fue el capitán, luego Bravo, al final Guerrero. Las láminas resultaron ser bastante endebles. Al final del camino terminaron con varias perforaciones, solo con Guerrero un tiro resultó letal. El soldado, herido en el estómago, cayó rendido a mitad del camino. Sus compañeros, incapaces de hacer nada, siguieron corriendo.

Blackwood, sus centinelas y los hombres de cobre llegaron hasta el soldado caído en acción. El industrial se retiró el guante, y lo tomó por el cuello, levantándolo del piso, mientras se desangraba.

—Típico de ustedes los sudacas, muerden la mano que les da de comer —exclamó el británico, mordiendo los dientes.

Dicho esto, apretó su cuello hasta rasgar su piel. Guerrero, con la lengua afuera, se le inyectaron los ojos en sangre, y dejó de jadear. Blackwood tiró su cuerpo al piso, como si fueran los restos de un animal deshuesado, y siguió la persecución en el túnel.

La dupla corrió por el pasadizo, deteniéndose en cada rincón donde se podían agazapar para disparar a sus agresores. Cuando ya estaban en la bifurcación, una bala explotó en el rostro del teniente Bravo.

—¡Ahh, mis ojos, estoy ciego! —gritó, y el capitán lo guio de la mano hasta el globo.

Con dificultad, lo hizo subirse al canasto. Sin saber muy bien cómo manejar ese transporte, cortó con su navaja suiza las amarras, jugó con la palanca hasta que descubrió cómo aumentar la potencia del fuego, y el globo comenzó a ascender. Apenas empezaron a elevarse, el capitán sacó una granada del arsenal, y la arrojó al piso. Justo estaban entrando Blackwood y compañía a la caverna. "¡Retrocedan!" gritó el industrial, y la explosión casi desestabiliza el vuelo del globo.

Una vez disipado el humo, Blackwood volvió a entrar a la caverna, esta vez con un rifle, y apuntó al globo.

—Hasta aquí llegaron, chilenos… —susurró.

Justo antes de que disparara, comenzó a sonar una ensordecedora sirena. Los parlantes dispuestos tanto en la oficina salitrera, como a lo largo de la mina, resonaron la alarma en cada rincón, llegando hasta los oídos de Gallardo y Bravo, quienes no entendían lo que pasaba.

—¡Están atacando Porvenir, todo el mundo a sus puestos! —ordenó Blackwood.

Repentinamente toda la cueva se vació. Gallardo, confundido, se aseguró que la llama siguiera produciendo humo, luego se rompió un pedazo de su camisa y lo usó a modo de venda en las heridas de su invidente compañero. "No puedo ver capitán, qué está pasando, ¿dónde estamos? ¿qué es ese ruido?", balbuceaba desesperado.

—Tranquilo, estamos en un globo. Ya no nos persiguen —lo calmó su capitán.

El globo finalmente asomó su cabeza a la superficie, elevándose suavemente. Encandilado por el amarillo intenso del desierto de Atacama, Gallardo se frotó los ojos, y esperó a que sus pupilas se acostumbraran. Lo primero que distinguió, fue el cerro Cusicanqui. Lo que no entendió, era lo que estaba bajando por su rocoso terreno. Distinguió lo que parecía ser un ejército que corría en dirección a la salitrera Porvenir. Nuevamente comenzaron a sonar explosiones y balas. Una de las cuales, rasgó la esfera de tela del globo.

—Oh, no...

Bravo adivinó el significado del zumbido que brotaba de un agujero en la parte superior del globo. Estaban perdiendo aire, y altitud, rápidamente. Inútilmente, el capitán aumentó la intensidad del gas que alimentaba el fuego, después lo disminuyó hasta apagarlo, pero la trayectoria del globo era la misma. Optó por tirar la caja llena de explosivos para evitar accidentes. Ya a pocos metros del suelo, se tiró al piso del canasto, y se aferró a su compañero.

—¡Sujétese Bravo!

Fue un golpe seco. Cayeron en unas dunas, donde la arena resultó ser bastante benévola a la hora de disminuir el impacto. El canasto rodó, deshaciéndose con ellos dentro, y el desinflado globo se desplomó sobre ellos.

Quedaron atrapados bajo una sofocante tela azul en medio del calor abrazador de Atacama. Cuando sentía que ya le faltaba el aire, tras pelear un rato con la tela, Gallardo encontró la luz. Después procedió a buscar a su compañero. La tela resultó ser más pesada de lo que estimaba. Finalmente la hizo un lado, y rescató a Bravo. Para pesar de ambos, el improvisado vendaje se había caído, y el rostro del teniente estaba completamente bañado en sangre.

—Capitán...

—Shuu, ya, ya, todo estará bien.

Gallardo se arrodilló y lo tomó en brazos. Nadie lo veía, así que no disimuló la desesperación en su rostro. Ya no podía hacer nada. Sabía muy bien que nada estaría bien.

—¿Qué es lo que ve? —le preguntó el moribundo teniente.

Gallardo miró a su alrededor. Lo que vio, no solo era incapaz de creerlo, sino que de describirlo. Extrajo de su bolso sus binoculares y se convenció de que sus ojos no lo engañaban.

Eran dos ejércitos. Uno a los pies del Cusicanqui, el otro se interponía en su camino a Porvenir. El primero estaba compuesto por miles de indígenas con poncho y una lanza. Junto a estos, combatía una infantería de lo que parecían ser momias chinchorro e incas devueltas a la vida. Paradas como cualquier ser vivo, a la distancia era posible distinguir el vendaje que les colgaba y sus tejidos putrefactos. Sobre ellos, una decena de cóndores gigantes cargaban sobre sus lomos, cual caballos, a indígenas con indumentaria de chamanes. Al fondo del ejército andino, se levantaba un gigante de quince metros de alto. De piel color cobrizo, y vestido solo con un pantaloncillo de lana, de su cabeza, más bien cuadrada, brotaban rayos de luz, como un auténtico sol, idéntico al petroglifo del gigante de Atacama. En la vanguardia del alucinante ejército, había un caballo blanco. Y sobre éste, un hombre blanco, con el cabello largo y grisáceo, que vestía un pectoral metálico, como armadura medieval, pantaloncillos cortos y una camiseta gris de mangas cortas, además de una capa roja. En su mano derecha, portaba una espada dorada. Por un segundo, Gallardo creyó estar ante la viva imagen del mismísimo apóstol Santiago matamoros. Luego recordó la fotografía en la oficina de Blackwood, y su rostro le resultó familiar. "¿Wilbur?", pensó.

Frente al ejército de Pacha Pulai, estaba el ejército de Porvenir. En la vanguardia, los mineros convertidos en hombres de cobre; en la retaguardia, los oficiales de color azul y rojo recién salidos de la fábrica. Sobre sus cabezas, la máquina voladora pilotada por el Dr. Schultze, y abriéndose paso entre los metálicos guerreros, el gigante de metal comandado por el ingeniero Orville Blackwood.

Una vez que ambos comandantes estuvieron frente a frente, gritaron al unísono "¡ataquen!". La batalla que presenció el capitán del ejército chileno parecía sacada de una pesadilla. Los no muertos atacaron con lanzas y boleadoras, mientras que los hombres de color dorado envejecido respondieron disparando sus rifles. El gigante de Atacama, y el gigante de metal, se enfrentaron en una pelea cuerpo a cuerpo, en la cual aplastaron a varios soldados en el camino. Que el primero fuera el doble de alto que el segundo no fue un obstáculo para que el británico le disparara continuas bombas y golpes en su estómago. En el plano aéreo, Schultze se vio en desventaja ante la mayor agilidad de los cóndores, cuyos chamanes estaban armados con arcos y flechas.

Se quedó sin habla. El británico resultó estar equivocado. Sí existía la magia andina ¿acaso Dios también? Gallardo en ese minuto no estaba seguro de nada. Soltó los binoculares en la arena y se reclinó sobre Bravo, cuyos temblores, y sangre que brotaba a borbotones, anunciaban un inminente fin. Susurró unas palabras ininteligibles, y el capitán acercó su oreja para intentar comprenderlo. "Quiero irme a casa, quiero irme a casa…", repitió el moribundo. Finalmente, su cuerpo se quedó tieso.

Gallardo se quedó mirándolo un largo rato. Fugazmente repasó todas las penurias y aventuras pasadas junto a Bravo y el resto del pelotón. Lo que usualmente hacía en esos casos, era cerrar los ojos del muerto, cosa que ahora no podía hacer. Era el final de una valiente tropa, que luchó con todo por la patria, y pereció de la forma más cruenta posible.

Repentinamente escuchó el inconfundible sonido del martillo de un arma preparándose tras su espalda. Ya curado de la capacidad de sorprenderse, Gallardo volteó y presenció al mismísimo general De La Garza a caballo. Derruido, sudado y con el uniforme hecho tiras, su imagen contrastaba bastante con el flamante general que vio tres días atrás en Cerro Colorado, pero el rifle lo apuntaba decidido hacia su cabeza. Jadeó tres veces antes de decir:

—José Manuel.

—Avelino —contestó, al tiempo que Gallardo hacía a un lado el cadáver de su compañero y levantaba su rifle. Lentamente, como si no le importara que su enemigo le disparara antes.

El decaído estado y cansada mirada del hombre a caballo le revelaron a Gallardo que el general había pasado por una aventura similar en la cima del Cusicanqui. Pasados unos tensos momentos en los que se apuntaron el uno al otro, el peruano inquirió:

—No me diga que se le acabaron las balas otra vez —comentó, con su marcado acento peruano.

—No, tengo el cañón lleno —respondió.

—Yo igual... —lentamente, el peruano comenzó a bajar el rifle— Lo que no tengo es agua.

El chileno lo imitó bajando su arma, y palpó su cantimplora.

—Yo sí, tengo bastante. También un mapa.

—El desierto es grande...

Ambos desviaron la mirada al campo de batalla. La demencial guerra que se había dado entre dos ejércitos imposibles los hizo coincidir en el mismo pensamiento: esa ya no era su guerra.

—Dejémoslos. Que estos locos se maten entre sí —acotó el general.

—Le ofrezco un trato: agua por transporte —sugirió Gallardo.

De La Garza lo miró con su entrecejo más duro. Su mueca no duró mucho, finalmente, dijo sin mayor ánimo: "Suba".

Con desgano, Gallardo se levantó. Recién entonces se dio cuenta que cojeaba. Uno de sus pies lo tenía acalambrado, y la otra pierna con una contusión (quizás una fractura). Con dificultad, se subió al caballo. Dada la barriga del primer jinete, De la Garza tuvo que correrse hacia adelante para hacerle espacio. Una vez andando, Gallardo le ofreció la cantimplora. El peruano bebió un breve sorbo, al tiempo que miraba hacia el cielo. Había cóndores, de los normales, dando vueltas sobre el campo de batalla.

—¿Sabe algo que tienen en común gringos y buitres? Los dos sacan provecho de nuestros fiambres —meditó De la Garza.

—¿A dónde vamos? —consultó el chileno.

—A alimentar a los buitres. O al litoral boliviano… lo que suceda primero. ¿Y cómo está la Ignacita? —preguntó el general, refiriéndose a su ahijada.

—Bien, me pregunta harto por usted.

Los dos hombres de armas continuaron su viaje a caballo por el inconmensurable desierto, siempre hacia el horizonte, donde el sol empezaba a fundirse con el suelo, y a mezclarse con los espejismos.

El viajero del tiempo

(Cualquier semejanza con la obra de
Herbert George Wells es mera coincidencia)

I

—Esto es Santiago, caballeros. Una ciudad guarnecida de las plagas —afirmó, sin ocultar su orgullo, el diputado Larraín.

Para apoyar su improvisada presentación, el ingeniero George Taylor, anfitrión de la velada, le había cedido uno de los mapas de su biblioteca. Sobre la amplia mesa Luis XV, de lustrosas terminaciones, yacía un grueso volumen de Historia física y política de Chile firmado por su autor, y un papiro desenrollado donde se podían apreciar todos los detalles del plano damero de Santiago. Larraín señaló cada una de las calles, al tiempo que las leía en voz alta: Avenida Matta, Matucana, Mapocho, y la Avenida Oriente.

—Debo decir que aún hoy no me simpatiza el pequeño loco de Vicuña Mackenna, que en paz descanse, pero hizo un gran trabajo como intendente. Le dio forma a esta ciudad. La europizó, y con este perímetro de áreas verdes y el alcantarillado, las plagas de ratones y enfermedades están prácticamente erradicadas. Santiago es hoy una ciudad más limpia.

Parados en torno a la mesa, Fernández, Echaurren, y el empresario Smith, escuchaban atentamente a cada palabra emitida bajo el grueso bigote del barrigón congresista. Solo Taylor prefirió mantener la distancia, el trazado lo conocía de memoria (él mismo había sido consultor en el proyecto), y seguía la conversación desde su chimenea, donde reposaba un brazo mientras se servía tabaco en su pipa.

—Algo que hayan hecho bien los liberales, en todo caso. Ya vio cómo tienen el país —afirmó Smith, cuyas mejillas rosadas se contraían en una exagerada mueca de asco al nombrar a sus contrincantes políticos.

—Yo separaría a los liberales de Balmaceda, Smith —señaló Larraín—. Ni su propio partido lo apoya a estas alturas, sé lo que digo.

—El caso es que esto resuelve el problema urbano —acotó Fernández, quien buscaba redondear la idea planteada hace unos minutos por el diputado— Ahora la ciudad debe seguir creciendo dentro de estos límites, y bajo los parámetros definidos.

—Pero eso no resuelve el problema de fondo —interrumpió Taylor, entre bocanadas de humo.

Los presentes se voltearon a escuchar al ingeniero británico. Cuyo acento, a diferencia del de Smith, era prácticamente neutro.

—¿Cómo dice, Taylor?

—Las enfermedades y las ratas, siguen ahí, diputado. Pero fuera de los "muros sanitarios" de Santiago. La inmigración campo-ciudad es un fenómeno que no se detiene, cada vez son más los chilenos que viven hacinados en la periferia.

—George tiene razón —habló Echaurren, volviendo a su sillón, con su sonrisa característica bajo su juvenil bigote castaño—, es uno de los precios de la industrialización. Las malas condiciones higiénicas de los trabajadores y de las poblaciones son el caldo de cultivo ideal para la propagación de enfermedades. Un ambiente en el cual los chilenos no crecen, ni se fortalecen, sino todo lo contrario. Se los digo yo, que hice mi tesis de eso cuando me gradué de medicina. Los problemas de los campesinos y los obreros pasarán a ser una cuestión que no podemos ignorar.

—Por favor, ¡los problemas de los piojentos son sus problemas! —exclamó Larraín, tras lo cual preparó su garganta, tras un sorbo de su copa, llevó sus manos a las solapas de su chaqueta, y adoptó una de sus posturas de orador para recitar uno de los discursos que más había empleado para defender la reforma del intendente en el congreso:

—Además doctor, usted sabe muy bien que esta política fue diseñada en base a los avances del positivismo científico. La ciudad civilizada debe quedar para la elite, mientras que esta gentuza debe quedar lo más alejada posible. Solo mire las condiciones bárbaras y antihigiénicas en que viven. La degeneración social y biológica de su raza es tal... ese es el problema del campesino chileno: heredó lo peor de los indígenas y lo peor de los españoles. Borrachos, vagabundos, promiscuos, y ladrones. Son un obstáculo para el progreso, y un peligro social para la ciudad. Solo traen enfermedades y decadencia.

Echaurren estaba a punto de decir algo, con un ánimo claramente más alterado, Taylor se le adelantó:

—¡Qué tontería más grande es esa! allá en Inglaterra estudié con hombres provenientes de distintos sectores, muchos del campo. Y en Francia incluso trabajé con ingenieros negros, igual de capaces que quien habla ¿qué pasó con eso de "Igualdad, Libertad y Fraternidad", caballeros? Estos no son solo problemas individuales, si este país en serio quiere progresar, el Estado debe hacerse cargo...

Larraín y Smith no disimularon su reprobación en sus muecas.

—Ya estás hablando como todo un balmacedista, Taylor...

—Y yo que pensé que un compatriota mío estaría de nuestro lado. Pero estos irlandeses siempre están dando problemas...

—Los problemas los trajeron ustedes los ingleses, desde que invadieron mi país... —respondió Taylor, sin ocultar su molestia.

—¡Por favor, caballeros! Si vamos a discutir de política, calmemos las pasiones, porque de lo contrario podemos estar toda la noche sin llegar a ningún acuerdo, sino solo a trifulcas —interrumpió Echaurren, mientras se servía una copa.

—Les aclaro, caballeros, que yo nunca me abandero por ningún lado. Simplemente miro a largo plazo —precisó el irlandés—. Tengo mis preocupaciones fijas en el futuro… y hablando del futuro.

Taylor hizo una pausa en la cual fue a buscar una caja debajo de su escritorio. La puso sobre éste, y aflojó el seguro de la tapa.

—Mi descubrimiento, la razón por la que los convoqué esta noche, caballeros, tiene directa relación con el futuro…

La caja en sí era bastante particular. Era un cubo perfecto de treinta por treinta centímetros hecho de cuarzo, de una tonalidad que oscilaba entre el gris y el verde oscuro. La abrió con sumo cuidado, y en cuanto la tapa se desencajó del cuarzo brotó una tenue luz de los bordes. Al abrirla por completo, los presentes se asomaron con un creciente interés en sus semblantes. Estaban ante una roca verdosa, que emitía una potente luz del mismo color. Una luz que, mirada con detención, se contraía y dilataba, dando a la roca todo el aspecto de un corazón palpitante.

—Ahí lo tienen…

—Es maravilloso… Pero, ¿qué es, George?

Taylor hizo una pausa, y extrajo del bolsillo de su chaqueta un lápiz metálico, de un tono gris oscuro.

—Combarbalita. Específicamente del tipo schlossmacherita. He ahí la razón de su color verde.

—Entiendo, Taylor. Pero eso no explica el brillo, y yo que me desenvuelvo en el rubro de la minería se bastante de rocas…

Mister Smith interrumpió sus palabras al contemplar un fabuloso prodigio: Taylor había soltado la pluma a unos quince centímetros de la roca, pero esta, lejos de caer, había quedado suspendida en el aire. Moviéndose tenuemente, como si flotara dentro de una pecera.

—Es que esta roca tiene un origen muy particular, caballeros. Como pueden apreciar, contiene mucha energía.

—¿Electromagnética? —aventuró el médico, pensando en el origen metálico de la pluma.

—Me temo que no. No es solo un campo electromagnético lo que genera, sino gravitacional. Los que se entiendan mejor en la materia, sabrán que eso implica enormes cantidades de energía, enormes…

—Eso es imposible. Además, bajo esa lógica, el lápiz debería verse atraído, no repelido.

—Es que no lo repele, lo orbita, doctor Echaurren. Como si fuera un planeta, y el lápiz una luna. Pero será mejor que comience desde el principio.

El diputado Larraín había extraído un pañuelo de su solapa para limpiar su monóculo. Al devolverlo a su lugar, aprovechó de extraer su reloj de bolsillo. Quedó aún más intrigado al comprobar que era imposible ver la hora, pues las manecillas giraban descontroladamente ante la presencia de esa misteriosa roca.

—Como saben caballeros, mi especialidad es la minerología. De hecho, si llegué a este lejano país fue precisamente para aprender más de los metales ¡qué mejor lugar que esta larga franja de volcanes y minas! Siempre intuí que sería en tierras chilenas donde haría maravillosos descubrimientos. Pero nunca creí que sería uno de tal magnitud.

El diputado y el empresario intercambiaron unas inciertas miradas en el tiempo que su anfitrión detenía su discurso, preparando a los invitados para lo que seguía.

—Hace poco tuve la oportunidad de participar en la construcción del ferrocarril a Puerto Montt. Terminadas las faenas, una expedición científica francesa tuvo la cortesía de invitarme a participar de un viaje a Aysén, al poderoso Melimoyu.

—¡No me diga que andaba en Aysén, Taylor! —exclamó Fernández— ¿Qué no ha leído los diarios?

—Si lo dice por la erupción, no necesité leer los periódicos, señor Fernández. Yo la vi con mis propios ojos.

Aunque largos años dirigiendo un periódico había inmunizado a Fernández contra las informaciones insólitas, no pudo evitar dejar caer la mandíbula en su gesto de asombro y admiración.

—Debo decir que fue una magnífica explosión, caballeros. El Melimoyu es un volcán bellísimo, lo era antes, y después de la erupción. Tiene un aura mágica ese lugar, los lugareños dicen que viven gigantes en su interior... bueno, supongo que conocen las leyendas que circulan al respecto. Pero no quiero desviarlos. Lo que vi fue mucho más impresionante que gigantes.

"Estuvimos una semana estudiando los efectos de la devastación. Los cambios en la geografía, las reacciones químicas provocadas por el polvo, la ceniza, y el material expulsado. Sin mencionar el impacto sobre la flora y fauna. No pude evitar conmoverme por todos los seres vivos que perecieron en ese desastre. Afortunadamente, los pocos asentamientos humanos que había eran bases militares que supieron evacuar justo a tiempo. Árboles milenarios y pingüinos no corrieron la misma suerte. Pero a mí, en lo personal, caballeros, me obsesionaba un objeto en particular".

"Este objeto no lo había visto solo yo. Como saben, tuvimos la increíble fortuna de que el volcán despertara en un momento que coincidió con nuestra visita. Aunque la humareda y los efectos telúricos previos nos había advertido de lo que podía pasar, desafiamos a la suerte, y con todo el ímpetu y curiosidad que nos envolvía el ansia de conocimiento científico, nos quedamos. Casi en primera fila, pero a una distancia prudente, del espectáculo que se venía. Así fue que pude contemplar desde la cubierta del barco con mi catalejo, algo que había sido expulsado del volcán. No era azufre, no era una simple roca. Era un material incandescente. Emitía un resplandor verdoso, de una intensidad tan poderosa que pudimos divisarlo a diez kilómetros de la chimenea del volcán. Casi como si fuera una estrella fugaz..."

—O un ángel caído —acotó Fernández.

—Algo así, señor Fernández. Un Lucifer que vino desde las entrañas de la tierra a nuestro mundo. Yo no solo bajé hasta el fin del mundo, caballeros. Yo bajé al infierno mismo, y traje esto conmigo —la sonrisa que dibujó Taylor en su rostro fue imbuida de un aura maliciosa, al ubicarse éste justo sobre la luz de la roca. Las sombras que proyectó sobre las formas de su cara combinaron muy bien con el tono juguetón de su voz—... pero bueno, dejemos las metáforas a un lado. Lo concreto es que estuvimos una semana buscando este prodigioso bólido, en paralelo con nuestras demás faenas científicas. Fue gracias a un derrumbe de tierra y lodo que pudimos rescatarla. Allí estaba, intacta, con el mismo poder luminiscente...

—Pero, ¿qué es? ¿Combarbalita? ¿No se supone que solo se da en el norte chico, en Combarbalá? —inquirió Smith.

—Eso pensaba yo, pero Chile da para muchos más prodigios, caballeros. Verán, he estudiado esta roca durante meses. Como ya debe saber, mister Smith, la combarbalita es una roca volcánica, compuesta, entre otras cosas, por distintos óxidos, principalmente el cobre. En este caso, eso le permitiría ser un poderosísimo conductor de electricidad. Y es que esta piedra posee propiedades únicas. No solo eléctricas, ni metalúrgicas. Tras arduas jornadas de estudio, he llegado a la conclusión que el origen de esta roca, no es solo volcánico. Si bien tiene la misma composición a la combarbalita que conocemos, esta parece ser originaria del mismísimo centro de la tierra...

Tras enigmáticos instantes de silencio, el doctor Echaurren solo atinó a decir:

—¿Está seguro?

—Completamente. Más que eso, caballeros. Esta roca no solo nos puede ayudar a entender los fenómenos que se encuentran en el centro magnético de nuestro planeta. Sino que, de alguna forma, parece haberse imbuido de toda la fuerza gravitacional y electromagnética que concentra ese enigmático punto del orbe. Las altísimas temperaturas, los enormes campos energéticos, el plasma… todo eso forjó en el núcleo de esta roca algo conocido como "energía de punto cero", término acuñado por un científico serbio. Señores, les estoy hablando de cantidades inconmensurables de energía.

—¿Y cuál es la aplicación práctica que se le puede dar a algo como eso? Usted mencionó el futuro.

—Me alegro que pregunte, Fernández. Estoy pensando en el futuro de Chile. Caballeros, hace solo un rato hablábamos de los desafíos que debía encarar esta pequeña y joven república de cara al futuro. Antes de la modernización de la capital, alcanzamos a hablar algo de la Guerra del Salitre.

—Querrá decir la Guerra del Pacífico —precisó Larraín.

—Claro, diputado. La Guerra del Pacífico. Este país pasa por un periodo de bonanza económica. Los grandes yacimientos de salitre se han convertido en el sueldo de esta nación. Lamentablemente, deben estar al tanto de que no pueden vivir para siempre de la misma exportación. Los yacimientos no son eternos. Además, los alemanes ya están trabajando en un sustituto sintético…

—¡No sea catastrofista! —exclamó Smith—. Tardarán años en encontrar algo capaz de hacerle competencia al salitre chileno.

—Pero es algo inevitable. El futuro no estará en el salitre, sino en el cobre. La electricidad es lo que se viene, y el cobre es la llave para el futuro. Claro que lo que yo tengo aquí, les puede asegurar eso y mucho más.

—¿A dónde quiere llegar, Taylor? —interrogó el congresista.

—El sur de Chile esconde todavía muchas riquezas, diputado. No estoy hablando de carbón, mucho menos de oro. Lo que yo rescaté del Melimoyu es solo una pequeña porción de un cuerpo mucho más grande. El resto de ese bólido debe estar repartido por esa zona. Y estoy convencido, y los franceses también lo estaban, de que explorando los demás volcanes del extremo sur de Chile descubriremos muchas más sorpresas.

"Caballeros, ahora les pido que tengan un poco de visión. No a largo plazo, ni siquiera a mediano. Sino aprovechando el presente, una oportunidad única que nos da la naturaleza. Mi ideal es poder formar una expedición que se adentre en las profundidades del Melimoyu. Si encontramos más de este material..."

—¡Descender dentro de un volcán activo! ¡eso sería un suicidio! —exclamó Smith.

—No dentro de seis meses, para entonces la actividad volcánica estará más que controlada. Además, estoy trabajando en un nuevo tipo de traje que permitirá a un grupo de expertos descender y explorar el volcán. Mi ideal es incluso construir una cápsula acorde a las condiciones naturales que enfrentaremos. Para eso necesitaré financiamiento del gobierno...

—Así que ya llegamos al grano, Taylor —dijo Larraín mientras bebía un sorbo de su copa.

—Diputado, usted es amigo del ministro de minería— le espetó Taylor, acercándosele con una expresión llena de esperanza—. Si el gobierno me da su apoyo, podemos hacer un descubrimiento enorme. Y esto puede llevar al país a una etapa de riqueza material y tecnológica sin precedentes.

—Pero si ya tenemos toda la riqueza que podemos necesitar en el norte. ¿Para qué andar buscando problemas en el sur? Piense que nuestros hombres aún no logran domar del todo a los indígenas allá en la Araucanía. Además, si se trata de tecnología, el gobierno está más enfocado en continuar con la industrialización de las zonas mineras. Es muy difícil que alguien quiera financiar su invento loco para explorar un volcán al que nadie más que usted se quiere acercar, Taylor.

—Me decepciona su derrotismo, diputado ¿qué me dice usted, mister Smith?

—La guerra ya nos dio suficientes recursos, Taylor —respondió Smith—. El salitre está en su mejor momento, no tenemos necesidad de buscar un sustituto todavía. Además, ningún empresario en su sano juicio querría financiar algo que puede hacer tambalear la industria salitrera, que es el sustento de este país, y de la fortuna de muchos hombres de negocios, me incluyo.

—Pragmático como siempre, Smith. ¿Qué me dice usted, Fernández? Creo que le acabo de dar una buena portada para su periódico.

—Siento que también voy a decepcionarlo, Taylor; —el joven periodista sacó un pañuelo de su solapa y estornudó antes de continuar— pero mi diario, y en realidad casi todos los de esta ciudad, andan más preocupados de la difícil situación política del país. Si bien su descubrimiento es una curiosidad de gran interés, dudo que pueda darle lugar en algún segmento de mi publicación. Lo lamento.

—Entiendo… —volvió a depositar, con sumo cuidado, la tapa sobre la caja. A la sombra de sus ojos, le sucedió una espontánea sonrisa, y un pequeño aplauso con el que retomó el ánimo y la palabra— bueno, caballeros. Creo que será mejor que continuemos esta velada en la mesa. Mi empleada preparó langosta.

Tras una opípara cena, en que la pugna entre el presidente y el congreso había sido el tema principal de la sobremesa, además de otros infructuosos intentos de Taylor para convencer al diputado y al empresario de actuar de mecenas para su proyecto, los invitados se retiraron poco después de que el sereno anunciara las diez de la noche. Taylor los fue a despedir a la puerta de su casa. El diputado se fue en su carruaje por la calle Phillips. Las herraduras del caballo zapateando contra el piso empedrado de las calles del centro de Santiago acompañaron a Taylor y Smith, en un breve diálogo en su lengua materna, antes de que éste se fuera. Le siguió Fernández, quien también se fue a pie, al edificio de su periódico.

Taylor le dedicó una larga mirada al cielo santiaguino antes de cerrar la puerta. Bajo la diáfana bóveda nocturna, y a los pies de la mole oscura de la cordillera, yacía su apacible barrio, a pocas calles de la casa de gobierno, y con elegantes edificio de corta altura (los terremotos no permitían construir nada muy alto) afrancesados y neogóticos. Era un barrio apacible, donde todos sus vecinos eran hombres de Estado o de negocios. Un ingeniero europeo tenía muy buena cabida en esa ciudad. No así un científico, y eso era algo que hacía tiempo podía palpar.

Volvió a entrar a su hogar, donde el doctor Echaurren lo esperaba junto a la chimenea, leyendo el periódico en su sofá. Al cerrar la puerta le dirigió su impecable sonrisa.

—Es difícil hacer ciencia, ¿verdad?

—Y que lo digas— lo acompañó sentándose en el sofá contiguo, con la vista fija en el fuego.

—Lo que tienes entre manos es algo grande, George. No los necesitas a ellos para explotarlo, de hecho, dudo que alguien en este país tenga el coraje suficiente para brindarte su apoyo ¿por qué no vuelves a Inglaterra? Seguramente ellos querrán ayudarte.

—Oh, no. El imperio británico ya tiene suficientes descubrimientos bajo su nombre. Además, a diferencia de Smith, yo no vine a Chile buscando riquezas. Yo creo en el potencial de esta joven república. Si saben explotar bien sus innumerables recursos, es mucho lo que se puede lograr.

Recogió el fierro metálico ubicado a los pies de la chimenea, y revolvió la madera que crujía y se consumía abrasada por las llamas. Imagen que se reflejaba claramente en las pupilas de sus meditativos ojos. Una chispa de ingenio brilló en su expresión, y extrajo su reloj de bolsillo. Al igual que el del diputado, las agujas giraban descontroladamente, a pesar de encontrarse a una buena distancia de la caja, y ésta sellada.

—Fernando... ¿tú qué harías con toda la energía que dispone esa roca?

El médico hizo una mueca dubitativa antes de contestar, ladeó la cabeza y dijo:

—Bueno, qué no se puede hacer con algo como esto. En industria las aplicaciones son innumerables. Y en transporte, podríamos crear un tren que nunca se detenga, sin necesidad de cargarlo con carbón. O un barco incluso...

—Movimiento, claro ¿pero por qué espacial? Con toda esa energía ¿No es posible transportarse en otro sentido? No necesariamente espacial, sino temporal.

—¿A qué te refieres, George?

El sabio británico meditó un segundo. Se mordió la comisura del labio, luego guardó su reloj, y volteó hacia su amigo.

—Nada. Solo que seguiré trabajando en esa cápsula. No me importa tener que poner mi propio dinero para construirla.

Había pasado seis meses desde esa reunión. Seis meses en los que el ingeniero irlandés había sido visto muy poco en la ciudad. Luego de que otros empresarios, y la sociedad científica chilena, declinaran en darle su apoyo para la cápsula, se había encerrado a trabajar en su taller. No obstante, a través de su empleada (muy proclive a los chismes), y sus inquisitivos vecinos, se difundieron diversas informaciones. Corrían los rumores más inverosímiles sobre los extraños experimentos que realizaba en su laboratorio. Se hablaba de explosiones de energía, de objetos que flotaban en el aire, e incluso de otros que desaparecían como si nada. La sirvienta contaba, muy angustiada, que su mayor temor era que el amo terminara matándose con alguna de sus endemoniadas locuras. Fernández, por su parte, llegó a oír que hacía mucho que Taylor ya no estaba trabajando en una cápsula para adentrarse en un volcán, sino que se había embarcado en la demencial construcción de una máquina del tiempo. Eso le había comentado al doctor Fernando Echaurren, en la misma sala donde se había encontrado hace medio año. Y con los mismos invitados.

Echaurren, que, si bien era un cercano amigo del ingeniero, poco y nada lo había visto en ese tiempo. Solo una vez lo había dejado entrar a su laboratorio, ocasión que el sabio irlandés había aprovechado para mostrarle un prodigioso truco de magia: había hecho materializar un reloj de bolsillo sobre su mesa de trabajo. No quiso darle detalles al respecto. Solo la promesa de que se lo explicaría con detalle dentro de una semana, fecha para la cual estaba convocada dicha reunión. Los cuatro ilustres invitados mataron el tiempo comentando las extrañas circunstancias que rodeaban al encuentro, y a su anfitrión. Solo Ecahurren había sido invitado en persona, los demás recibieron una invitación por correo. La situación política de Chile había pasado a segundo plano, el tema del que todos hablaban en la ciudad era el excéntrico ingeniero, y sus misteriosas experiencias científicas. Aunque proyectada para ser una ciudad, Santiago conservaba mucho de su carácter de pueblo provinciano, y los chismes corrían con facilidad.

Con una inusual tardanza, Taylor apareció en la puerta de su laboratorio. Estaba irreconocible. Con la ropa rasgada, sucia, el rostro sudado, y cubierto de cicatrices y moretones. La empleada no pudo evitar un grito de espanto. Por un segundo creyó que su temor se había vuelto realidad.

Lo sentaron a la mesa, y le sirvieron agua. Parecía no haber comido en días. Saludó a los presentes, y se excusó por su deplorable estado, con todo el ánimo que pudo reunir a pesar de su exhausta figura.

—¡¿Pero qué demonios le ha pasado Taylor?! —preguntó Larraín.

—No me diga que estuvo adentro de un volcán probando su cápsula —inquirió el periodista.

—A decir verdad, no me he movido de mi laboratorio, señor Fernández —contestó Taylor.

—¿Sufrió una explosión, tal vez? —Smith.

—Ojalá fuera eso.

Tras observarlo un buen rato devorar un trozo de pan, Echaurren preguntó:

—¿Ha estado viajando en el tiempo, Taylor?

El británico hizo una pausa, en la cual miró fijamente a los presentes, con ojeras colgando de sus ojos. Tomó aire, y afirmó: "Será mejor que comience desde el principio".

Dicho esto, dio paso a un largo y fantástico relato.

II

Como saben, caballeros, dediqué estos últimos seis meses a construir una cápsula que me permitiera adentrarme en el volcán del que les hablé. Para ello, basé mi trabajo en mi descubrimiento más prodigioso, la combarbalita. Originalmente, esa roca debía ser la fuente de poder de mi nave. No obstante, no tardé en darme cuenta que la radiación que emitía tenía un potencial mucho mayor.

Sometí a la roca a todas las pruebas que pude, todas con increíbles resultados. Pero el más asombroso vino cuando pulvericé una pequeña porción de combarbalita, y la sometí a un proceso de sublimación directa para obtener un gas. Así descubrí que esta roca emite un tipo de radiación muy especial. Luego de varios experimentos en una válvula termoiónica (o tubo de vacío) logré destilar un gas con un tipo particular de energía. Se trataba de una poderosa partícula llamada Gravitón. Una partícula hasta ahora hipotética para la comunidad científica, pero yo logré demostrar empíricamente su existencia. Caballeros, lo que yo tenía entre mis manos era la razón de ser de la gravedad misma. Todas las preguntas que surgieron desde que una manzana cayó sobre la cabeza de Newton partían con esta partícula. Toda la materia conocida de por sí la posee, está en las bases de su estructura subatómica. Pero el centro de la tierra, de donde es originaria esta roca, y el de los demás cuerpos celestes, deben ser auténticos reactores de esta radiación, fuente de su enorme fuerza gravitacional. He ahí la razón de que la combarbalita distorsione la gravedad en torno suyo.

Así, no solo tenía una roca con un núcleo de energía inagotable, también con la facultad de alterar la gravedad. Intenté usar ese poder para construir una nave que se moviera verticalmente, como un globo, pero con mayor maniobrabilidad. No obstante, una maquina voladora era poco comparado con lo que tenía entre manos. La energía de la que disponía no solo era suficiente, sino que excesiva. Cualquier máquina voladora que utilizara esta roca para funcionar hubiese explotado. En palabras simples, hubiese sido el equivalente a querer filtrar toda el agua de una represa de un caudaloso río por un pequeño agujero del diámetro de mi pulgar. La presión hubiese sido suficiente para, no solo agrandar el hoyo, sino que, eventualmente, colapsar la represa.

Luego me vi en la necesidad de resolver otro problema: el material. Necesitaba uno capaz de resistir las altísimas temperaturas de un volcán. Inactivo o no, pensaba llegar preparado. Fue entonces que descubrí que no necesitaba innovar con ningún material. Y no, no pensé en usar la combarbalita como un escudo, hubiese sido un desperdicio. Así como es posible generar un campo de fuerza gravitacional espontáneamente, descubrí la forma de canalizar esa misma energía en una especie de campo de fuerza energético. No es un material sólido, es energía pura. Y todo lo que se guarnece al interior de éste es inmune a prácticamente todo. Calor, frío, balas, el escudo perfecto y el arma perfecta… y mucho más también.

No tardé en darme cuenta que extraños fenómenos ocurrían al interior de este campo, cuando sintonizaba el campo de energía en una frecuencia de onda de alta intensidad. Lo probé con distintos objetos, lápices, tornillos, relojes… todos desaparecían al interior del campo. Inicialmente pensé que se desintegraban. Para mi sorpresa, todos esos objetos se materializaban nuevamente en la misma mesa de trabajo donde los había hecho desaparecer, exactamente tres días después. Pero mi confusión fue aún mayor cuando llegó el turno del reloj de desaparecer… estaba sincronizado en la misma hora, y en la misma fecha en que había experimentado con él, tres días atrás. Más adelante le mostraría ese mismo fenómeno al estimado doctor Echaurren, como un anticipo de mí descubrimiento. Pero volviendo al reloj, fue como si para él no hubiese pasado ni un minuto entre un día y otro… estaba anonadado, pero di con la solución.

Hace poco llegaron a mis manos los trabajos de un científico ruso de apellido Minkowski, que postula que tiempo y espacio son uno solo. No los aburriré con más detalles, pero los astrónomos afirman que el tiempo avanza más rápido donde hay fuertes campos magnéticos y gravitacionales. Ambas fuerzas estarían entrelazadas. Pudiendo manipular esas fuerzas, en teoría… se podría manipular el tiempo y el espacio.

Tenía que pensar en grande. Esta milagrosa roca no daba para otra cosa. Caballeros, lo que logré construir allá atrás en mi laboratorio, es algo que escapa de la imaginación de todo hombre. Tras innumerables cálculos matemáticos, y procesos de ensayo y error, construí algo magnífico. Algo que cambiará a la humanidad para siempre: construí una máquina del tiempo.

Tengo que decirlo, pero este invento es mi mayor orgullo. La construí con los materiales más nobles que pude conseguir. Todos de origen chileno. Circuitos y tubos de cobre mueven la electricidad por su estructura. Palancas de lapislázuli componen los comandos.

El ser este material un conductor eléctrico por propiedad me permitía ajustarlo a lo que necesitaba. Hacia atrás está el reactor de combarbalita, la fuente de poder de la máquina. Por adelante y por atrás se ubican los "emisores de fuerza", una especie de paraguas metálicos, dorados y brillantes. Ambos hechos de una aleación especial, basada, entre otras cosas, en la roca que hizo posible todo esto. Justo en el centro se ubica el asiento del viajero, y frente a éste, los comandos.

Créanlo o no, hace solo una hora yo me encontraba vestido con mi mejor traje. Me arreglé lo mejor que pude para un viaje histórico. Estaba impecable, muy distinto a mi actual aspecto. El caso es que subí a la máquina. Comparé la hora del reloj de mi laboratorio, ubicado frente a la máquina, con mi reloj de bolsillo. Estaban sincronizados perfectamente.

Luego comprobé la fecha en los comandos. 25 de octubre de 1889. Nuestra fecha actual. Activé los comandos, el reactor comenzó a vibrar, y luego accioné los emisores de fuerza. Estos se expandieron ligeramente, y comenzaron a girar, cada vez más rápido. En torno a estos se iba generando un campo de energía. Luego llevé mi mano a la palanca de lapislázuli. Esta brillaba ahora con un azul intenso y, suavemente, la empujé hacia adelante.

Mis primeros experimentos fueron precavidos, avancé diez minutos. Después media hora. Después un día entero. El reloj en frente de mí me confirmaba el avance del tiempo. Y mi reloj de bolsillo que, para mi marco de referencia, solo había transcurrido unos segundos.

Después di un salto mayor. Avancé dos años en el futuro. Me detuve en septiembre de 1891. Detuve la máquina, y me bajé de ésta. El taller estaba a oscuras. Ya no estaban ni mis pizarras llenas de ecuaciones ni las bobinas Tesla. Todas las ventanas estaban tapeadas. Al adentrarme en la casa, no tardé en comprobar que estaba abandonada. Solo había oscuridad, telarañas, y puertas cerradas con candado.

El sonido de un cañonazo me sorprendió mientras trataba de retirar una de las tablas que obstruía la ventana principal. Originalmente pensé que era el cañonazo del Santa Lucía. El que se repitiera tres veces más me indicó que se trataba de algo distinto.

Cuando finalmente logré salir me recibió un Santiago distinto. Uno convertido en un auténtico campo de batalla. No había civiles en las calles, sino soldados. No vestían el tradicional traje rojo y azul, sino uno blanco. Soldados y distintos bandidos, de esos que husmean debajo del Mapocho, saqueaban los edificios vecinos como si fuera lo más natural del mundo. Rompían las ventanas y se llevaban todo lo que encontraban de valor.

Primeramente, pensé que se trataba de una invasión extranjera. Luego me dirigí hacia el final de la calle Phillips, donde había una hoguera en plena calle. Estaban quemando periódicos, todos oficialistas. No logré rescatar ninguno de las llamas, pero tuve la suerte de encontrar uno al otro lado de la acera. Era, por cierto, un periódico del señor Fernández. Aunque estaba húmedo y medio diluido logré leer el titular. Así me enteré que el país había vivido una sangrienta guerra civil el último año, y que el presidente Balmaceda fue derrocado y se había suicidado.

No voy a ocultar que me conmovió profundamente ese hecho. Si bien nunca simpaticé con Balmaceda, no hay nada más desgarrador que una guerra civil. Los resultados los tenía ante mis ojos. No obstante, procuré mantenerme sereno. Aún tenía esperanzas en el futuro. Solo había avanzado dos años, y este país debía tener mucho más por delante. O al menos eso creía.

Decidí que era más seguro no interactuar con nadie. Seguramente me debían tomar como un hombre desaparecido, y era mejor que siguiera siendo así. En todo caso, no se veía ninguno de mis ilustres vecinos. Solo una turba de soldados y saqueadores que avanzaban, raudos y energúmenos, desde el fondo de la calle. Lo mejor era irse. Volví a mi antigua casa, y reactivé mi máquina, con rumbo hacia el futuro.

Me embarqué nuevamente hacia eras desconocidas. Vi en cosa de minutos como mi casa era derrumbada, y en su lugar era erigido un paseo peatonal. Gracias a eso, pude ver cómo iba cambiando el barrio. Los edificios residenciales fueron dando paso, progresivamente, a negocios y oficinas públicas. La arquitectura fue cambiando. Las terminaciones y ornamentaciones historicistas fueron desapareciendo, dando paso a construcciones más grises y sobrias. Cada vez más gente cruzaba el paseo, a la velocidad del rayo, y el cielo se iba poniendo progresivamente más opaco.

Una repentina explosión me hizo detener la máquina. Otra vez en septiembre, esta vez en el año 1973. Me encontraba en una acera, justo a un lado del paseo peatonal. El mundo que me recibió era gris, frío y sucio. El cielo estaba muy nublado, y las calles estaban hechas un desastre. A un lado barricadas, y al otro, brotaban humaredas y cenizas.

Descendí. Poderosas alarmas retumbaban en el aire. Camine hasta el origen de la humareda. Tras de mí divisé un verdadero monstruo metálico. Era una especie de cañón verde obscuro con ruedas, pero de un enorme tamaño y varias toneladas. Aplastaba toda la basura a su paso, y se desplazaba a la velocidad de un hombre caminando por el paseo. Yo me escondí detrás de un kiosko. Al pasar tan cerca, pudo sentir como el piso retumbaba ante la marcha de la mole metálica. Tras él venía un batallón de soldados. Todos vestían un extraño uniforme verde oliva, y un austero casco sobre sus cabezas. Nuevamente pensé que se trataba de una invasión extranjera, hasta que vi la bandera chilena estampada en el hombro de cada uno de los soldados.

Desde uno de los edificios, alguien anónimo arrojó, de un cuarto piso, una botella con un pañuelo prendido en fuego. El proyectil golpeó la mole metálica, estallando en cristales rotos y alcohol en llamas. Los soldados no tardaron en responder, se ubicaron en posiciones estratégicas, y dispararon a matar sus rifles hacia la ventana. Eran armas mucho más avanzadas a los rifles convencionales. Tenían el poder de disparar hasta tres balas por segundo. La ola de balaceras que le sucedió hizo tronar el aire de una manera ensordecedora.

Espantado ante esa imagen de desproporcionada brutalidad, retrocedí sigilosamente. Doblé en la calle Huérfanos, siguiendo las humaredas. En una decadente escena, vi como los soldados hacían fogatas donde quemaban grandes cantidades de libros. El conocimiento destruido por una brutalidad inexplicable. Paralelo a esto, los uniformados hacían redadas en los edificios. Los vi sacar a punta de pistola a docenas de civiles. Hombres, mujeres y niños. Los registraban, les gritaban, los hacían acostarse en el piso… ¡Hasta vi a embarazadas ser pateadas en el piso por los militares! Impactado, pero sin detener el paso, seguí hasta ver una imagen que me dejó en shock.

Llegué al origen de las columnas de humo. Era el mismísimo palacio de gobierno. La Moneda estaba en llamas, semidestruida, y siendo constantemente bombardeada por docenas de esas moles metálicas. Pude ver como los militares entraban por la fuerza a la entrada de Morandé y continuaban, desde dentro, con sus incesantes disparos.

Yo debía ser el único hombre vestido de civil contemplando ese infernal espectáculo. Mis ropas también eran muy distintas a la de los habitantes de ese futuro, por cierto, lo que me hacía destacar aún más. Era inevitable que unos soldados se me acercaran para detenerme. Con un lenguaje soez y lleno de improperios, me hicieron ponerme contra la pared, y con las manos tras la cabeza. Llegué a tener a tres soldados acosándome, preguntándome quién era, qué estaba haciendo allí, exigiendo ver mi "Cédula de identidad". Yo no supe qué contestarles, solo les exigía que no me gritaran, traté de hacerles entender que no era un peligro. No me escuchaban, solo apuntaban la punta de sus rifles contra mi espalda.

Estaban a punto de llevarme con el grupo de detenidos que vi más atrás, cuando ocurrió una poderosa explosión. La cornisa del edificio más cercano se derrumbó, y los escombros casi nos aplastan. Yo me apegué a la pared, mientras que los soldados se alejaron lo más que pudieron. Cuando el polvo se había disipado, pude distinguir que los proyectiles venían esta vez del cielo. Al levantar la vista, divise unas prodigiosas máquinas voladoras. Tenían una forma alargada, oscura, como de un triángulo escaleno. Eran más veloces que un águila, e irrumpían en la atmósfera con un poderoso bramido, que cortaba el aire con la intensidad de un tambor. Estas águilas metálicas no tenían como objetivo los hombres en el piso. Sino La Moneda. Continuaron su bombardeo al palacio de gobierno, el cual sucumbió ante el acoso y el fuego de las armas aéreas y terrestres.

Aproveché la confusión para escapar. En todo caso, los militares ahora estaban más preocupados en continuar su lucha que en perseguir a un extraño fugitivo. Acorté camino por unas galerías, y volví al paseo donde estaba mi máquina. Accioné los controles, y me despedí de las sirenas y el olor a incendio.

De nuevo hacia el futuro. Mientras la máquina avanzaba no dejaba de preguntarme cómo había terminado los chilenos destruyéndose entre sí ¿no se suponía que este era un país tranquilo? Sea como sea, los cambios a mí alrededor no se detuvieron.

Incrementé un poco más la velocidad, y los destellos del mundo a mi alrededor, en continua mutación, fueron cada vez más imperceptibles. Solo lograba distinguir a los edificios, que eran cada vez más altos y brillantes. El cielo, en cambio se volvía cada vez más gris y sucio. Luego, una intuición pasó a convertirse en una certeza. Algo que ya llevaba unos minutos percibiendo. La máquina se estaba moviendo, y me refiero espacialmente. Me estaba desplazando, cada vez más notoriamente hacia el oriente. Ya estaba bastante lejos del paseo, de hecho, me estaba acercando al cerro Santa Lucía. Estuve a punto de detenerme, pero consciente de que no pasaría nada, preferí ver qué pasaba. Atravesé el cerro. La oscuridad del interior de la tierra no habrá durado más de unos minutos. Luego salí, y entonces tuve una mejor vista de Santiago. Me movía cada vez más rápido, fue como si lo atravesara en carruaje, y con mucha prisa. El mundo también mutaba cada vez más vertiginosamente. Las torres eran cada vez más colosales, hechas enteros de cristal, conectadas por distintos tubos y pasarelas entre sí. Y entremedio, revoloteaban docenas de objetos voladores cuya forma no pude percibir muy bien. Pero ahora me aproximaba hacia el cerro San Cristóbal.

Desconcertado, busqué una explicación para ese fenómeno. La máquina solo debía moverse por el tiempo, no por el espacio. ¡Pero claro, ahí estaba el problema! Era imposible pretender estar en un punto fijo para siempre. El ambiente alrededor de la máquina no era lo único que cambiaba, también la ubicación en sí. Recordemos, caballeros, que la Tierra experimenta movimientos de rotación, junto con los de traslación. Es más, nuestro sistema solar, e incluso nuestra galaxia entera también se desplazan. Consciente de esto cuando construí la máquina, la sincronicé con el campo magnético de la Tierra, para que permaneciera constante el punto terrestre en que iniciara el viaje. De lo contrario, durante todo ese tiempo habría estado presenciando los cambios del sistema solar, no los del barrio. Algo había salido mal con mis cálculos. Pues me estaba desplazando en la misma dirección que la rotación de la tierra, hacia el este.

Iba a detenerme, pues me encontraba peligrosamente cerca del San Cristóbal, y atravesarlo hubiese significado un largo rato bajo la tierra. Pero volví a sentir bombardeos, esta vez venían del este, luego del oeste. No quise detenerme para averiguar detalles, ya me había arriesgado demasiado. Si las armas en el siglo XX eran así de mortíferas, quién sabe qué vendría después. Retiré mi mano de la palanca y dejé que siguiera su curso.

Choqué contra el cerro, dejando que su oscuridad me cubriera. Retomé la palanca, y puse los comandos al máximo. Los cronómetros que medían el tiempo giraban como locos. Así y todo, sabía que la máquina demoraría un buen rato en atravesar el cerro. Fue entonces que comencé a sentir el frío. Sin la luz del sol que me abrigara, estaba totalmente aislado en las entrañas del coloso de tierra. Prendí un fósforo, y me cerré los botones superiores de la camisa, estaba entumido. Luego el fósforo se apagó, el oxígeno también se estaba acabando. Sin muchas opciones, procuré mantener la calma. Barajé la tenebrosa posibilidad de que la maquina ya no se estuviera desplazando. El miedo era cada vez mayor, luego recordé la virgen que los chilenos había erigido en la cima de este cerro. Yo soy anglicano, como saben. Nunca le guardé devoción a esos símbolos católicos, pero recé. Le recé a la virgen, con toda la devoción que un buen cristiano puede tener. Recé y aguardé, paciente, con la respiración más pausada que pude mantener.

Luego vino la luz. Una poderosa y acogedora luz de atardecer me bañó como una oleada. Roca por roca me fui alejando del cerro. Sonreí aliviado, con mi corazón lleno de agradecimientos para el Creador. Bajé lentamente la velocidad de los comandos. El cielo sobre mi cabeza estaba mucho más diáfano. Disminuí un poco más. Me encontraba en un sector precordillerano, no distinguía nada salvo terrenos baldíos. Entonces detuve la máquina.

Miré los controles. Me encontraba en el 12 de febrero del año 101.541 después de cristo. ¡100 mil años, 1000 siglos de nuestra época!

III

Mi llegada fue más o menos accidentada, pero mi voluntad férrea. Había atravesado tiempo, espacio, y montañas enteras hasta arribar a esos extraños parajes. Mi espíritu científico y mi curiosidad innata me movían a contestar varias preguntas ¿qué había sido de la humanidad? ¿cuál había sido el destino del hombre en esos cien mil años? Y respecto a este pequeño pueblo en particular ¿habrían aprendido los chilenos a convivir armoniosamente?

Por lo pronto, me encontraba en un terreno eriazo. Era un sector precordillerano, no muy distinto al que encontraríamos en la actualidad en el mismo lugar. A poca distancia se encontraba el cerro, y hacia el otro lado la cordillera. Entre medio solo había un poco de vegetación, propia de un ambiente seco, y tierra, mucha tierra.

A medida que fui avanzando, fui notando algunas diferencias en el paisaje. La cordillera parecía más alta y escarpada de lo que conocemos. Y bajo mis pies, un tipo de roca sedimentaria. Era lava petrificada, lo que indicaba que no solo los terremotos y las placas tectónicas había hecho de las suyas en todo ese tiempo, sino que también el volcán Maipo.

No vi señales de vida, y estuve a punto de regresar al valle de Santiago, hasta que divisé una columna de humo en lo alto de los cerros. Así que caminé, caminé y escalé. El camino no solo era progresivamente más vertical, sino que tuve que escalar una muralla de piedra, de al menos siete metros. Sin cuerdas, ni ningún tipo de equipo, aproveché cada uno de los agujeros y rocas sobresalientes (claramente no era el primero en subir). Fue gracias a que practiqué ese deporte en mi juventud

157

en Inglaterra que logré ascender. Cualquier otra persona se hubiese roto más de un hueso de una caída.

Caballeros, quedé boquiabierto ante lo que vi en aquella meseta. Era un auténtico oasis. Una ciudad hecha en las alturas. Como los monasterios budistas de Asia, pero con una estética más cercana al modernismo catalán. Casas de distintos tamaños brotaban de los largos riscos y cerros de ese valle, resguardado por las murallas cordilleranas. Casi totalmente camufladas con la roca, pero decoradas de forma bien artística. Algunas parecían estar hechas de huesos de enormes animales; otras de azulejos, troncos, lianas, u otros elementos naturales. A primera vista se veía que las viviendas habían sido construidas en armonía con el medio ambiente. De alguna forma, todo estaba estructurado como un todo.

Había viviendas de distintos tamaños y formas. Todas con balcones, y jardines colgantes. Para subir a ellas había toda una red de ascensores, similares a los de Valparaíso, pero todos de cristal. Brillantes y relucientes. Otros eran totalmente transparentes. Recortado todo contra la luz del sol, se reflejaba un aura especial difícil de explicar, caballeros. La ciudad parecía un enorme manto de joyas con incrustaciones de diamantes. Hacia abajo, donde me encontraba yo, era todo de césped, y de amplios estanques de agua, donde se refleja la escena.

En estos bellos parques jugaban libremente niños y parejas. Fue allí donde tuve mi primer contacto con la gente del futuro. Se hacían llamar los "tenten". Eran todos rubios o pelirrojos. De ojos azules o verdes. Lo adultos eran bastante altos, y de complexión fuerte. El más bajo que vi, era más o menos de mi tamaño (yo mido un metro ochenta). Las mujeres eran todas delgadas, bellas, y con un cabello que oscilaba entre el rubio y el castaño.

Se veían siempre sanos y alegres. Usaban ropas bastante similares entre ellos, siempre de colores primarios, sin mayor adorno. Hablaban también un idioma curioso. Parecía un dialecto del español, mezclaba también varios vocablos de distintos idiomas, como el inglés, el portugués, e incluso el vasco. Movían mucho la boca al hablar, seseaban de forma curiosa, y el sonido "Tch" era muy recurrente en su idioma.

Por supuesto que esto lo fui descubriendo con el tiempo, pues apenas me acerqué muchos retrocedieron. Obviamente les asustaban los extraños. Intenté hablar con varios de ellos, pero me gritaban cosas en su idioma, y luego huían. Una palabra se repetía bastante, "caicai", más adelante entendería porqué.

Casi no quedaba gente en ese parque, hasta que me acerqué a una joven, sentada frente a un estanque más grande, con una caña de pescar, y un niño como de seis años al lado suyo. Era rubia, y pequeña para su pueblo (me llegaba más o menos a la altura del mentón), pero tenía un aura angelical y una sonrisa imborrable. Sobre su oreja derecha cargaba una curiosa flor blanca. Tenía en sus mejillas unas dulces margaritas, y unos dientes blancos como perlas. Tras unos torpes y largos esfuerzos por intentar comunicarme con ella, me invitó a sentarme al lado suyo.

Se llamaba "Coya". Era relajada, y al mismo tiempo receptiva. Me escuchó con atención todas mis peripecias y todas mis preguntas. No me dijo muchas cosas, ella era de frases cortas. Solo me reveló el nombre de su pueblo, y que no les gustaban los extraños. Que por mi pelo negro y mi extraña ropa se notaba que yo era un forastero. No me dijo ninguna otra cosa útil, y si lo hizo, no le entendí. Pero en cuanto reaccionó la caña de pescar, se puso de pie, enérgica, y extrajo su presa.

Era un pez pequeño, se agitaba como loco, pero lo más impresionante, era dorado. Brillaba como un foco de luz, y sin vacilar, Coya, se lo metió en la boca y lo engulló. Cinco minutos después, había pescado otro, y se lo dio al niño pequeño, que resultó ser su hermano.

Y un rato después, fue mi turno probar el espécimen. Reticente al principio, finalmente cedí. Para mi sorpresa, fue como comer una fruta. El pececillo tenía un sabor dulce, como de durazno, pero más intenso.

El niño, cuyo nombre resultó ser Pincoy, dijo que quería otro. Agarró la caña de pescar y la volvió a arrojar con una nueva carnada al estanque. Tras pocos minutos el hilo se tensó. Era un pez fuerte. El niño luchó con la caña un buen rato, y tras varias sacudidas, logró sacar el anzuelo del agua. Del estanque saltó un curioso salmón de tres ojos, el cual escupió el anzuelo, y volvió a sumergirse. Lo vimos dar varios saltos dentro y fuera del agua a medida que se alejaba. Pincoy, enojado, agarró una piedra y se la arrojó al pez. Sin mucha suerte, agarró otra, y también falló. Siguió arrojando rocas, aunque ya no se veía el salmón. Yo le dije que no insistiera, que ya lo había perdido. No me entendió y solo me ignoró. Así que agarré algunas piedras y me puse a arrojarlas con él. Logré que una de ellas dieras cuatro saltos en el agua. "¡Arrain!" exclamó el niño, que en su idioma quiere decir pez, impresionado por la trayectoria de la roca. Había logrado capturar su atención, así que traté de explicarle la técnica que usaba para que la roca rebotara. Todo era cuestión de encontrar una más o menos plana y aerodinámica. Tras varios intentos, logré que Pincoy hiciera a su roca rebotar tres veces. Bastante entretenido, el niño se puso bien eufórico cuando logré realizar siete saltos en al agua con mi roca.

Coya se rio efusivamente, y me pidió que le enseñara a hacerlo. Le pasé la mejor roca que encontré, ella la agarró con cuidado. Tenía unas manos suaves y delicadas. Le enseñé cómo debía poner los dedos, y la postura que había que adoptar para arrojarla bien. En eso nos entretuvimos los tres un buen rato. Ya más en confianza, Coya me invitó a comer a su casa. Tuvo que repetirme tres veces la invitación para que lograra entenderle.

Me llevó hasta detrás de una altísima torre de cristal, donde había tres asombrosas criaturas amarradas a una baranda. Eran muy similares a los cóndores actuales, pero mucho más grandes, de un plumaje blanco pulcrísimo, y con unos pequeños cuernos en la cabeza.

Coya lo desató, y lo acercó, como si fuese un caballo hacia Pincoy, el cual lo montó sin dificultad. Después se subió Coya, y ésta me hizo un gesto con la mano para que la acompañara. Titubeé, como se imaginarán, pero accedí. En el lomo había una montura delgada, casi imperceptible, que se camuflaba con el plumaje del ser. No pude identificar el material del que estaba hecha. Coya tomó por los cuernos a la bestia, y ésta emitió un agudísimo clamor, como de un águila. Acto seguido dio unos rápidos pasos y elevó vuelo.

Yo instintivamente me aferré a Coya, pero casi no se percibió la inercia al elevarnos. Solo el viento que agitaba nuestros cabellos. En ese fantástico viaje pude ver el valle en todo su esplendor. Todas las formas, edificaciones, siempre en altura, y los distintos ángulos de esa preciosísima bóveda cordillerana. Nos fuimos adentrando más entre el laberinto de cerros y rocas de la cordillera. En el trayecto observé que no éramos los únicos que recurrían a este peculiar medio de transporte, Coya saludó a más de un viajero que pasó cerca de nosotros. Fue así que llegamos al hogar de Coya. Se emplazaba en la cima del pico más alto, desde donde se podía ver a todo el pueblo de los Tenten. Era una preciosa casa de cristal, de tubos que se doblaban y entrelazaban como si fueran cuerdas. Junto a ella había unas pocas casas más de formas similares. El techo de éstas era un plato totalmente circular, con un mirador que dotaba de una panorámica de 360 grados del paisaje. El de Coya era un disco de un radio un poco menor al de los vecinos.

Aterrizamos en el techo de dicho mirador. Otra vez un patio, lleno de las flores más fantásticas y coloridas que he visto. Coya dejó el "cóndor" pastando unas hierbas. No lo amarró esta vez, el ave tenía total libertad de movimiento, pero volvía durante la noche a dormir.

Yo mismo me quedé a dormir esa noche. Coya no tuvo problema en recibirme. En su hogar abundaban las habitaciones vacías y bien amuebladas. Había más parientes viviendo allí, todos primos o hermanos, nunca supe de sus padres y preferí no preguntar. Poco a poco me fueron perdiendo el miedo, al igual que el resto de los habitantes del valle. Fue así que pude conocer mejor, y a fondo, la sociedad tenten.

No había nada parecido a un líder o un gobierno. Y en realidad tampoco hacía falta en esa sociedad, donde todo parecía funcionar, de forma colectiva y comunitaria. Todos eran parte de la misma gran familia (lo que explicaba el que me hubiesen acogido sin problemas en su hogar. Por lo visto la gente iba y venía sin compromiso). Para mi sorpresa, tampoco disponían de tecnología más avanzada. Solo su increíble arquitectura que era testimonio de un pasado glorioso en términos técnicos y científicos.

Cada mañana bajábamos a comer a la mesa principal, en el primer piso. La comida era de frutos y verduras que se extraían del mismo techo de la casa. Había un discreto sistema de alcantarillado, que canalizaba el agua que bajaba de la cordillera, lo que facilitaba bastante las labores de cultivo. Los tenten eran estrictamente vegetarianos, y cada hogar parecía ser igual de autosuficiente en la comida. Fuera de frutas y verduras, solo comían un pescado particularmente amargo, cuyo origen me sería revelado más adelante.

La casa era tan bella por dentro como por fuera. Las terminaciones eran finas y bellísimas. Había pequeñas esculturas de mármol de pájaros y lagartijas en las barandas y en distintos rincones de la casa. Además de varios animales fabulosos que desconocía. Y en el exterior, los azulejos evocaban la forma de hojas, pájaros y mariposas. No había basura, reciclaban todo lo que podían. Todo en la sociedad tenten estaba orientado hacia la naturaleza.

Y a la actividad física. Los habitantes del futuro hacían muchos deportes. En el aire, usaban los cóndores para practicar una especie de juego que consistía en dos equipos que competían entre sí por tres pelotas de distintas formas, las cuales debían arrojar dentro de unos aros, a gran altura, para ganar puntos. Y en tierra, practicaban mucho unos juegos muy similares al handboll y al rugby. Si bien una entretención común era viajar más hacia el oriente a jugar en la nieve, curiosamente ninguno de ellos practicaba escalada. Sus cuerpos eran más bien sensibles y no les gustaba ensuciarse. Pero quedaron fascinados cuando les enseñé que las fisuras en la roca podían ser usadas para escalar dentro de la meseta. Con eso logré capturar la atención de algunos de ellos. Coya recurrentemente me llamaba para enseñarle a sus amigos esa curiosa práctica. Al poco tiempo comenzamos a organizar competencias. Yo siempre era el que lograba escalar más alto, los tenten se cansaban rápido y tenían muy poca resistencia (creo que así me gané la antipatía de muchos de ellos).

Tras los juegos, siempre trataba de explicarles que yo venía de un mundo muy distinto. Uno mucho más duro, donde los hombres son moldeados desde jóvenes por un ambiente más hostil. Yo, por ejemplo, había hecho el servicio militar en mi país, y había servido en la guerra de Bóeres. Eso me hacía relativamente más fuerte que ellos, que vivían en un utópico mundo de goces y amancebamiento, sin guerras o ejércitos. Pero a nadie pareció interesarle.

Los tenten en sí no eran muy inteligentes. Ninguno manifestó interés por saber de dónde venía yo. Y por más que me esforcé en explicarles, muy pocos, entre ellos Coya, lograron comprender que yo venía de otro tiempo. Idea que tampoco les llamó la atención. Eran muy pocas las cosas que les interesaban. Todo su tiempo lo dedicaban al ocio, comían lo que crecía de la tierra, consumían una curiosa planta estimulante (según Coya no tenía ningún tipo de efectos secundarios) con fines recreativos, jugaban en los parques, hacían deportes, conversaban largas horas, y hacían el amor. No vi a ninguno que dedicara su tiempo o sus esfuerzos a labores más elevadas. Ni científicos ni artistas. Solo un pueblo de bellos y alegres hedonistas. En verdad el ambiente que los rodeaba no daba para nada más. ¿Quién era yo para juzgarlos? Solo un extraño venido de épocas anteriores, mucho más bárbaras.

Una vez desechada mi primera impresión, de leve decepción por lo banal de su sociedad, me di cuenta que debía valorar el edén conseguido: el hombre había logrado construir una auténtica utopía tras cien mil años de lucha, ingenio y evolución. Estaba ante el fin de la historia.

al menos eso creía.

Rudimentariamente lograba comunicarme con ellos. Su idioma no era muy difícil, y rápidamente conseguí dominar algunas frases básicas. Jamás pude pronunciar el nombre con el que designaban a esa magnífica meseta, pero sí averigüé que en su idioma significa algo así como "Lugar de cóndores", las razones del nombre saltaban a la vista. Ya llevaba una semana en ese lugar, y sentía que abusaba de la hospitalidad de Coya y su gente. Sabía muy bien que tenía que volver por mi máquina, allá afuera de la meseta. Pero cada vez que le planteaba el tema, ella me disuadía. Nadie parecía querer que yo me alejara de la cordillera (aunque varios amigos de Coya parecían esperar que yo me fuera), pero no me quisieron dar detalles.

Finalmente, a fuerza de insistencias, logré que me acompañaran a buscar mi máquina. Viajamos temprano, a eso de las nueve de la mañana (intuí que les daba miedo salir de noche), en uno de los cóndores de Coya. Con él cruzamos la meseta, descendimos el risco y atravesamos el terreno eriazo hasta mi punto de partida. Se podría decir que "estacionamos" nuestra bestia, en el árbol más cercano, como a dos minutos a pie de donde se encontraba la máquina. Una vez allí, la inspeccioné. Todo estaba en su lugar. Nada, salvo un poco de tierra sobre la estructura, había variado. Coya y Pincoy me observaban con curiosidad mientras testeaba los controles, pero con un extraño halo de temor en sus rostros. No les gustaba ese lugar, no se sentían seguros fuera de la meseta.

Estaba todo listo para irme. No planeaba partir permanentemente, con mi maquina podía volver cuando quisiese, y así se lo aseguré a Coya. Me le acerqué y se lo dije con tacto, con todo el agradecimiento que pude expresar mientras le acariciaba su mejilla. Claro que no le bastó esa explicación. Había hecho tanto por mí esa joven, y me sentía mal por abandonarla, así como así. Pero más allá de los sentimientos, tenía una labor científica que continuar. Ella rehuyó mi mirada, y estuvo con la vista perdida en el suelo un rato, hasta que llevó su mano a su oreja y extrajo su característica flor. Recuperando un poco de su hermosa sonrisa, me dijo algo en su idioma que no logré entender. Asentí con la cabeza, y le di un beso en la frente. Luego me despedí del niño, revolviéndole un poco su castaño cabello, y repitiéndole que volvería pronto.

Me disponía a subir a la máquina, cuando escuchamos un ruido. Primero fueron unas ramas quebrándose, luego algo que se movía. La expresión de terror entre Pincoy y Coya le dieron una carga de tensión extra al fenómeno. Saqué mi pie del aparato y les hice un gesto para que se tranquilizaran. Miré a mí alrededor. Los ruidos provenían del cerro, e inspeccioné con la mirada la basta y seca superficie del macizo. Finalmente di con algo entre los matorrales. Una abertura totalmente oscura que se camuflaba casi perfectamente con los alrededores. Me le acerqué, estaba a muy pocos metros de nosotros. Era una cueva, grande y profunda. Agachándome un poco podía entrar.

Desde el borde percibí un olor nauseabundo. Los ruidos cesaron, tras unos eternos instantes de suspenso observé la superficie irregular de la cueva, que se internaba casi en diagonal dentro del cerro, hasta que me sorprendieron un par de brillantes ojos rojos. No alcanzaría a canalizar el susto que me produjeron, pues de los ojos salió expulsado un contundente pedazo de roca que me tumbó en el suelo.

Perdí momentáneamente el conocimiento. Pero al dolor del chichón en la cabeza, le sumaron unas patadas que me dieron unos desconocidos en el suelo. Golpes y chillidos guturales inentendibles, además de los gritos de Coya, que era del mismo modo atacada. Entre dos me levantaron y se disponían a llevarme a rastras al interior de la cueva. Claro que no tardé en oponerme. No me fue muy difícil, los seres a los que me enfrentaban no superaban en ningún caso el metro sesenta de estatura. Estaban envueltos en una túnica obscura y sucia, y las manos enguantadas. No pude verles las caras, pero logré zafarme de los dos que me sostenían y pelear a puño limpio contra estos.

En el entretanto, las criaturas habían reducido a Coya, y la llevaban a la fuerza a la cueva, junto a su hermano. Apurado por la crisis, cogí un tronco seco del piso y golpeé a mis dos agresores en la cabeza. Estos regresaron a la caverna, lo que me permitió ir en auxilio de Coya. Ya estaban entrando a la cueva. Agarré una roca filosa del piso, y me lancé contra las criaturas de las túnicas. Debieron ser por lo menos seis. Clave mi improvisada arma en la espalda de la criatura que cargaba a Pincoy, un asqueroso y viscoso líquido obscuro brotó de la herida, junto con un agudo chirrido. Dos de ellos se me lanzaron encima, mientras Pincoy se zafaba de su captor y huía fuera de la cueva. En medio de la confusión, un bramido, como de un cuerno, sonó en lo profundo de las tinieblas. Y acudiendo al llamado, los atacantes súbitamente me soltaron y huyeron perdiéndose en esa obscuridad insondable.

Antes de que me diera cuenta, estaba solo entre las sombras, sin más que ese pútrido hedor envolviéndome. "¡Coya!" grité con todas las fuerzas que les restaban a mis pulmones, sin más respuesta que mi propio eco. Recuperando el aliento, y limpiando la sangre de mi boca, titubee un segundo entre seguirlos o salir de la cueva. Hice lo más prudente y regresé al exterior.

Afuera encontré al pequeño Pincoy en posición fetal, junto a mi máquina, y temblando de miedo. Lo sacudí, lo levanté, traté que me diera alguna explicación a lo ocurrido. Solo palabras sueltas sin sentido. Y una frase que se repetía "Caicai, caicai… ¡se la llevaron los caicai!". Esto era a lo que le temían los Tenten. Me acerqué de nuevo a la cueva. Una oscuridad insondable yacía ante mí. Junto con el nauseabundo olor que emanaba, un escalofrío me recorrió la espalda. Miré al abismo, y sentí que el abismo me devolvía la mirada. Claramente no era una opción volver a internarse en el macizo de tierra. Me volví hacia Pincoy y traté que me dijera hacia dónde llevaba el túnel. Me señaló hacia el oeste, más allá de los cerros. Me dijo que nadie bajaba de los cerros, que era muy peligroso, que debían quedarse en su hogar, solo allí estarían seguros. Un tenten no debía bajar de los cerros, gente como ellos no hacía eso.

Me di cuenta que no tenía caso seguir insistiendo, así que le limpié las lágrimas de los ojos, y le dije que tomara el cóndor y volviera a la meseta por ayuda. Yo cruzaría el cerro, e iría a buscar a Coya. Trató de disuadirme, pero terminó por ceder. Le desee suerte, y volvió corriendo hacia la bestia voladora.

Una vez solo, dirigí mi atención a la máquina: me preocupaba su seguridad. Esas criaturas, los "caicai", podían volver en cualquier minuto. No obstante, la máquina era muy pesada para que la movieran. Solo por si acaso, dejé activado un campo de fuerza en torno a ésta. Otra de las maravillas de las que es capaz mi máquina. Ajusté el cronómetro de los controles para que el campo se apagara al cabo de tres días exactos. Tiempo suficiente para buscar a Coya.

Ya resuelto eso, me puse a buscar un camino a través del cerro. Lo subí por el sendero más fácil que vislumbré. En el camino, fui descubriendo varias entradas a la cueva. Una red subterránea parecía conectar el cerro. Me volteé y, para mi sorpresa, también distinguí aberturas a lo largo de la tierra al oriente del cerro, como hoyos cavados por conejos. Tras una hora ascendiendo y caminando, logré llegar hasta la cima. Lo que vi me dejó sin aliento.

IV

Viviendo rodeado de montañas y altos cerros no era mucho lo que se podía ver del valle de Santiago. Pero allí en la cima del San Cristóbal, pude ver por primera la suerte que corrió esta tierra en esos miles de años: el paisaje que tenía ante mí era digno de un pasaje del Apocalipsis. El fértil valle que descubrieron los españoles ahora era una tierra negra, yerma, y desolada. Una gruesa capa gris cubría de smog el cielo santiaguino. No muy lejos de donde me encontraba, brotaba un volcán, más bien bajo, de cuya chimenea exhalaba una continua columna de humo que engruesaba la suciedad del cielo. No solo eso, sino que de éste también surgía un incesante río de lava hirviendo que atravesaba todo el valle, como en reemplazo del río Mapocho, del cual ni rastros quedaban.

Curiosamente había agua: la parte sur y occidental estaban inundadas por unas lagunas negras y pútridas. Era comprensible que nada creciera en torno a eso, pero lo increíble de todo eso era la procedencia del agua. Agucé la vista, y distinguí, más allá de la cordillera de la costa, un horizonte indefinido y movedizo ¡El mar estaba al lado del valle! Al parecer, la geografía chilena había cambiado mucho durante esos milenios. El mar se había tragado casi todo Chile. De éste brotaban unos tenues y estrechos riachuelos, que atravesaban los cerros islas conectando las lagunas con el mar.

Recorrí con la mirada todo el paisaje, distinguiendo solo podredumbre y desolación, hasta identificar, entre roqueríos y ceniza, las ruinas de una ciudad. Como un sobreviviente de los embates del tiempo y la naturaleza, la ciudad de Santiago prevalecía. Con un nudo en el estómago, me dirigí a la ruinosa capital. Era el único lugar al que podían haber llevado a Coya.

Al cabo de unas horas llegué caminando a las ruinas. Una mancha negra y metálica en medio del desolador paisaje iba tomando forma y contornos ante mis ojos. Vigas retorcidas, carbonizadas, oxidadas, y muchas de ellas petrificadas se alzaban por sobre la superficie de ceniza de Santiago. Agujeros de balas en las paredes, y viejos cohetes sin detonar, revelaban que esta ciudad no solo había sido víctima del paso del tiempo. También de la furia del hombre. Edificios antiquísimos yacían regados por el piso. Muy pocos seguían en pie. El más alto era una torre como a media hora caminando desde Plaza Italia. Solo quedaba el esqueleto, ferroso y oxidado. Tenía la forma de un choclo, y en la cima, en el mirador, brillaba todavía una intensa llama de un antiquísimo y sempiterno incendio. Era como un ojo, cuya flama, hacía a la vez de un iris intenso, de forma felina, que acosaba y penetraba a todo lo que lo rodeaba.

Reconocí Plaza Italia por la forma de la rotonda. Una enorme grieta, vestigio de un terremoto anterior, la atravesaba, marcando una línea horizontal que separaba el poniente del occidente.

Me paré justo al centro, y luego me senté sobre un viejo proyectil. Tenía la forma de un cohete alargado, con una superficie metálica grisácea, y cerca de la punta tenía estampado un curioso símbolo. Consistente en un triángulo y lo que parecía ser un modelo atómico de

Rutherford. No conocía el potencial de esa arma, pero tras tantos milenios no podía ser letal. Me senté con tranquilidad y miré a mí alrededor. Estaba en una auténtica Pompeya, de ruinas de metal. Donde la roca y el asfalto se unían en una sola materia petrificada. Un gas, cuyo olor era principalmente a azufre, cubría levemente la superficie de la ciudad, engrosándose en una bruma cada vez más espesa que dificultaba la visión del horizonte de la antigua capital. No había rastros de vida, al menos no los que un hombre de mi tiempo esperaría. Así y todo, tras reponer fuerzas, reanudé mi marcha hacia el poniente. Respiré con dificultad algunos minutos, pero mis pulmones lograron acostumbrarse al aire enrarecido. No tanto mis ojos, que ya no distinguían tan bien el detalle de las rocas.

Aún con la imagen de la llama visible, sentí una extraña punzada en la nuca, esa sensación de que alguien me estaba siguiendo. Ruidos leves y sueltos provenientes de las ruinas azuzaron ese escalofrío que me recorrió como una serpiente eléctrica por la espalda.

Avancé por la avenida más ancha. Indudablemente se trataba de la Alameda. Era increíble pensar que yo era el único transeúnte en la que fuera alguna vez la calle más circulada. Los edificios por esos lares se mantenían de mejor forma, supuse que por su baja altura.

El espectral eco del viento deslizándose contra las lisas superficies de roca, se confundía con unos susurros inexplicables e indeterminados entre la bruma. No sabía si mi mente me estaba jugando una mala pasada, pero estaba casi seguro de escuchar voces.

Inconscientemente había apurado el paso. Miraba a todos lados, sin disimular el sudor que ya se asomaba por los poros de mi piel. Estaba seguro de que me estaban siguiendo. En algún momento tropecé con un tubo viejo, y casi me desplomo, pero seguí avanzando con torpeza. El crujir de las rocas me sacaron de mi estado de enajenamiento, y me voltee con violencia.

No había nadie. Ningún perseguidor. Solo unas rocas que caían tranquilamente de un cerro bastante bajo (yo diría que el Santa Lucía). Intimidado como estaba, doblé en la siguiente calle hacia el norte. No fue algo que pensé muy bien, el riesgo de que algo se derrumbara o me cayera en la cabeza era mayor en esa jungla de enredados tubos, que en la avenida principal. Pero me tranquilicé a mí mismo con la ingenua idea de que era una presa fácil en la Alameda, y que me era más fácil esconderme entre las callejuelas.

Las calles eran estrechas, y el aroma que se encerraba entre los viejos edificios era bastante desagradable. No supe precisar su origen, solo que mareaba. Sin percatarme, terminé enfilando mis pasos en dirección a mi hogar. Tal y como esperaba, no había nada parecido al edificio decimonónico que dejé atrás. Solo un montón anónimo de escombros y tierra. Rodeado de estructuras muertas. Muchas de ellas abiertas de cuajo, como si solo la mitad de ellas se hubiese venido abajo con el tiempo. Avancé por unas calles donde los edificios se conectaban entre sí por distintas pasarelas suspendidas a distintas alturas. En su momento debieron ser de cristal. La luz se hacía poca en ese sector, y el eco de mis pasos retumbando en bóvedas muertas cada vez mayor.

La tierra se volvía cada vez más húmeda por ese sector, debo estar cerca de los pozos de agua, pensé. Esquivando charcos de lodo, terminé introduciendo mi pie en una estrecha grieta en el piso. Me demoró un rato sacarlo. Primero tuve que sacarme el zapato. Me costó despegar la suela. Seguí la grieta, bastante larga, por cierto, un par de calles, hacia donde se volvía cada vez más ancha, hasta dar con un pavoroso descubrimiento.

Ante mis pies yacía un gigantesco agujero. Tal pozo se perdía en profundidades insondables que la escasa luz del sol no dejaba vislumbrar. En esa amplia explanada había existido hacía muchísimo tiempo La

Moneda. El Palacio de Gobierno había sido tragado por la tierra, en algún olvidado terremoto. La metáfora perfecta del hundimiento de esta nación. La grieta se extendía hasta mucho más al poniente, dando forma a unos cerros que no existían en mí época. A los pies de estos comenzaban las lagunas que distinguí desde lo alto del valle.

Hacia allá no era mucho lo que me deparaba el camino. Solo rocas perdidas entre el polvo y el olvido. Me desvié hacia el norte. Tras caminar unos montículos bordeando la grieta, decidí entrar a uno de los edificios. La mayoría eran de forma cúbica, debían ser los antiguos ministerios. No había mucho que ver en su interior, hasta que di con lo que parecía ser una fosa común. No tendría más de dos metros de profundidad. En su interior descansaban los restos de cinco esqueletos. Descendí con cuidado. Uno de los cuerpos estaba sentado, como si hubiese llegado allí por sus propios medios. Vestía un casco y un uniforme similar al que vi en el siglo XX, de manchas negras y un azul obscuro de fondo. Portaba sobre sus manos una especie de escopeta, hecha de un metal también azul obscuro. Al apretarla un poco, me di cuenta que no era muy difícil doblar el cañón con lo gastado que estaba.

Inspeccioné sus ropas, mucho mejor mantenidas que sus huesos. Palpé algo extraño dentro de su uniforme y lo saqué. De las viejas costillas extraje una especie de revolver, hecho de un material desconocido. A pesar de los miles de años transcurridos, se mantenía perfectamente. De un color que oscilaba entre el negro y el plateado, casi se podría decir que brillaba. No había fisuras, parecía hecha de una sola pieza. Tenía una forma bastante ergonométrica, cuyo mango se ajustaba a la perfección a la forma de los dedos de la mano. El cañón era muy extraño. Consistía de una especie de rendija, y tras esto algo similar a un cristal irregular. Sin intenciones de usarla, instintivamente acomodé mi mano en su enigmática forma. No tenía gatillo, ni ningún botón para accionarla. Solo había una pequeña abertura donde esperaba encontrar el martillo. En ella introduje el dedo pulgar y empujé un poco la superficie.

Súbitamente una sacudida eléctrica me recorrió el brazo. Sentí claramente a la sangre de mis venas palpitar en dirección a mi mano, la cual emitió un resplandor rojizo, como quien pone la palma sobre una linterna; y la pistola, en contraste, emitió un resplandor azul.

Antes de que me diera cuenta, una brillante explosión me había empujado contra la pared de tierra de la fosa, y una carga de energía lumínica fue disparada contra el techo. Cuando recuperé el aliento, observé un enorme agujero en el segundo piso, cuyos bordes todavía estaban incandescentes. Miré con una mezcla de horror y fascinación lo que tenía en mi poder. Se trataba de una tecnología muy superior y desconocida. No funcionaba con balas, claramente. Sino con energía, y, por lo visto, la energía la extraía de quien disparara. De estar en lo correcto, eso explicaba como ese prodigio de la destrucción seguía activo aún después de tantos siglos. Con mucho cuidado, retiré un trozo de tela, casi por deshacerse, de los cuerpos que me rodeaban, y envolví el arma, guardándola en mi chaqueta. Al hacerlo, me percaté en algo de los cuerpos. Estaban todos esposados, y uno de ellos tenía un agujero de bala en la parte superior de la cabeza, como si la bala la hubiesen disparado desde abajo de su mandíbula. Observé esta triste escena, y luego elevé la vista hacia el techo, donde estaba el agujero. Claramente, no fue solo la naturaleza la que destruyó esta ciudad, pensé. Con una sincera lástima por los prisioneros, y por el militar que murió vigilándolos, estiré mis brazos para salir de allí. Pero algo me detuvo.

Fugazmente percibí algo distinto en la imagen de uno de los cadáveres. Me devolví y lo revisé. Se trataba de un esqueleto que estaba con la cabeza encubierta por viejas ropas. Lo limpié, y comprobé mi primera impresión. No era un cráneo normal. La cabeza era mucho más ancha y alargada. Los ojos estaban anormalmente separados, y eran bastante anchos. Y los dientes, los pocos que quedaban, eran más similares a colmillos. Con un desconcierto cada vez mayor contemplé un largo rato esos grandes y oscuros ojos. Ojos cuyas fosas negras, mucho más que donde me encontraba, parecían esconder muchos más secretos, peligrosos y letales para un extraño como yo en esas peligrosas tierras. Un vacío de miles de años reflejado en esa enigmática, y a la vez fascinante mirada de ultratumba, que solo pude llenar con todas las preguntas que me revoloteaban en la cabeza ¿Qué había pasado? ¿Qué había hecho estos hombres para morir aquí? ¿Qué era lo que tenía en mi mano? ¿Era un humano el portador de este cráneo?

Ensimismado como estaba, un inconfundible grito de voz femenina vino a sacarme de mis cavilaciones, sustituyendo todas mis preguntas por una sola. "Coya" dije en voz alta, y me apresuré a salir de esa fosa.

Busqué en el exterior, y escuché de nuevo los gritos ahogados de la joven tenten, como si la tuviesen amordazada. El eco parecía provenir de una especie de subterráneo que se abría en la tierra, similar al metro de Londres. No obstante, al asomarme, mi pie se enredó en una especie de hierba negruzca. Pensé que estaba muerta, pero al jalar un poco, todo mi mundo se puso repentinamente de cabeza. Súbitamente me encontré suspendido a metro y medio del suelo, y colgando de mi pierna derecha. Había caído en una trampa. La cuerda tambaleaba bastante, y yo no pude asirme de nada para bajar. Solo alcancé a escuchar fugazmente los mismos susurros de la Alameda, seguidos de un contundente golpe atrás de mi cabeza y todo se fue a negro.

La jaqueca generada por la sangre acumulada en mi cabeza fue el primer estímulo en sacarme de mi estado de semiinconsciencia. Confundido y con la cabeza colgando de un lado a otro, supuse que seguía suspendido de la cuerda. Al entreabrir los ojos me percaté que me encontraba amarrado de pies y manos de un largo tubo. Me estaban transportando como a una presa de caza.

Mis captores eran los mismos personajes siniestros del cerro. Había uno en cada extremo del tubo, cargándolo sobre su hombro, junto con otros dos que iban más atrás. Nos dirigíamos a una zona de las ruinas de Santiago dominada por tres grandes edificios circulares. Eran similares al coliseo romano, pero techados, y de un color grisáceo bastante sucio. Entramos, y al hacerlo me despedí de la luz del sol. No había pisos, sino una interminable rampa que recorría todo el edificio en forma de caracol, y descendía hasta lo más profundo. Era un auténtico pozo de un olor infecto y aturdidor. El fondo parecía ser una laguna subterránea, apenas distinguible, puesto que se encontraba a por lo menos cien metros de profundidad. En todo el camino de ese largo agujero se amontonaban viejas maquinarias, movidas por engranes y chimeneas, accionadas por los misteriosos caicai.

Mi destino fue una jaula, ubicada como a cinco "pisos" del nivel de la entrada. Escuché el mismo grito, y vi como transportaban a Coya, amordazada, y sobre los hombros de un caicai encapuchado, a pocos metros de donde me encontraba. Quise gritar su nombre, pero en lugar de eso me arrojaron violentamente al piso de mi celda. Atado como estaba, uno de ellos se me acercó. Allí pude ver claramente a los caicai.

Ante mi tenía el rostro de la capucha, de un horror que jamás hubiese imaginado. No era un rostro humano, era un ser grisáceo, de piel húmeda y escamosa. Sus ojos amarillentos, grandes y bien distantes entre sí, bajo los cuales colgaban unas moradas y plegadas ojeras. De su grueso cuello se abrían unas especies de branquias, como tres cicatrices al rojo vivo. Y su boca consistía en dos intimidantes hileras de colmillos, rodeadas de dos labios morados y deformes.

Se me acercó, con cuchillo en mano, y una penetrante mirada. Su repugnante hedor me impactó en la cara como un golpe. Pensé que era mi fin, pero el ser solo cortó las amarras de mis manos. Mientras hacía lo mismo con mis pies, me percaté que el tubo de madera se estaba deshaciendo en astillas en el extremo superior. Instintivamente arranqué un pedazo, lo más filudo que pude, y lo escondí en mis ropas. Desatado de pies y manos, el ser se llevó el tubo y me encerró con llave en la jaula, emplazada en una esquina rocosa como una caverna. Éste y sus acólitos se alejaron. Uno de ellos tenía mi pistola, debieron sacármela mientras estuve inconsciente. Mientras caminaban, se echaron la capucha para atrás, y pude distinguir mejor la extraña forma de sus cabezas. Alargadas, sin cabello y escamosas como las de un anfibio. Eran sin lugar a dudas la especie del cráneo que había encontrado en la fosa. Se alejaron hablando en una extraña jerigonza, llena de sonidos animalescos y agudos que dañaban el oído humano.

Me aferré a los barrotes. Era inútil intentar abrirlos por la fuerza. Solo pude contemplar el ambiente de pesadilla en que me encontraba inserto. Mal iluminado por antorchas y unas esferas llenas de un líquido brillante que desconocía. Había varias celdas como la mía repartidas a lo largo del caracol, pero solo distinguí a seis de ellas ocupadas. Los prisioneros parecían ser jóvenes tenten, pero no vi a Coya en ninguna parte. Se veían cansados, desnutridos, y con las ropas sucias y rasgadas. Claramente llevaban mucho más tiempo allí.

Las extrañas criaturas, en cambio, andaban casi desnudas dentro del caracol. No portaban más armas que cuchillos y mazas, similares a las de los cavernícolas. Los observé con cuidado. Sus modales eran rudos, y constantemente se peleaban entre sí, a veces sin razón alguna. Solo con pantalones puestos. Casi todos poseían una serie de tatuajes, con forma de líneas circulares similares al curso del viento o del agua, en tórax y espalda.

Por repugnantes que eran los caicai, algunos conservaban más rasgos humanos que otros. Su piel, en especial en torno a las articulaciones, era abombada, rugosa y grisácea. Las orejas eran pequeñas, y muchos de ellos no poseían más de una docena de delgados, pero muy largos pelos, que colgaban de la coronilla de sus cabezas. Si bien poseían branquias, también tenían narices, planas y disminuidas, lo que me llevaba a pensar que los caicai eran anfibios. Sus figuras eran encorvadas y bajas, y por lo que observé, no tenían pulgares, solo cuatro largos y flexibles dedos. Algunos especímenes los tenían unidos por cartílagos membranosos.

Fue entremedio de estas observaciones que me tocaría ser testigo de una horrorosa escena. Tras una pelea entre dos caicai, uno de ellos se dirigió a una de las celdas donde había una joven tenten en posición fetal. Ésta se arrinconó aterrada cuando el ser entró. La sacó a la fuerza, entre gritos y forcejeos. La joven, de cabello castaño y muy pálida fue arrastrada hasta un punto donde se intersectaban tres rampas distintas. A medida que avanzaban, los fueron siguiendo docenas de caicai, expectantes a lo que se venía. Finalmente, la criatura anfibia arrojó a la joven al piso.

Monstruoso se queda corto para describir lo que pasó. Con un salvajismo, y una maldad que nunca antes había visto, el ser violó a la indefensa mujer, mientras las demás bestias se arrojaban sobre sus extremidades para devorarla. Desde donde estaba, pude ver la expresión de miedo y dolor en sus ojos. Sus gritos, de un pavor inconmensurable, fueron de tal magnitud que retumbaron hasta lo más profundo del abismo que nos rodeaba, quebrando hasta la voluntad del más fuerte.

Cuando ya no quedaba carne que devorar, se armó una trifulca entre aquellos monstruos, que terminó con peleas a cuchillazos; y con el perdedor de la pelea siendo devorado por sus propios compañeros, mientras éste aún respiraba. Reducido a solo huesos en cosa de minutos, sus restos fueron arrojados hacia la fosa.

Más adelante me enteraría que la fosa subterránea conectaba directamente con las lagunas que vi allá afuera. El valle de Santiago se encontraba semi inundado e infestado de estos horrendos hombres—peces, que pululaban principalmente en el agua, donde llevaban una existencia salvaje. Y de vez en cuando se aventuraban a la superficie en busca de alimento, donde también mantenían pequeños atisbos de civilización en esos rancios y enormes caracoles.

Traté de ordenar un poco mis ideas, y de explicarme la presencia de estos horrorosos fenómenos en el Santiago del año cien mil. Recordé lo que Vicuña Mackenna y Larraín decían de la degeneración biológica y social. Pero no, esto era mucho más que eso. Por lo visto, la evolución del hombre había seguido dos derroteros completamente distintos. Por un lado, los Tenten, seres sanos y hermosos, y en contraste estos horribles monstruos caníbales. Involución completa del ser humano a algún estadio anterior de la cadena evolutiva. Un eslabón perdido, primitivo y salvaje. Esa había sido la condena del hombre tras miles de años de decadencia y sufrimiento en una tierra muerta y sin recursos. Una supervivencia con cuestionables resultados.

Con la imagen de la monstruosa escena aún vívida en mi retina, me propuse a salir de allí. Tenía que ser listo, necesitaba un buen plan para escapar. Miré a mí alrededor, y distinguí a mis secuestradores solo un piso más abajo, hablando entre sí, aparentemente sobre el misterioso objeto que me había confiscado. Lo olfateaban y escudriñaban como si no lo conocieran. Tenía a mi favor el hecho de que no la pudieran usar, pues no poseían pulgares oponibles.

Por mi parte, en mis manos tenía mi improvisado puñal de madera. Tenía que pensar muy bien lo que iba a hacer. Divisé unas pequeñas piedras a un costado de la celda, y recordé el juego que hacíamos con Pincoy. Tras una rápida reflexión, decidí lo que tenía que hacer, y reuní algunas de las piedras. Con mi mejor puntería, las arrojé directo a la nuca del caicai que le presentaba a su grupo mi arma. La primera no llegó. La segunda pareció no sentirla, pero ya a la tercera hubo una reacción. Se dio vuelta, lo que coincidió que la cuarta le diera justo en la nariz. Y un grujido bestial fue emitido por sus fauces, el cual fue replicado por algunos caicai que lo rodeaban. Procuré mantenerme sereno, y aparentar la sonrisa más burlona que pude ¡Oye tú, pescado apestoso! Le espeté, aunque sabía que no entendería mis palabras. La provocación había funcionado, el ser le entregó el arma a otro caicai, y se aproximó con fuertes zancadas y un mazo que cogió en el camino.

Se acercaba a paso rápido, y yo apretaba firmemente la madera entre mis manos. El caicai abrió con mucha furia la celda, me gritó algo en su impronunciable dialecto, levantó la maza y la abalanzó contra mí. Aunque estaba echado en el piso cuando entró, me giré ágilmente y esquivé el golpe. Me levanté y le saqué provecho a mi estatura. Forcejeamos un rato (para ser pequeños eran bastante fuertes), su cuerpo era húmedo y resbaloso, pero conseguí mi objetivo y le inserté mi pequeño puñal de madera directo en la branquia izquierda. El alarido que emitió la bestia iba más allá de las cuerdas vocales normales. Empujé y giré para que no cerrara la herida. La sangre corrió a borbotones, y el caicai tambaleó hasta desplomarse en el piso. Mi arriesgado plan había resultado. Afuera los caicai esperaban el resultado del escarmiento. Muchos no alcanzaron a decepcionarse, pues saqué el cuerpo arrastrándolo de la celda, y lo arrojé al grupo. Tal como esperaba, se dieron un festín.

Mientras todos los demás comían, dos de ellos corrieron hacia mí. El primero que llegó, logré inmovilizarlo con la maza del difunto caicai. El segundo todavía tenía su capucha puesta, y portaba mi pistola colgando en su cinturón. Aunque no la usó, fue más difícil enfrentarme a él. Le asesté varios golpes en la cabeza, pero mis puños parecía que no le hacían nada. Me asestó varios golpes en la boca del estómago, para posteriormente hacerme zancadilla y derribarme. Se arrojó encima de mí y continuó castigándome en el piso. Me deshizo la cabeza a golpes. Cuando pensé que no podía hacer nada, con todas las fuerzas que pude sacar, me incorporé y dirigí mis manos a su cuello. Apreté en el punto débil de su especie, las branquias. Clavando mis uñas entremedio de las agallas, el caicai chilló fugazmente y logré quitármelo de encima.

Mi vista recayó sobre una antorcha fuera de la jaula. La extraje de su lugar, y la usé para ahuyentar a mi agresor. Lo hice retroceder algunos pasos, luego me lancé sobre él, presionando la antorcha contra su cuerpo. Sus ropas ardieron en llamas, y el caicai lanzó quejidos de dolor. Se fue quitando sus prendas, que resultaron ser varias. Entre ellas el cinturón. Aún con la capucha encima, y gritando desesperadamente, se arrojó al pozo. Pero no llegó al fondo, sino que cayó en una rampa dos niveles más abajo, justo donde había unas viejas máquinas de madera. Así, las llamas se expandieron rápidamente por ese nivel.

Yo me acerqué a las ropas que había dejado atrás, y apagué las llamas con mis zapatos. Encontré la pistola, sin daño aparente (¡era increíble como resistía el paso del fuego y del tiempo!), la limpié y la llevé conmigo.

Aprovechando la confusión, y el incipiente incendio, descendí al piso donde se encontraba la mayoría de las celdas. Luché contra el carcelero. Afortunadamente nadie vino en su ayuda, todos estaban tratando de controlar las llamas. Finalmente utilicé la pistola. Se repitió el mismo luminoso espectáculo que desaté en la superficie. Una bola de energía desintegró en menos de un instante la cabeza del caicai. Su cuerpo, cercenado e inmóvil, cayó al piso. Y yo terminé agotado, necesité unos momentos para recuperar el aire tras el disparo. Si había alguna técnica para usar esa extraña arma yo no la conocía, solo sabía que extraía bastante de la energía vital de quien la usaba. Registré el cuerpo, y encontré las llaves.

Fui liberando uno por uno a los jóvenes tenten, pero ninguno de ellos salió sin algo de reticencia. Tenían miedo de escapar, no sabía lo que les esperaba. A punta de puros gestos logré hacer que me entendieran y que corrieran hacia la superficie. Le pasé a dos de ellos el cuchillo y el mazo del carcelero, pero ninguno se atrevió a portarlos. Exasperado, les grité que corrieran. Más por miedo a mi ademán, que, por supervivencia, me hicieron caso. Los guié hasta la salida, y les dije, chapurreando palabras en su idioma, que se alejaran lo más posible de ese infernal caracol. Yo fui el único que no salió, todavía no encontraba a Coya.

Estuve a solo unos metros de la salida, por donde se filtraba la luz solar; pero volví a descender, esta vez mucho más abajo. Y ya con las llamas apoderándose de la estructura. Curiosamente no se veía ningún caicai. O se había escondido, o se arrojaron al pozo, supuse. Busqué y busqué, descubriendo caminos y escaleras bastante enredados a medida que descendía.

El eco de un grito en la oscuridad me orientó. Era ella. Tenía que seguir, a pesar de las llamas. El humo se disipó un poco, y pude distinguirla. Ella y un caicai, en el borde de un amplio balcón, en el mismo nivel en que me encontraba. Corrí hacia ellos, al acercarme la expresión de Coya me nubló el ánimo. Ya no era la niña sonriente que había conocido. Sus ojos morados, con evidentes símbolos de haber sido golpeados, solo reflejaban desesperación. Su rostro estaba sucio, y sus ropas hecha tiras. No quise ni imaginar lo que le había hecho esos monstruos.

El caicai la sujetaba por atrás, tapándole la boca con su viscosa mano. Parecía que quería arrojarla al abismo. Me acerqué, desafiante. Le grité que se detuviera, y lo apunté con mi arma. Lejos de intimidarse, la criatura sonrió ante mi presencia.

Apunté decidido, pero repentinamente varias manos me sujetaron por atrás y trataron de quitarme la pistola. En medio del forcejeo, terminé accionando el botón, y disparé una suerte de bala loca hacia el techo. Un resplandor azul iluminó el lugar cegándonos a todos. El impacto dejó una enorme abertura sobre nuestras cabezas, que iluminó el obscuro incendio en que se consumía el caracol con unos últimos rayos solares. Yo caí de rodillas al piso, rendido y agotado. Me encontraba rodeado de caicais, uno de los cuales me quitó la pistola y la arrojó al pozo. Había caído en la trampa, otra vez. Me arrastraron hasta el centro del balcón, donde todos sacaron sus cuchillas. Con sus fauces abiertas y babeantes, se acercaron a mí. Con paso amenazante, sus ojos me degustaron. Estaba acorralado, y débil. No me quedaban fuerzas, ni ideas para librarme de lo que venía. No había escapatoria.

Repentinamente un alarido llenó el caracol. No era ni de un caicai ni de un tenten. Confundidos por el fenómeno, los hombres anfibios miraron al cielo. Entonces descendieron, como ángeles, los tenten montados en sus blanquísimos y altivos cóndores. Ángeles venidos del cielo hasta ese profundo abismo del infierno para auxiliarnos. Me sentí como en un cuadro de Miguel Ángel. Los caicai se dispersaron, se escondieron donde pudieron, otros tantos se arrojaron al pozo de agua.

Contemplé con horror como el anfibio que aprisionaba a Coya se arrojaba con ella, dejando tras de sí un estremecedor grito de la joven tenten. Corrí hacia la orilla. Temí que ya la había perdido, pero tras unos segundos de incertidumbre, la vi aferrándose a una especie de escalera de incendios que colgaba del balcón. A duras penas comenzó a escalar, acercándose poco a poco. Yo estiré mi mano para asir la suya, pero algo la hizo súbitamente retroceder. Allí descubrimos con horror que un caicai (uno distinto, quizás oculto de antes en la escalera) la estaba jalando de las piernas. Haciendo un sobrehumano esfuerzo, Coya intentó subir. Logré tomarla de ambas manos, pero estaban muy sudadas. Terminé sujetando el peso de la joven y del monstruo, que colgaban a docenas de metros de un foso de horrores y secretos.

Dos cóndores intentaron acercarse para ayudarnos, pero en eso vino el contraataque de los caicai. Y arrojaron a los invasores voladores todo lo que tenían: piedras, maderas, fierros, material prendido en fuego, y las esferas amarillas, que, por lo visto, también eran combustibles. Uno de los cóndores ardió en llamas, y sus desesperados revoloteos por la caverna incrementaron la confusión general.

El caicai comenzó a trepar, y a hacer fuerza, por las piernas de Coya. Ella me miraba desesperada. No iba a aguantar mucho más. Llorando, balbuceó unas palabras en su lengua. Su expresión era la de una persona quebrada por completo. Insistí en que no se rindiera, que no la soltaría, que tenía que ser fuerte.

Pero no pudo hacerlo. El caicai mordió su tobillo. La inyección de sus dientes salpicó una buena cantidad de sangre, y le sacó un profundo alarido a Coya. Ésta me soltó.

—¡Coya! —exclamé, con todas mis fuerzas.

V

Jamás olvidaré su rostro desecho, sus brazos y piernas siendo agitados desesperadamente, y cayendo en la obscuridad más profunda. Perdiéndose entre las sombras con sus desgarradores gritos.

Había fracasado. Apenas pude sentir el chapuzón de la caída. Quedé en estado de shock por un buen rato. Esa niña había muerto por mi culpa, y yo no pude hacer nada para evitarlo. Todo ese viaje, todos los descubrimientos, todas las peripecias pasadas... había logrado salvar algunas vidas, pero no la que más me importaba. El futuro me había vencido. Ese horrible futuro al que nunca debí haber ido.

Mientras digería esa tragedia, recostado en el balcón y mirando al abismo, se realizaba sobre mi cabeza una extravagante batalla entre las dos especies del futuro. Los cóndores resultaron ser, además de transporte, armas bien efectivas contra la raza de anfibios. Uno de los tenten voladores descendió y me indicó que subiera a su cóndor. Con una inusitada lentitud, le hice caso.

Salimos sin mayor problema del caracol, dejando tras de sí una ola de caicais muertos. Era cerca de una decena de cóndores los que componían el escuadrón de rescate. Sobre sus lomos llevaban, junto con los rescatistas, a los jóvenes tenten que liberé poco antes de volver por Coya. Sobrevolamos uno de los lagos del sur del valle, y observé con gran sorpresa a uno de los cóndores descender en un veloz vuelo a ras del agua. Y en un rápido movimiento, recoger con el pico a uno de los caicai (este estaba completamente desnudo, por cierto). Y se lo llevaba en la boca como si fuera un pescado más.

Volvimos cuando el sol ya estaba escondiéndose. El regreso al hogar de los cóndores tampoco estuvo exento de sorpresas. Allí me enteré que los jóvenes prisioneros llevaban semanas perdidos. Algunos no eran de la meseta, sino de montañas más al sur de la cordillera. En general, el clima era de alegría por el regreso de los extraviados. Vi a pocos lamentar la muerte de Coya, principalmente al pequeño Pincoy. El niño me gritó e hizo una rabieta en cuanto me vio. No me volvió a hablar más, y no lo culpo. Sin su hermana, que era mi única amiga en esa pequeña sociedad, los tenten dejaron de dirigirme la palabra. No quise volver a la casa de Coya.

Pasé la noche en el lago ubicado a los pies de la meseta, alimentándome de peces, como me enseñó Coya. Me senté en la orilla, y procuré despejar mi mente. Había sido un día macabro, y la consciencia arremetía contra mis pensamientos. Observando el estanque, diáfano y espejo de la luna llena, me pregunté si alguno de esos extraños pecesillos brillantes y dulces que daban vueltas en él, no estaría emparentado evolutivamente con los hombres—peces de más abajo. En algún minuto, acosado por la fatiga, me recosté de lado, siempre mirando al estanque, y puse mis manos a modo de almohada. Tras varias horas de meditación terminé, sin darme cuenta, por quedarme dormido. El clima y lo cómodo del pasto lo hacían una experiencia bastante amena. El sueño cayó sobre mí junto con la esperanza de despertar de nuevo en mi hogar, en mi cama, y en mi tiempo.

Dormí bastante, más de lo que suelo descansar. No me despertó el sol, sino las risas y gritos de los tenten. Alguien se había tomado la molestia de poner una frazada sobre mí, jamás averigüé quién. La dejé sobre una banca, y me dirigí a la multitud de dónde provenía el ruido. Los tenten se había agrupado en torno a una especie de corral, solo que no había animales de ganado en su interior. Había un árbol, del cual colgaba un caicai amarrado de los pies y agitando los brazos. En el suelo, había otros tres de su especie. Todos en lúgubres condiciones. Uno de ellos tenía las cavidades de los ojos vacías y sangrantes, y buscaba a tientas algo de qué aferrarse. Los otros dos estaban amarrados de pies y manos en el piso, y se agitaban en el pasto como auténticos peces. A los tres, los tenten les arrojaban piedras. Después arrojarían tomates podridos y otras frutas. El invidente, tratando de defenderse de ese ataque, terminó tropezándose.

Yo no pude evitar sentir cierta compasión por el caicai ciego, impresión que nadie más parecía compartir. En los ojos de los tenten se veía un placer sádico, de ese que solo se ve en las facciones de los hombres en guerra (yo mismo lo vi en varios de mis compañeros de armas en Sudáfrica). Después de eso, un tenten bastante alto y de rostro severo, entró al corral con un látigo en la mano. Desató a los cautivos, y los llevó a punta de latigazos fuera del perímetro.

La tranquilidad que sentía de haber despertado de la pesadilla del día anterior se había esfumado.

De la incursión de rescate, los cóndores habían vuelto con al menos dos docenas de caicais capturados. Eran el precio que había cobrado por la pérdida de una de los suyos. Se los había repartido entre diversos grupos, que se entretenían con ellos de las maneras más brutales. Los amarraban a los árboles, y los niños les arrojaban piedras. Otros, eran amarrados de pies y manos y tirados al piso, donde los niños los molían a golpes de palo y patadas.

Los inquilinos de Coya agarraron a uno y, entre carcajadas, le rellenaron las branquias con una especie de pegamento. Posteriormente les amarraron una piedra muy pesada a los pies y lo arrojaron al lago. Hicieron una apuesta, para ver si sobrevivía. A los cinco minutos el agua se revolvió entre pataleos furtivos y el caicai llegó a la orilla, desamarrado, y desesperado por el oxígeno. Tras unos aplausos, los tenten que perdieron la apuesta le cedieron tres cigarros de la planta estimulante que tanto les gustaba consumir. Mientras fumaban, dejaron al caicai yacer de boca al sol, agitando su respiración y su vientre violentamente. Progresivamente, éste último dejó de moverse. Los tenten volvieron a intercambiar los cigarros, y luego hicieron un silbido para atraer a un cóndor. Éste le abrió la panza con su pico, y comenzó a devorar las entrañas. No tardarían en llegar otros dos cóndores a acompañarlo. Devoraban el cuerpo inerte de esa criatura como si fuera un pescado más.

Mientras lo devoraban, me fui percatando de lo humano que eran esas criaturas por dentro. Los mismos huesos, las mismas vísceras, y el mismo instinto de supervivencia. Grotesco cuadro, que evocaba inmediatamente en mi mente la imagen de un hombre siendo devorado por aves de rapiña, cual Prometeo. Se me revolvió el estómago, y tambíén la consciencia.

No dije nada, solo los observé calladamente. En parte porque ni yo consideraba a esas criaturas humanas, por lo visto para esta sociedad eran menos que animales. Pero mi impresión fue cambiando a medida que las represalias se tornaron más y más violentas.

Mi repudio a esas bárbaras prácticas llegó a su punto culmine hacia el final de la jornada. En un anfiteatro bastante espacioso y alto, se reunieron casi todos los tenten que habitaban la meseta. Estaba hecho de roca caliza, y frente a éste yacía una amplia explanada donde se agrupaban los asistentes. Era bastante similar a un foro griego. Estaban expectantes, y aún animosos tras el día de vejaciones contra los caicai.

Sobre el escenario estaban los más altos y apuestos miembros de los tenten. Tres de ellos los había rescatado yo mismo del caracol, ya no tenían el cariz de terror en sus rostros, sino todo lo contrario. La cólera se refleja en sus semblantes. Tenían todos unos curiosos indumentarios, usaban uniformes, ¡el mismo uniforme azul que vi en las ruinas de Santiago! Habían agregado al traje una banda blanca en el brazo derecho, con bordes dorados. Tenía unas palabras en su idioma, escritas con un extraño alfabeto, y el dibujo de un cóndor con las alas bien abiertas.

El público pasó de las risas a los silbidos. Después a los gritos. Exigían que empezara la función. Y así fue. Subieron al primer caicai, éste se encontraba en deplorables condiciones. Cojeaba arrastrando un pie izquierdo ensangrentado, sus branquias estaban inflamadas, y su torso y espalda eran recorridos por largas cicatrices de látigos. El miserable ser subió al escenario arrastrando unas pesadas cadenas. Se le acercó un hombre uniformado de ojos color miel, rubio y de mentón cuadrado, que parecía dirigir el "espectáculo". Lo primero que hizo al tenerlo frente a frente, fue sacarse su guante de la mano derecha y con él, darle una fuerte bofetada en el rostro. Seguido inmediatamente de un puño en el rostro, y un rodillazo en el estómago. El público reaccionó, celebrando.

Yo era el único que permanecía impávido, en realidad incómodo, ante tal violencia. Acto seguido subirían unos niños al escenario, también con uniforme. Reconocí inmediatamente a uno de ellos. Era Pincoy, con su rostro juvenil, y unas mejillas húmedas que evidenciaban que había dejado de llorar hace no mucho. El maestro de ceremonias se le acercó con una lujosa caja negra. La abrió, y de ella sacó un cuchillo, el mismo que usaban los caicai. Se lo pasó con sumo cuidado, y le dijo unas palabras al oído. Después el tenten se dirigió al público, dio un breve discurso, en el cual señaló con desprecio a la criatura encadenada varias veces, y el público lo ovacionó.

Fue entonces que Pincoy se acercó a la criatura. Y la masa se tornó enardecida. Vitoreaban y vitoreaban. Querían que el pequeño procediera, que ejecutara su venganza. Mi indignación por lo que obligaban a ese niño a hacer era enorme. Pero fue aún mayor cuando el ser anfibio emitió unos sonidos. Primero unos guturales. Luego otros en los que se notaba que forzaba la garganta. Y finalmente, una revelación. Tres simples palabras: "No… por favor…no". En claro español. Una lengua muerta para esta gente, cuando no primitiva, pero que yo conocía muy bien, Al igual que esta criatura. Era el empujón que necesitaba, y a punta de puros codazos y empujones, me hice camino hasta llegar al escenario.

Subí, no sin recibir abucheos de la masa, pero sin que nadie me detuviera me dirigí a Pincoy. Lo hice alejarse de la criatura, y le quité el cuchillo. Le dije que no lo hiciera, que eso estaba mal. No sé si logró escucharme, pues el ambiente estaba saturado de los reclamos de los tenten que exigían que me bajara del escenario. No los miré, solo desvié la mirada para observar al caicai, cuyos ojos reflejaban más que solo compasión. Reflejaban humanidad, lucidez y humanidad. Insistí con Pincoy, y le rogué que no lo hiciera. Traté de explicarle que en la vida existe algo mucho más elevado que la venganza, y es el perdón. Causándole dolor a esa criatura, no recuperaría a su hermana. Pero el niño rehuyó mi mirada a lo largo de todo el sermón. Se notaba inseguro, y triste.

El hombre de ojos color miel se aburrió de esperar a que me bajara, y ordenó a dos gorilas de dos metros cada uno que me sacaran a la fuerza. No logré nada con resistirme, solo seguí gritando que todo eso estaba mal. El maestro de ceremonias me quitó el cuchillo, y se lo devolvió con delicadeza a Pincoy. El pequeño lo tomó como si fuera algo sagrado. Se quedó mirando al piso unos instantes, para luego contemplar el cuchillo.

Retomó su tarea. Se acercó al caicai, y lo miró fijamente a los ojos. Contemplé a lo lejos, desde el público, cómo el niño tomaba firmemente el cuchillo. Lo empuñaba, y lo clavaba en el vientre de la criatura. Su grito ahogado casi no se percibió, pues Pincoy repitió la hazaña con una fuerza y una rabia inusitada para alguien tan pequeño. La multitud enloqueció. Subieron a tres más, y se repitió la misma masacre.

El contenido de los estómagos era arrojado a una vasija, y los cuerpos eran dados a los cóndores, quienes no dejaban pedazo sin devorar. Esa noche, tras algunas horas cocinando, los tenten comieron pescado. Era el mismo pescado que me sirvió Coya durante mi estadía en su hogar.

Esa noche no comí nada, ni quise ver nada más. Traté de volver al mismo lugar donde había pernoctado esa noche, a orillas del lago, pero allí estaban de nuevo los cóndores. Alimentándose de los restos de la merienda. Lo más perturbador y repugnante que he visto en mi vida fue verlos pelearse un hombre—anfibio cuyo cuerpo había sido cercenado más o menos desde la mitad de su tronco, y del cual colgaba aún intestinos y un corazón latiendo frenéticamente. Sus ojos brillantes evidenciaban que aún estaba vivo, aunque ya no fuera capaz de articular aullidos de dolor, y su cuerpo fuera menos que un trapo exquisito que se peleaban las gigantescas aves.

No, tenía que alejarme de todo eso. De haber podido hubiese abandonado el valle esa misma noche, pero ya sabía lo que me esperaba en el exterior. Encontré en medio de la bifurcación de dos cerros, escondido tras algunas torres de mármol, una pequeña caverna donde me acomodé. Allí aproveché unos pequeños arbustos como almohada.

La oscuridad absoluta me ayudó a pensar. Aunque reflexionar sobre la decadente jornada que había vivido no haría más que dificultarme el sueño, esto se volvía inevitable. Sin lugar a dudas que los caicai y los tenten tenían el mismo origen en el Homo Sapiens. Aunque los primeros no lo aparentaran, así era. Y aunque los segundos dijeran ser superiores, en la práctica se comportaban igual o peor que esas criaturas. La diferencia era que ellos causaban dolor por placer. Los caicai, por salvajes que fueran, solo buscaban alimento. A pesar de las distancias, de la clara separación física entre ambas especies, el odio que las enfrentaba no arreciaba. Era un odio ancestral, casi primigenio, de esos que no se resuelven simplemente derramando sangre. Sino que exigía regocijarse del sufrimiento del enemigo.

Me había equivocado cabalmente. La humanidad no había avanzado nada. Como los hedonistas por excelencia que eran los tenten, el placer por el dolor ajeno era algo que no podía faltar en sus insulsas existencias, basadas en la repetición inacabada de placeres mundanos. No pude evitar preguntarme si la tierna Coya era igual de sádica…

El futuro claramente no era un lugar para mí. Por lo que pude averiguar, los enfrentamientos entre ambas especies eran continuos. No solo aquí, sino que, a lo largo de toda esta tierra, donde la cordillera se juntaba con el mar. La convivencia pacífica entre esas dos razas, tan distintas y conflictivas, parecía ser imposible.

Así fue que, al día siguiente, pasado el mediodía, salí de la meseta. No me despedí de nadie, y ninguno de los que me vio alejarme se dignó siquiera a mirarme. Tras un par de horas caminando, mirando siempre tras mi espalda, me reencontré con mi máquina del tiempo. Solo tuve que esperar una hora más a que se apagara el campo de fuerza de modo automático. Me había llevado un cuchillo conmigo, uno de los tantos que quedaron sueltos tras la masacre de los caicai. Esperé sentado tranquilamente a un costado de la máquina, con el sol sacándome gruesas gotas de transpiración, y contemplando mi cuchillo. Símbolo de una época, mucho más bárbara que las que la precedieron. Era lo único que me defendía en caso que volvieran los caicai o, también era posible, los tenten quisiesen desquitarse conmigo también. Mi mayor consuelo era que ese cuchillo era el arma más peligrosa de la que disponían los habitantes del futuro.

Pasado el rato, pude subir a mi máquina. Guardé el cuchillo dentro de mi chaqueta, y procedí a ajustar los controles. Cronómetro, presión, energía, amperes... si mis cálculos no fallaban, debía regresar al lugar exacto del que he había partido (sin repetir el error del primer viaje). Moví un par de palancas, el reactor se encendió, los emisores de fuerza comenzaron a girar y, antes de accionar el último botón, le dediqué una última mirada al paisaje del futuro. A esa franja de terreno vacío y eriazo que separaba a dos mundos tan radicalmente distintos. Todo eso desapareció, en un remolino de energía y flashes azulados.

VI

El reloj del salón principal tocaba las doce campanadas de la media noche cuando el doctor Echaurren analizaba, con su monóculo puesto y expresión de incredulidad, el extraño cuchillo que el ingeniero Taylor había traído consigo. Tras limpiarlo con la servilleta, se lo devolvió a su portador.

—Está sin duda hecho de hueso.

—¡Qué les parece! Nuestro cuentacuentos nos trajo un souvenir de África —comentó despreocupadamente Smith.

—¡No, esto no es de África, señor Smith! Ni de ningún otro lado —precisó el médico— es una pieza dental, claramente, pero el filo y la forma que tiene no corresponde a ninguna especie que conozca. Es más, me atrevería a decir que ninguna especie conocida puede tener colmillos como estos, ni un tiburón, ni un cocodrilo...

—Bueno, caballeros —exclamó Fernández, quitándose la servilleta de su regazo—, ya oyeron la hora, se nos hizo bastante tarde. Aunque debo decir que valió la pena pasar la noche escuchando la ingeniosa historia de nuestro querido Taylor. Si mi periódico publicara ficción, publicaría la suya sin dudarlo.

Mientras todos se levantaban, Taylor seguía impávido en su lugar, a la cabecera de la mesa. Ya se había desgastado la garganta narrando todo lo que le había pasado en la última semana, y no le quedaban energías en tratar de que los demás le creyesen.

Adivinando su pensamiento, el diputado se le acercó y le dijo:

—Creo que una de las mejores formas de pasar las veladas es echando a volar la imaginación, y usted lo ha logrado de manera notable, mister Taylor. Pero si quiere un consejo, será mejor para todos, y en especial para usted, que no insista en contarle esto a todo el mundo esperando a que le crean— le advirtió Larraín en el mejor de los tonos, tras darle una palmada en la espalda.

—A mí me pareció una muy divertida historia. Sabe, en Londres conocí a un tipo de apellido Wells que escribe historias como de ese estilo, más o menos de fantasía. Ustedes dos podrían escribir juntos una novela muy divertida —dijo el obeso Smith antes de retirarse.

Antes de que la sirvienta terminara de retirar los platos de la mesa, solo quedaron Taylor y Echaurren en el comedor.

—¿Y tú? También te vas, supongo.

—Algo me dice que no debería dejarte solo, George —le espetó su amigo, claramente preocupado.

—Bah, no te preocupes por mí. No iré a ningún lugar... salvo a mi cama. Estoy desecho, y necesito dormir. Disculpa que no te acompañe hasta la puerta.

Dicho esto, los dos amigos se pusieron de pie, y Taylor se dirigió al segundo piso. Mientras iba subiendo la escalera, Echaurren lo detuvo.

—¡George!

—Dime.

—...No hagas ninguna locura, por favor.

Fue lo único que pudo decir el médico, aferrándose a la esperanza de que su amigo cumpliera su promesa de no ir a ningún lado. Taylor contestó asintiendo con una sonrisa.

***

Al día siguiente, el médico volvió a la casa del ingeniero. Lo encontró en su taller, trabajando en su máquina como esperaba. Desatornillaba la esfera trasera del resto de la estructura, ya no estaba tan demacrado como la última vez. Vestía una camiseta blanca, sin mangas, con algunas manchas de aceite. En su expresión había un leve dejo de cansancio, pero a la vez de tranquilidad. Giraba concentradamente los tornillos, hasta que levantó la vista para recibir a su invitado.

—Espero que esta visita no sea por mi salud mental, doc.

—Para nada. Pero no puedo negar que me preocupas —respondió. Su sonrisa natural esta vez estaba un poco disminuida, por el respeto que profesaba a la labor de su colega.

Echaurren se sentó distendidamente en una mesa del taller, dejando una pierna colgando en el aire, mientras observaba al británico trabajar.

—Debo decir que temí no encontrarte aquí. Pensé que habías emprendido otra aventura a través del tiempo —le espetó, hablando en serio.

—¿Y por qué iba a hacer eso? —le dijo, sin despegar la mirada del destornillador.

—Bueno, dejaste algunas cosas pendientes en el futuro…

—¡Oh, no! No pienso volver a ese lugar. No tengo razones para volver… —hizo una pausa, y buscó algo en su bolsillo. Lo primero que extrajo fue la flor que le entregó Coya, la acercó con cariño a su rostro y buscó su aroma. Su aire pensativo revelaba que ya casi no quedaba— Además, un hombre como yo es capaz de ayudar, pero no para cambiar el mundo que vi— siguió buscando en su bolsillo hasta dar con su reloj. Al destaparlo saltó un poco del lodo del futuro, pero aún funcionaba. Eran las tres y treinta y tres—. Aunque debo decir que lo he pensado. Volver y enseñarle a monstruos y hedonistas todo lo que el hombre olvidó a lo largo de los siglos, ciencias, cultura, civilidad, convivencia… pero tú me conoces. Soy ingeniero. Yo no ataco las consecuencias del problema. Yo resuelvo las causas.

Finalmente, la estructura cedió. Taylor tomó firmemente la esfera con ambas manos, y la llevó a la mesa de trabajo. La depositó en el extremo opuesto a donde se encontraba sentado Echaurren. Éste se puso de pie, y siguió atento sus movimientos.

—El futuro no está escrito, podemos cambiar ese horrible porvenir. Todo está en nuestras manos…

—Querrás decir en las tuyas ¿cómo piensas hacerlo, George?

El ingeniero giró otro par de tornillos. Levantó una pequeña placa, y accionó tres switches en el diámetro de la estructura. La esfera hizo un ruido seco, como si descomprimiera aire. Taylor procedió a ponerse unos guantes negros de trabajo.

—Lo he estado pensando desde hace tiempo, incluso antes de ese viaje. ¿Cuál es la causa de todos los males, Fernando?

—Cielos, esa es una pregunta muy amplia, George — el médico ordenó rápidamente todas las causas que le venían a la mente— las enfermedades, las infecciones, la hambruna, la pobreza, el odio, la guerra…

—Pero todo eso tiene el mismo origen: la escasez. Desde el principio de los tiempos que el hombre ha hecho frente a este problema. La escasez de comida, recursos, y demases. Las sociedades humanas se organizan en torno a eso: para optimizar los escasos recursos, mejorando la calidad de vida de sus integrantes. Los problemas y conflictos humanos parten por eso, porque hay quienes acaparan los recursos, los que quieren arrebatárselos a otros, o simplemente los que no disponen de ellos porque no hay. Esto desata guerras, asesinatos, robos, pobreza… incluso la parte más oscura del hombre. Los prejuicios, el racismo, clasismo, la segregación, todo el odio que alimenta estos obstáculos para la convivencia en armonía, parten del sufrimiento que te he descrito.

—Todo eso es muy bonito, George. Pero te estas remontando hasta la mismísima caja de pandora. ¿Cómo piensas solucionar esta "escases"?

George Taylor tomó la esfera por el anillo metálico que cubría su diámetro. Retiro la mitad superior, descubriendo la roca de combarbalita que había mostrado a sus invitados hace meses, pero esta vez con una gran diferencia: ya no brillaba.

—Una roca de este tamaño tiene de por sí energía inagotable, no obstante, ésta logra ser consumida con un viaje en el tiempo, de ida y vuelta —Taylor tomó unas pinzas y retiró, con sumo cuidado, la desgastada roca de combarbalita, y la soltó en una caja de plomo—. Ahora, imagina qué pasaría si nos olvidamos de ésta máquina, y nos concentramos en el presente.

El irlandés se dirigió a su escritorio, donde desenvolvió un mapa. El médico lo acompañó. El mapa era de la zona austral de Chile, e incluía un papiro con un dibujo aparentemente trazado por el mismo Taylor. Éste describía una roca similar a la que tenía el extranjero en su mano. Pero en torno a ella había una serie de apuntes que describían sus dimensiones y características.

—Esta roca fue la que encontré con los franceses en la expedición al Melimoyu. Tiene cinco metros de diámetro, y era muy pesada para transportarla, y por más que lo intentamos no logramos cortar un pedazo. Tuvimos que recoger los fragmentos que había junto a ella. Yo me llevé esta roca —señaló a la combarbalita que tenía en su mano—, lo franceses algunas pepitas. Pero esto sigue ahí, escondido entre los fiordos de Aysén. Una auténtica mina de oro. Aguardando por nosotros.

El médico tomó el dibujo y lo observó con detención. Taylor se había preocupado de dibujar rayos en torno a la silueta representando el brillo que ya conocía, e imaginó las enormes cantidades de energía que escondía ese coloso oculto en el sur.

—Mi expedición, nuestra expedición, amigo mío, es más urgente que nunca. Tienes que venir conmigo, Fernando, serás parte de algo histórico. Con esta roca, y las otras que encontremos en el Melimoyu, todos los males del mundo se van a acabar.

Echaurren se dejó deslumbrar por la idea por unos largos momentos. Finalmente contestó a la oferta del ingeniero asintiendo tímidamente. Éste respondió con una juvenil sonrisa.

—Excelente. Ni los chilenos ni sus vecinos tendrán que volver a pelearse por algo tan banal como el salitre... no más viajes en el tiempo. Lo que importa es el presente, y vamos a cambiar el mundo, amigo mío –enfatizó Taylor, lleno de orgullo.

No había exageración en sus palabras. Para la infinita energía que irradiaba ese prodigio no había límites, pensó Echaurren, la máquina del tiempo era prueba de ello.

—Entonces corrijo... lo que tienes en el sur es la auténtica caja de pandora, George —fue lo único que atinó a decir el médico.

—Lo sé, pero adentro tengo mucho más que la sola esperanza.

El funeral del presidente

Santiago, 1960

Era una nublada tarde de otoño, dominada por los vientos y el luto. Una atmósfera de pesadumbre dominaba a la gris y megalítica ciudad de Santiago, que despedía al que fuera su más grande líder. Para la ceremonia fúnebre no se escatimó en gastos ni pomposidad. Las calles del centro de Santiago, normalmente dominadas por miles de elegantes automóviles Volkswagen, ahora estaban abarrotadas de seres humanos, como nunca antes se había visto. Ya ni los tranvías podías moverse con fluidez. Todo el "eje de poder" concentraba a una masa de miles y miles de Santiaguinos. Entre La Moneda, y la amplia avenida que la conectaba con el palacio de tribunales hacia el norte, las personas incluso se trepaban a los árboles que hermoseaban el paseo. Araucarias recién plantadas de poco más de cuatro metros de altura, que ahora servían de improvisados miradores.

Hacia el sur del eje, por el paseo Bulnes, la situación era un poco más ordenada. Al centro de la avenida dominaban las filas de militares con sus orquestas, formaciones, y el cortejo fúnebre. Las masas de santiaguinos se agolpaban a los bordes de las vallas papales, concentradas en la procesión. Todo el ambiente estaba inundado por las rimbombantes marchas militares de los uniformados. El día de las glorias del ejército había llegado antes ese año. Pasadas las marchas, en el escenario principal, la diva Rosita Serrano, la cantante más famosa de Europa y Sudamérica, entonó una emotiva versión del himno nacional, con lágrimas incluidas.

El aplauso y los vítores fueron unánimes, y se escuchó con más fuerza hacia el final del paseo, el cual era rematado por una imponente estatua del doctor

Nicolás Palacios (y a sus pies, una frase tallada en bronce: "A la raza chilena"). A la espalda del médico, comenzaba el Parque Almagro con una de las postales más conocidas de Santiago: el famoso obelisco de ochenta metros de altura (doce metros más que el de Buenos Aires), y el imponente palacio del congreso nacional. Un edificio art decó de noventa metros de altura, de sobrias y geométricas figuras, y con gruesas columnas que sostenían su frontis. Los primeros cinco pisos de la estructura seguían una forma rectangular, luego ésta seguía elevándose en una escalonada torre, casi una pirámide, que culminaba con una asta con las dos banderas a medio izar. La bandera nacional, y la bandera de la aliada gran patria alemana.

Llegada la hora del crepúsculo, se dio inicio al discurso final. En el escenario principal, ubicado en la Plaza de la Ciudadanía, se encontraban sentados, mirando a la ciudadanía, las más altas autoridades del país. Primero el ministro del interior, Jorge González Von Marees; seguido por el general Ariosto Herrera, comandante en jefe del ejército; el doctor Salvador Allende, director del "Instituto de Defensa de la Raza Pedro Aguirre Cerda", y en cuarto lugar el ministro de relaciones exteriores Miguel Serrano. Éste último se puso de pie para dar su discurso. A diferencia de sus compañeros de asiento, el canciller mantenía su afable sonrisa, mientras que los demás mostraban un talante especialmente sombrío, aún para la trágica ocasión.

Los ojos de los tres personajes no paraban de moverse, seguían con total atención los movimientos de cada uno. Corrían rumores de una conspiración, quizás una traición, pero Serrano parecía indiferente a todo eso.

En cuanto su inconfundible figura alta y señorial estuvo en el podio, militares y civiles guardaron silencio. A la hora en que la luz del sol se entrecortaba con la silueta de la cordillera de la costa, todo Chile observaba con suma y respetuosa atención al maestro de ceremonias. Con su característica gabardina negra, y un pelo ya encanecido tras años de servicio público, Serrano contempló a la basta multitud, se despejó la garganta, y exclamó:

"¡Oh, estrella de la mañana! deja caer sobre nosotros tu luz honda humedecida. Muy buenas tardes, camaradas. Chilenos y chilenas. Espíritus de la tierra y el mar. Debo decir que me enorgullece ver tanto cariño, y tanta concurrencia, prueba manifiesta y excelsa de la devoción popular hacia quien fuera nuestro líder máximo durante más de veinte años. El general Carlos Ibáñez del Campo. Conductor, Sinche, Führer, son palabras que se quedan cortas para expresar el irrebatible y mesiánico liderazgo de un hombre que transformó Chile".

"Nacido en Linares, allá por 1877, nuestro general llegó por primera vez al poder en Chile en medio de una profunda crisis institucional y política a mediados de los años veinte. Ya en esa primera experiencia vendría con la intención expresa de construir un Nuevo Chile, y de encabezar un gobierno corporativista a la usanza de los fascismos recién paridos en Europa. Ello lo demostró en un ambicioso programa de transformaciones institucionales y de reformas urbanas. Lamentablemente, las vicisitudes de la historia y la gran crisis económica, impulsada por el judío internacional, evitaron que pudiera concretar sus objetivos".

González dejó de prestar atención, le había llegado un mensaje al audífono de su oreja izquierda. El aparato lo usaba para compensar la sordera con la que había resultado luego de una de las tantas explosiones de granada que le tocó presenciar durante los primeros años de la guerra. Claro que su implante era mucho más avanzado: también recibía señales a distancia. "Señor Ministro, el explosivo está listo", fue el escueto mensaje que le llegó. González acercó su muñeca a su boca y contestó a través de su reloj walkie-talkie: "Prosigan según lo indicado".

Una tenue sonrisa se dibujó en su pétreo rostro. Si todo salía bien, por fin podría deshacerse de Miguel Serrano. Solo el general Herrera se percató de esa sospechosa orden dada por González en medio del acto.

"Afortunadamente, Ibáñez no se rendiría —continuaba el canciller— y volvió a por más en las elecciones de 1938. Estrategia que no duró mucho tiempo, pues el invento burgués de la democracia ya venía en franca decadencia desde mucho antes. Corrían tiempos de guerra en el Viejo Mundo, y el orbe en su totalidad se precipitaba hacia una revolución, a una nueva era. Situaciones extraordinarias requieren de hombres extraordinarios. Y eso fue nuestro general Ibáñez. Teniendo esto muy claro, el eterno caudillo se alió con el movimiento nacionalsocialista chileno, ala criolla del nazismo alemán. Fue en ese histórico 5 de septiembre de 1938 que asestamos un exitoso golpe de Estado contra el gobierno de entonces. El Golpe que puso a nuestro general de vuelta en La Moneda. Esta vez para siempre".

"Ese día, como todos sabemos, marcó el inicio de una revolución. Barrimos con el gobierno corrupto de Alessandri y todo su decadente liberalismo y capitalismo. Solo un hábil animal político como don Carlos Ibáñez pudo conciliar de forma tan notable y maestra las vertientes nacionalistas y socialistas chilenas, enfrentadas de forma cada vez más intensa, en un solo gran movimiento nacionalsocialista, con el que sintonizaron prácticamente todos los movimientos políticos y sociales de Chile. La esvástica aria es la misma esvástica de los araucanos, símbolo que cruza e ilumina de manera inexorable el destino de nuestra raza".

El general Herrera miraba con especial atención a la tercera ventana, de izquierda a derecha, el penúltimo piso del edificio del Ministerio de Guerra. Estaba abierta, tal como estaba planeado. Desde allí, y tal como estaba planeado, saldría el tiro de gracia que eliminaría para siempre a Miguel Serrano. Sin el canciller, Herrera podría dar el golpe que hace tiempo estaba planeando y conseguir su más anhelado sueño: el poder total.

"Un horizonte de esperanza nació ese septiembre inolvidable. Nos hizo dueños de un legado que prometimos defender —Serrano detuvo su alocución ante los espontáneos y largos aplausos de la enardecida multitud—. Como una chispa que enciende un camino de pólvora, se expandió la hegemonía del nacionalsocialismo en el continente. Al poco tiempo, el gobierno argentino, encabezado por el general Juan Domingo Perón, no tardó en sumarse a nuestra causa. Uruguay se le anexó vía plebiscito, como el mejor anschluss austriaco. Para 1941, los tres países ya éramos los nuevos aliados del Tercer Reich. Poco después, se nos sumó Perú, que voluntariamente se convirtió en un protectorado japonés. Brasil corrió un destino mucho más funesto, y se vio dividido en su mitad norte y sur, que a todas sus diferencias históricas sumaron la de apoyar a los aliados o a los alemanes. Lo que lo llevó a desangrarse en una cruenta guerra civil. Tropas sudamericanas, norteamericanas, y alemanas, se enfrentaron así a lo largo de todo el Amazonas, el cual redujeron casi por completo a cenizas. La guerra ya estaba totalmente mundializada. El nuevo frente, significó que los norteamericanos dividieran sus tropas en tres escenarios distintos, lo que posibilitó su derrota. Así, estos fueron expulsados de Europa en 1944, con el fracaso de la invasión a Normandía. Poco después, vino el golpe final. Gracias a los trabajos del profesor Heisenberg, el Reich desarrolló la anhelada Wunder Waffen: la Bomba Atómica. Con la cual, arrasamos la ciudad de Liverpool, en enero de 1945. Lo que significó la rendición incondicional de Inglaterra, el fin de la guerra en Europa, y la consolidación de la supremacía de la raza germánica en el mundo".

"Mientras nuestros aliados camaradas alemanes siguen peleando en una constante y difusa Guerra Fría contra los decadentes Estados Unidos de Norteamérica, desde aquí, en el fin del mundo, el general Ibáñez construyó un nuevo mundo. La sabiduría científica y esotérica de los nacionalsocialistas fue crucial para construir esta utopía. Los logros en medicina, y en mejoramiento de la raza chilena, a través del programa iniciado por el difunto Pedro Aguirre Cerda, nos permitió acabar con los grandes lastres de la sociedad: homosexuales, alcohólicos, sifílicos, judeo-marxistas y holgazanes ya son historia en este país. Todo gracias a la estupenda administración del doctor Salvador Allende Gossens, cuyo libro Higiene mental y delincuencia, se convirtió en la Biblia del instituto. Razones que llevaron al general Ibáñez a confiarle hasta su propia salud, en sus últimos meses de vida".

Allende se sonrojó, pero no de modestia, sino de miedo, al tiempo que tapaba con su mano izquierda la disimulada aguja dorada que brotaba de su palma derecha. Pequeño instrumento que almacenaba el poderoso veneno (indetectable para cualquier autopsia) con el que había asesinado a Ibáñez, y con el cual ahora planeaba deshacerse del mayor obstáculo para la revolución bolchevique: el poderoso canciller Miguel Serrano.

"El vasto programa de obras públicas pudo hacerse realidad. Se completó la construcción de este gran eje de poder en el que nos encontramos (eje que no solo cumple una función urbanística, sino que también una función geomántica muy importante al alinearse con el eje de la tierra). Con los poderes judicial, ejecutivo, y legislativo, perfectamente alineados. En el Palacio de Tribunales, La Moneda, y el Nuevo Congreso, respectivamente. Congreso próximo a abrir sus puertas, y que será emblema de esta nueva democracia que hemos forjado a lo largo de los años. Una verdaderamente de masas, donde participen y se incluya a todo el pueblo chileno. Hacia el norte, conectando el Palacio Presidencial con el de Tribunales tenemos la nueva Avenida

General Ramón Cañas, en honor al valiente y sabio militar que inició la conquista de la Antártica. Futuro de Chile y del mundo. En la misma avenida, y gracias a los milagros de la ingeniería genética desarrollada por el doctor Joseph Mengele y el camarada Erik Von Baer, hoy gozamos de estas araucarias genéticamente mejoradas que embellecen nuestras calles. El resto de la ciudad (pensada por el camarada austriaco Karl Brunner) es hoy la moderna urbe de diagonales y monumentos, que incluso sirvió de inspiración para el diseño de la nueva Germania, capital del Reich. Gracias a la brillante administración de nuestro eterno general, hoy Santiago se alza como la digna capital de un imperio".

"Chile no es el fin del mundo, camaradas. Es el comienzo. Eso lo tenía muy claro don Carlos Ibáñez. Sudamérica es el futuro del mundo. ¿Por qué? No solo por nuestra privilegiada ubicación geopolítica en el pacífico, sino que también por la Antártica. El continente entero es una flecha que apunta hacia el continente blanco, hoy bajo dominio chileno".

Herrera tosió, y se tapó la boca con un tembloroso puño. La salud del general no era muy buena. Su uniforme sobrecargado de medallas contrastaba con su cabeza completamente calva y arrugada como una pasa. La ciencia de los nacionalsocialistas había logrado extender su vida más allá de los designios de Dios (no los dioses del nuevo orden, sino del Dios cristiano). Por sus venas corría sangre atlante, con una proporción mayor de plaquetas y glóbulos blancos a la que tenía la sangre normal, y los tratamientos con energía vril había borrado todo vestigio de células cancerígenas de su cuerpo. Así y todo, padecía de temblor crónico en sus manos, que se acrecentaba en los momentos de ansiedad.

Pero el hombre de armas era porfiado como Ibáñez. No pensaba morirse sin antes pasar a la historia como el nuevo caudillo de la confederación.

"Hemos llegado al año 1960 con un escenario inmejorable: gracias a la alianza con el Tercer Reich, y aprovechando nuestra enorme riqueza natural, estamos desarrollando proyectos que hace veinte años muchos hubiesen tomado por imposibles y alucinantes. Nuestro ministro de salud, el doctor Salvador Allende ha desarrollado, en colaboración con los científicos alemanes, un impecable programa de potenciamiento racial, con el que hemos desarrollado un invencible ejército de araucanos. Con sus capacidades físicas y telequinéticas exponencialmente mejoradas".

En cuanto exclamó esto, González no pudo hacer menos que pensar en todo lo que haría una vez que se hiciera con el poder. Serrano había corrompido la revolución nacionalsocialista al incluir a la decadente y asquerosa raza araucana. En cuanto fuera presidente, llevaría a cabo la verdadera purificación racial. La piedra de tope era Serrano. Había acumulado demasiado poder, y frenaría todas sus reformas. Había que deshacerse de él a como dé lugar.

"Hacia el sur de Chile, y gracias a las diligencias del ministro Marmaduke Grove, que en paz descanse, la marina alemana ha construido grandes bases navales y puertos que han beneficiado por igual a ambas naciones. Gracias a nuestro programa de reclutamiento de médiums y machis, pudimos entrar en contacto con los gigantes hiperbóreos que habitan en el interior de los grandes volcanes de la Patagonia. Fue gracias a ellos, los antiguos Dioses Blancos de la América olvidada, que pudimos construir las megalíticas urbes de cristal con las que colonizamos el continente blanco. Hoy, la península de la tierra de O'Higgins delimita hacia el sur con el cráter Almirante Byrd: la entrada al reino subterráneo de Agharta, con el que hemos establecido fructíferas relaciones diplomáticas que nos permitieron intercambiar vastos conocimientos y tecnologías. Uno de ellos fueron los Hanerbe. El vehículo del futuro. Platillos voladores movidos por la energía Vrill y el maná de chamanes pascuenses. Con esta tecnología hemos construido modernos centros aeroespaciales en la Antártica y en Atacama, desde donde hemos emprendido la conquista de la Luna. Que la propaganda yankee no los engañe, camaradas. El espacio le pertenece al eje ¡y la Luna es chilena!".

Esto último lo gritó con el puño en alto, y el público lo acompañó con vítores. Tras un breve lapsus, se retomó la solemnidad del discurso.

"Los problemas energéticos tampoco son ya una preocupación para nosotros. Mientras que nuestros camaradas trasandinos ya están perfeccionando la energía de fusión termonuclear, de la mano del profesor Ronald Richter; aquí, gracias a nuestra fluida conexión con la Pachamama y los pillanes del subsuelo, el gobierno tiene en marcha un plan para aprovechar la energía geotérmica de todos los volcanes de Chile. A partir de hoy, ya no habrá actividad telúrica o erupción que no esté cuidadosamente planificada por el Estado".

"Ese es el Chile que el gran General Ibáñez nos ha legado. Un Nuevo Chile. Uno donde el Estado ocupa el papel que le corresponde: grande, fuerte, y poderoso. Portaliano. Instructor y organizador de la vida de todos los chilenos. Además de garante no solo de su seguridad, sino que también su progreso material y espiritual. Somos ciudadanos no por derecho, sino por raza. Por nuestras venas corre la sangre de esta tierra. Una tierra mágica, así como inestable. Hoy, todo eso está en una inefable armonía. Los chilenos estamos en armonía con nuestra tierra, con nuestra raza, con nuestro ser. En suma, con nuestro zen".

Serrano hizo una breve pausa. Tomó un sorbo de agua del baso que disponía a su derecha, y se aclaró la garganta. Retomó su exposición con más brío y tono épico que antes.

"En línea con este magno proyecto, es que hemos acordado coronar esta ceremonia como los dioses mandan. Con un monumento que dé cuenta de la inmortal gloria de nuestro general. Y sin ir más lejos, como la máxima consolidación del legado político del 5 de septiembre, me complace anunciar que, oficialmente, las cinco grandes naciones americanas de Bolivia, Perú, Chile, Argentina y Uruguay, se unirán como confederación bajo una sola bandera: La Confederación Andina".

Dicho esto, una batería sonó, y unos cadetes muy condecorados de Carabineros de Chile (institución fundada por Ibáñez, pero que con el tiempo había adquirido muchas similitudes, en sus uniformes y en sus métodos, con las SA alemanas. No por nada también cumplían funciones de inteligencia y de policía secreta) retiraron una manta que cubría una estructura de cinco metros de alto frente a la cara norte de La Moneda. La estructura resultó ser una estatua del presidente Carlos Ibáñez del Campo, la cual inmortalizaba su figura en su mejor momento: con su grueso y viril bigote negro, además de su gallarda e imponente figura enfundada en su uniforme de gala. En el podio, se leía su inmortal frase, que pronunciara primero cuando abdicó en 1931, y que repitió en varias oportunidades en los momentos más álgidos que vivió Chile: "Juro que he salvado a la República".

Las trompetas sonaron, y con pomposas tonadas acompañaron al izamiento de la nueva bandera nacional en la asta de sesenta metros ubicada en la plazoleta al centro de la Alameda. Una vez que ésta logró elevarse al tope del mástil, los chilenos pudieron contemplarla en todo su esplendor: era igual a la anterior, salvo por un cambio crucial. La estrella solitaria ya no poseía cinco puntas, sino ocho. Era la estrella de Arauco, la Wuñelfe Kushe, la estrella del alba que iluminó al pueblo mapuche y a Bernardo O'Higgins en su lucha por la libertad.

Fastuosas tonadas marciales, junto a vítores masivos acompañaron el descubrimiento del nuevo emblema. Bandera del nuevo Chile, y también de la nueva confederación. Serrano, profundamente conmovido, y con los ojos humedecidos, prosiguió con su alocución.

"Y eso no es todo camaradas. Como recordatorio continuo de la gran labor desempeñada por nuestro caudillo, hemos edificado este nuevo Altar de la Patria, coronado por la que hemos bautizado como la "Llama de la Eterna Libertad". Libertad del poder usurero del judío internacional. Libertad del imperialismo yankee. Y de las ataduras materiales y etéreas que nos impedían alcanzar nuestra condición de seres de luz".

El ministro del Interior consultó su reloj. El acto se había demorado más de lo programado. Los nervios lo consumían por dentro ¿funcionaría la bomba?

Una niña de 10 años con teñida mapuche, consistente en un traje negro, collares de plata, y hojas de laurel en el cabello, llevaron la antorcha ceremonial a manos de Serrano.

—Camaradas. El honor de encender la Llama de la Eterna Libertad, corresponde por razones obvias al hombre responsable de que estemos aquí. A quien movió los hilos desde el principio, gestó esta revolución, y fue la fiel mano derecha del general Ibáñez— exclamó el canciller.

"¡Pedazo de pedante!", pensó González, "muérete luego, será mejor. Un muerto en un funeral, que poético…".

—Estoy hablando del honorable ministro, don Jorge González Von Marees, un fuerte aplauso, por favor.

Dicho esto, González Von Marees no pudo ocultar su compungido rostro. Serrano era conocido por improvisar en los actos públicos, pero esa posibilidad nunca le pasó por la mente. El ministro había cavado su propia tumba. Al lado suyo, el general Herrera también evidenciaba preocupación. Volvió a mirar a la ventana: el fusil ya se asomaba con dirección al altar.

Serrano se acercó a las tres autoridades. Le entregó la antorcha encendida a González, y le dio la mano. Siguió con Herrera, a quien le dio un fraternal abrazo, con palmadas en la espalda incluidas. Luego fue el turno de Allende. El médico había esperado durante años este momento, todo lo que tenía que hacer era darle la mano, y en unas horas Serrano estaría dando sus últimos suspiros. Sería el inicio de una nueva era, con un Chile libre del yugo militarista, y con Allende como el presidente encargado de liderar la transición. Pero contrario a lo que esperaba, Serrano se paró frente a él, golpeó los tacos de sus zapatos, y levantó el brazo derecho exclamando:

—¡Heil Hitler!

El médico no pudo hacer menos que contestarle con el mismo gesto. Era un plan bastante mediocre, pensó, pero no era el único que tenía. La dictadura tardaría más de lo que esperaba en caer.

González, resignado, y con su mejor uniforme marcial, subió los escalones de la amplia estructura piramidal ubicada a la entrada del Paseo Bulnes, portando la antorcha encendida en su mano derecha. Como si se trataran de las olimpiadas, subió los quince escalones, cada uno de cincuenta centímetros de ancho, que lo separaban de la cima, coronada por un hondo platillo negro, con runas grabadas en sus bordes. A medida que subía, pensaba que, sin su persona, Serrano tendría el camino pavimentado hacia el poder total. Aunque oficialmente el sucesor debía ser el ministro del Interior, el canciller no solo era ampliamente popular en la ciudadanía, sino que contaba con una importante mayoría de adherentes en el partido nacista chileno. Pero todo eso ya daba lo mismo.

La bomba había sido preparada por personal de Carabineros, institución a través de la cual González se había deshecho de varios enemigos en el pasado. En cuanto el fuego tocara el platillo, el artefacto se detonaría.

No había vuelta atrás. Estaba delante del platillo, y tambaleante se inclinó.

Paralelamente, desde su refugio en el Ministerio de Guerra, el militar encargado del magnicidio fruncía su bigote castaño y preparaba el martillo de su fusil. El elegido por Herrera para tan importante tarea era el teniente Pinochet. Con un ojo cerrado, su pupila azul derecha observaba atenta por el telescopio del arma, apuntando a la persona que portaba la antorcha a cien metros de donde se encontraba. Bastó un instante previo, un milisegundo antes de apretar el gatillo, para darse cuenta que no era Serrano. Su reacción fue rápida, y corrió el arma al mismo tiempo que disparaba.

La bala dio justo en el centro del platillo, donde se ubicaba la bomba. El resultado fue una poderosa explosión, y González salió repelido, rodando un par de escalones hacia abajo.

Pero nada más. La explosión había sido hacia arriba, produciendo un destello verdeazulado similar a la llama de una cocina, que se elevó varios metros hacia el cielo, casi como un espectáculo pirotécnico, antes de que el fuego se estabilizara. González, tumbado en los escalones, levantó la cabeza y contempló una llama amarilla cuyo resplandor ardió reflejándose en sus pupilas.

El público aplaudió, todo parecía cuidadosamente planificado, y los "¡Viva Chile!" se multiplicaron.

"Esta llama arderá para siempre en cada uno de vuestros corazones. Chilenos, araucanos, selknams, atlantes, aghartianos y lemurianos. Vosotros, el pueblo, sois la mayor riqueza de esta tierra mágica ¡Viva Chile! ¡Viva la raza chilena! ¡Y viva la Confederación Andina!" arengó Serrano, con toda la fuerza de sus pulmones.

González no entendía nada ¿de dónde vino la bala? ¿por qué no funcionó la explosión? Pensó en expulsar a los funcionarios de Carabineros encargados de instalar el dispositivo, luego pensó en la posibilidad de que la bala misteriosa alterara el mecanismo de detonación. Miró hacia el sur, de donde parecía haber sido disparada la bala. De una de las ventanas del Ministerio de Guerra, brotaba un fusil que se escondió rápidamente.

Llegaron corriendo Herrera y Allende y lo ayudaron a incorporarse. El general intentó balbucear algo, pero su rostro descompuesto le confirmó su sospecha. Allende captó la comunicación no verbal entre ambos, al tiempo que, en cuclillas, le ofrecía ambas manos a González para levantarse. Cuando éste se acercó a su mano derecha, a último minuto el médico dijo "¡no!", retirándola. Extrañado, González lo tomó bruscamente de la muñeca e inspeccionó su palma, descubriendo la aguja amarillenta. El ministro del interior y el general sabían lo que significaba. Había usado ese mismo instrumento para deshacerse de sus enemigos antes.

Los tres se pusieron de pie. Las miradas que intercambiaron reflejaban confusión, pero también ira. En ese momento, los tres nacionalsocialistas pensaron lo mismo: antes del siútico lamebotas de Serrano, primero debían deshacerse de esos dos conspiradores.

Como era costumbre, las orquestas acompañaron el emotivo e histórico momento con una melodía inconfundible. Apenas sonados los primeros acordes, todos los chilenos, del desierto a la Antártica, e incluso en las bases en la Luna y en el centro de la tierra, se cuadraron para cantar el himno nacional. Completo, con las seis estrofas.

Miguel Serrano cantaba como un niño embelesado, mientras una discreta lágrima le recorría la mejilla. Escena que retrató fielmente la cámara del Zepelín de LAN que levitaba sobre él. El cielo de la plaza de la ciudadanía se vio cubierto de zepelines y platillos voladores con la esvástica (aria y mapuche) de la Fuerza Aérea de Chile para la hora del cénit. A medida que se iba apagando la luz del sol, también fueron llegando gigantes compuestos en su totalidad de humo, emanados por el volcán Maipo. Pillanes guardianes de la Pachamama y del Estado Nacionalsocialista Chileno que venían a asistir al histórico funeral.

Para cuando los últimos versos de "¡O el asilo contra la opresión!" había retumbado en la médula de cada uno de los chilenos, la noche ya había caído, y el acto se dio por finalizado.

La casa del aviador

Llevo más de quince años viviendo en Santiago, y no obstante hasta el día de hoy me atormentan las mismas pesadillas. Horribles visiones que tiñen mi infancia en un manto de angustia y pánico. Pánico a la oscuridad, y a la locura. Pero por sobre todas las cosas, la risa. Esa risa demoniaca e infernal. Esa risa que me pone los pelos de punta cada vez que las imágenes de Puerto Montt cruzan mi memoria.

Me cuesta no asociarla con la perturbada garganta de la que salía esa horrible risa, pero lo cierto es que la mejor época de mi infancia la pasé en mi Puerto Montt natal. Entre páramos verdes, interminables lluvias, y pichangas con los compañeros de curso. Era principios de los ´80, y mis únicas preocupaciones en esa época era que mi padre, ferroviario, me trajera los VHS de las películas de Spielberg que le encargaba de Santiago, además de algunos casetes de The Clash. Eso y captar algo de atención de Elsa, la niña más linda del sexto A, y a mi gusto del planeta.

Por el trabajo de mi padre viví los primeros nueve años de mi vida en distintas ciudades del país. Finalmente nos instalamos en la décima región. Me matricularon en el colegio allá por mayo. Como no conocía a nadie, la única que se me acercó a hablarme ese primer día fue la Elsa, quien me prestó su cuaderno para ponerme al día. Desde entonces que no podía dejar de pensar en ella.

Con el Nahuel, en ese entonces mi yunta, inventábamos cualquier excusa con tal de dirigirle la palabra. Llegamos incluso a meternos de voluntarios en la Fundación Las Rosas, solo porque ella también lo había hecho (tenía una sensibilidad especial por los viejos).

Hoy me da una mezcla de vergüenza, pero también de gracia, los trucos que usábamos. Y en retrospectiva creo que ella también se lo tomaba con humor. Salvo esa vez que Elsa perdió misteriosamente su cuaderno, cuando en realidad el Nahuel lo había sacado de su mochila.

Para cualquier otro hubiese sido un problema menor, pero siendo Elsa la más aplicada del curso, lo del cuaderno era un asunto de vida o muerte. La pillamos camino a la comisaría, a los pies de una de las colinas en las afueras de la ciudad, con los brazos cruzados y una cara de angustiada que no le conocíamos (siempre sonreía, yo me imaginaba que ni dormida se le borraba su sonrisa con los hoyuelos). Fue Nahuel el galán encargado de acercarse y decirle que lo había dejado olvidado en el colegio. Elsa frunció sus rubias cejas, acentuando aún más el tamaño de su frente, y tras dedicarle una penetrante mirada, le cayó una lluvia de insultos al pobre Nahuel.

Mapuche y alemana discutieron un buen rato, cuando una imagen desvió mi atención. Una sombra entrecortada por el sol ascendía rápidamente por la colina, arrastrando un carrito de feria tras de sí. La misteriosa mujer encorvada vestía de negro, y su cabeza estaba casi totalmente enfundada por pañuelos oscuros y una boina negra. Si la memoria no me fallaba, su nombre era Adela y vivía en la casa de la cima de la colina. No era nada más lo que sabía, por eso, cuando vi que una naranja se caía de su rechinante carrito, sin que ella reparara en eso, me dirigí a recogerla.

Corrí los veinte metros que nos separaban con la agilidad propia de un niño de once años. Tomé la naranja, y con total inocencia le dije "¡señora Adela, se le cayó su naranja!". Tuve que repetírselo para que me escuchara. La seguí hasta quedar a un metro de ella y las oxidadas ruedas dejaron de girar.

Al darse vuelta, fue como si un golpe helado me revolviera el estómago. El rostro que vi era peor que el de una película de George Romero. Era real. La cantidad de verrugas y piel al rojo vivo me hicieron soltar la naranja y salir corriendo. Al mismo tiempo que la anciana gritaba "¡cabro de porquería! ¡devuélveme mi naranja, pequeño ladrón!". Me persiguió e insultó un buen rato, mientras mis amigos observaron pasmados la escena. Cuando me alejé lo suficiente, la Elsa me acompañó en mi carrera, mientras que el Nahuel se quedó respondiéndole a la mujer. "¡Vieja kutriñuke, el Arturo te estaba ayudando! ven pa´ acá, poh, ¿qué me vai a hacerme? ¿cocinarme, bruja de mierda?". La anciana deforme estaba muy cerca, pero yo me devolví, y de un agarrón en el hombro, saqué al Nahuel de la pelea (quizás fue la Elsa quien lo hizo, a estas alturas puede que me equivoque). Desde la comodidad de la casa que coronaba la colina, alguien más nos observaba. Esa fue la primera vez que sentí esa risa mientras nos alejábamos. El eco de una risa que se extendió por la nublada pradera ahuyentando a los pájaros de los árboles.

Llegamos hasta la casa de Elsa, una linda casita alemana que parecía sacada de un cuento de los hermanos Grimm. Nos atendió su mamá (idéntica a Elsa, por lo demás, pero un poco más gordita y con delantal de cocinera). Nos preguntó por qué veníamos tan traspirados, y entre los tres le explicamos lo que pasó. "¡La bruja de la casa embrujada nos atacó!", comenzó el Nahuel. Yo no sabía que le decían bruja.

Tras servirnos un chocolate caliente a cada uno (con unas especies que no he vuelto a encontrar en Santiago), la mamá de Elsa nos contó la triste historia de la señora Adela. O en realidad la de su hijo, el teniente Alejandro Manfred Skinner.

Alejandro era el orgullo de la familia Skinner, una familia de ingleses que se había asentado en las afueras de la ciudad en esa enorme casa victoriana construida en la cima de la colina. Fue el primero de sus hijos y el único que se fue a estudiar a Santiago. Sus seis hermanos se quedaron en Puerto Montt administrando los negocios de su padre. Entró sin problemas a la FACH, su inteligencia y físico privilegiado lo hicieron destacar dentro de su generación. Tanto así, que la Fuerza Aérea lo seleccionó para ir a perfeccionarse a la Royal Air Force, justo en medio de la Segunda Guerra Mundial. Allí Skinner tuvo la oportunidad servir a sus dos patrias, siendo condecorado por su valentía en la batalla de Inglaterra. De modo que cuando volvió a Chile, fue recibido con honores. Y en Puerto Montt, como una auténtica estrella de rock.

Quienes lo conocieron en esa época lo recuerdan como un hombre alegre, de un metro ochenta y tres, siempre caballero, humilde y generoso, que donaba constantemente dinero a la caridad y a los bomberos. Se dice que viajó por todo el mundo, y que tuvo una brillante carrera dentro de la Fuerza Aérea, pero todo se fue al tarro de la basura una fatídica mañana de fines de los ′50.

Era una misión de rutina. Debía sobrevolar la zona de Coyhaique, en su aparato lo acompañaban otros tres uniformados con destino a Punta Arenas, pero una sorpresiva tormenta eléctrica los obligó a realizar un aterrizaje forzoso. La suerte no los acompañó, y un rayo cayó en una zona sensible de la nave, lo que los hizo estrellarse en medio de la nada. Sin comunicaciones, ni nadie cerca en cientos de kilómetros a la redonda, debieron pasar el crudo invierno patagónico en los restos de la aeronave.

El ejército inició una frenética campaña buscándolos. La tragedia aérea fue noticia nacional, y cuando ya se les daba por muertos, un bote de la marina encontró a las orillas de uno de los tantos fiordos de la Región de Aysén los restos del avión, un mes después del siniestro.

A partir de allí, la historia se torna confusa. La versión oficial de la FACH, es que ninguno de los tres compañeros de Skinner fue capaz de sobrevivir a sus heridas producto del choque, el frío y el hambre, quedando solo el piloto a duras penas con vida. Pero circularon fuerte rumores de otra cosa: los grumetes encargados de bajar los cadáveres del barco en que llegaron a Punta Arenas, aseguraron haber visto claras marcas de mordidas en los cadáveres. Alguien por ahí dijo que fue un puma de la zona que los mordisqueó, pero todos apuntaron a Skinner. Lo único concreto es que cuando lo encontraron estaba flaco, casi en los huesos. Blanco como un papel, barbudo como un plumero, y loco. Completamente loco.

Lo que sea que haya pasado en la Patagonia le secó el cerebro permanentemente. Cuando finalmente volvió a su casa en Puerto Montt, lo llevaron amarrado a una camilla y con una camisa de fuerza. Esa fue la primera vez que los vecinos del lugar escucharon su estridente risa.

La vida de la familia no volvió a ser como antes. Su madre se dedicó tiempo completo a atender a su trastornado primogénito. Muchos de sus hermanos debieron seguir su ejemplo. Con el tiempo, algunos se fueron de la casa. De otros no se volvió a saber más. La señora Adela terminó quedándose sola, cambiándole los pañales a Alejandro, alimentándolo, tratando de sosegarlo cuando le daban sus ataques, y aguantando sus imparables y desesperados gritos.

Con el patriarca muerto y sin nadie que los ayudara, el dinero rápidamente se fue agotando. La última persona que entró al hogar de los Skinner, una nana que insistió hasta aburrirse para que le pagaran sus últimos tres meses de sueldo, entró a una casa irreconocible. Madre e hijo vivían en condiciones casi infrahumanas, con basura acumulada en la sala de estar, y olores nauseabundos que brotaban desde el fondo de la casa. Y una explosión en la cocina, donde la señora Adela no solía meterse hasta la partida de su empleada, dejó a la solitaria matriarca con sus horribles cicatrices.

—No solo eso, esa casa fue construida sobre un cementerio mapuche ¡en la noche la penan los witranalwe! —afirmó el Nahuel, quien luego me aclaró que "witranalwe", es algo así como un zombie mapuche.

La mamá de Elsa sonrió ante la imaginación de Nahuel, y terminado su relato nos mandó a la casa a bañarnos, hacer las tareas y cenar (en ese mismo orden).

La Elsa nos fue a despedir a la puerta. Tuvo palabras especiales para mí: "Fue muy noble lo que hiciste al intentar ayudar a esa señora. Todos en la ciudad huyen de ella". Yo solo me limité a sonreír, la verdad es que no la hubiese ayudado de haber sabido que ese era su aspecto. Elsa era más alta que yo, de modo que cuando se me acercó y quedamos frente a frente, se despidió dándome un beso arriba de la nariz. No pude evitar sonrojarme, el Nahuel me molestó un buen rato por eso. No había competencia entre nosotros, era simplemente al primero que le saliera.

* * *

Pasó el tiempo, y de una semana a otra la señora Adela dejó de ser vista comprando mercadería en la feria. Más adelante alguien en la municipalidad dijo que había fallecido. No dieron detalles y nadie se molestó en averiguarlos.

Fue otro detalle el que le llamó la atención a la gente: Skinner seguía con vida. Nadie lo había visto, pero sí que lo había escuchado. Gritaba todas las noches. Y así siguió durante días, semanas, y meses. Lo más increíble era que nadie entraba o salía de esa casa. De algún modo el loco Skinner sobrevivía, pero nadie sabía cómo. Quizás por la noche algún pariente subía a llevarle comida; en algún minuto se vio a ancianas de la iglesia ir a dejar canastas con pan en la entrada de su casa, pero nada constante. Era un misterio que nadie se atrevía a resolver.

Para fin de año, poco antes de que terminaran las clases, ya nos habíamos hecho verdaderos amigos de Elsa. Gracias a ella pude pasar los ramos donde me estaba yendo mal. A cambio la invitaba a mi casa a ver alguna de mis películas (su favorita era E.T.). El Nahuel nunca pidió su ayuda, a él le daba lo mismo repetir.

Cierta mañana de sábado estábamos jugando a la pelota en el parque con el Nahuel y la Elsa. Me perdí un penal de la peor forma posible: la pelota fue a parar mucho más lejos del arco, y dio con el Feña y el Gonzalo, los matones de quinto de humanidades. Como si mi suerte no fuera lo suficientemente mala, la pelota dio en la cabeza del Feña justo cuando iba bajando un par de escalones de piedra, de modo que el impacto en la nuca lo hizo tropezar. Ambos llevaban bolsas de almacén, y por el sonido que escuchamos, algo se quebró. No lo pensamos dos veces y arrancamos, muertos de la risa.

Esa misma tarde fuimos a encumbrar un volantín a la orilla del estero. Solo los tres y nadie más a la redonda. La Elsa rio como niña chica todo el rato, le fascinaba ese juego. El Nahuel bautizó a nuestro volantín como "Apumanque", la Elsa preguntó si era por el mall de Santiago (fue la primera vez que escuché la palabra mall). A lo que él contestó: "¡No seai ignorante! Significa rey de cóndores".

Hubo un momento en que nos sentamos junto a un árbol a la orilla del río con la Elsa, y el Nahuel inexplicablemente me pidió el volantín. Ambos sabíamos que no le gustaba ese juego, pero lo entendí cuando se fue a encumbrarlo bien lejos, supuestamente llevado por el viento. Nos quedamos en silencio un buen rato. Yo le ofrecí una manzana de mi mochila. Mientras la devoraba, escuchamos el tronar de las piedras del río, y el cantar de los pajaritos.

—Gemütlich —dijo ella.

—¿Qué es eso?

—Es esto. Es como Carpe Diem.

—Más palabras raras, entre tú y el Nahuel…

—Lo vimos en lenguaje, ¿en serio no sabes lo que significa?

Negué con la cabeza. Luego la Elsa puso su mano en mi mejilla y se fue acercando lentamente. En eso estábamos cuando, repentinamente, una mano sobre mi hombro me alejó de ella. "Buena, Tutito", exclamó el Feña.

Había llegado en bicicleta junto con el Gonzalo. Nos explicó que la bolsa que cargaba traía una docena de huevos, y que su madre lo retó como nunca por haberlos roto. Había venido a desquitarse. Se pusieron a revisar mi mochila, y encontraron la pelota de fútbol. Ambos cruzaron una mirada cómplice, se subieron a sus bicicletas y se fueron con la mochila. Yo los seguí, gritándoles en vano que me la devolvieran. Con la Elsa corrimos un buen rato, pero no tardamos en darnos cuenta a dónde se dirigían. Agobiados por la fatiga, nos detuvimos en cuanto las bicicletas comenzaron a ascender la colina.

Feña y Gonzalo nos observaron con soberbia desde la cima. Sacaron la pelota de la mochila y la arrojaron a la casa embrujada, rompiendo uno de sus cristales. Cuando bajaron, me tiraron la mochila encima como si se tratara de un trapo viejo. En eso llegó corriendo el Nahuel, y los agarró a garabatos mientras se alejaban en sus bicis.

Entre los tres, repasamos las posibilidades. La Elsa me rogó que no entrara, que era peligroso, podía pegarme alguna infección, o algo podía hacerme Skinner. Yo sugerí que quizás sería buena idea llamar a alguno de nuestros papás, explicarles quién tuvo la culpa y que ellos buscaran la pelota.

—¡No seai wedeku! tení que entrar no más —me increpó el Nahuel. Nunca supe lo que significaba wedeku, pero le hice caso.

La casa era de madera de alerce y de tres pisos. Varios de sus cristales estaban rotos, y algunas tablas colgaban. Tras subir los cuatro escalones que separaban la terraza del pasto, entre el Nahuel y yo abrimos la puerta. Nos costó, pero al final las bisagras cedieron y la puerta se abrió. El Nahuel era más chico, pero mucho más fuerte que yo.

El interior tenía un olor nauseabundo, como a orina de gato. La atmósfera era fría y húmeda, telarañas colgaban, e interminables pilas de periódicos viejos se amontonaban entre muebles tapados por sábanas polvorientas. Sobre nuestras cabezas colgaba una elegante lámpara de araña de cristal, lo que nos ayudó a dimensionar lo alto que era el vestíbulo. La luz era escasa, la poca que había brotaba de la escalera principal ubicada frente a la puerta, de mangos dorados y revestida con alfombra roja, como en las películas.

De puro intruso, el Nahuel se asomó a una pieza ubicada en el ala oeste. No había nada de luz, las ventanas estaban tapeadas con tablas. Sacó un fósforo de su bolsillo (de algo nos sirvió su precoz vicio) y lo prendió. Con lo poco que teníamos de luz, vimos una camilla de metal. En lugar de colchón, había una rejilla, y junto a ésta, una especie de aparato rectangular con botones y medidores conectado por electrodos a la cama. Nos miramos sin comprender, éramos muy jóvenes para entender lo que era.

La pelota había roto una ventana del segundo piso, así que subimos por la escalera principal. A cada momento nos preguntábamos dónde estaba Skinner. Al segundo piso llegaba más luz. Allí había bolsas de basura, paredes rayadas con plumón rojo (quizás sangre), y un extraño olor que se mezclaba con el de fecas humanas. No pude identificarlo, pero parecía como algo quemado. En la pieza donde debía estar la pelota, vimos la ventana rota, pero ni rastros del balón. El Nahuel no se rindió y se acercó a un agujero en el suelo, que llevaba a otra habitación oscura en el primer piso. Prendió un fósforo, pero no se veía nada.

—Parece que cayó abajo, o el milico la escondió en algún lado. Lo mejor es que nos separemos —dijo Nahuel—. Yo buscaré abajo, tú sigue buscando acá.

—¡No! ¿qué tal si aparece Skinner?

—Si ese loco aparece, me gritas, y yo mismo le saco la cresta. Sé valiente, Arturo. Él es uno, y nosotros dos.

Me quedé solo en el segundo piso, el cual era un verdadero laberinto de habitaciones, algunas vacías, otras con muebles viejos. Entonces lo sentí. Primero su respiración, y luego un brusco salto, como si acabara de despertar de una siesta. Me asomé sigilosamente a su habitación.

Skinner se reía levemente, mientras se daba vueltas en la alfombra. Agitaba sus piernas y se retorcía como si fuera un infante jugando. Para tener más de sesenta años, se veía bastante atlético. Usaba una camisa de fuerza blanca desabrochada y los brazos los tenía oprimidos sobre su pecho. Portaba unas antiparras de piloto en la frente, y un gorro de cuero café que le cubría toda su alargada cabeza, excepto la cara. Parecía que no reparaba en mi presencia, y me alejé pausadamente. Antes de irme, me fijé que había escrito con navaja en la pared de su habitación la misma frase docenas de veces: "No fue mi culpa".

Por su parte, Nahuel investigó la pieza oscura del ala oriente del primer piso, pero no encontró la pelota. Se desvió a la cocina, y se fijó que la puerta que daba al patio trasero estaba abierta. Afuera distinguió algo que no se veía desde el frontis de la casa: un hangar de madera. Dentro de éste, había un viejo Niuport 17 de la Primera Guerra Mundial. "Wows", pensó mi amigo. Embelesado, Nahuel se acercó, y palpó la cubierta metálica. Parecía en buen estado. Sobre la nariz de la aeronave, se leía su nombre: "Tue Tue". Nahuel se dirigió de vuelta a la casa y me gritó: "¡Arturo, ven, tienes que ver esto!". Pero cuando estaba a pocos centímetros de la puerta, ésta se cerró inesperadamente. Mi amigo luchó con la perilla, pero simplemente no quería abrir. "¡Arturo!", me gritó, y supe que era hora de salir.

Cuando venía de vuelta, procurando pisar de puntillas para no hacer ruido, vi en el penúltimo escalón (contando desde arriba hacia abajo) de la escalera lo que buscaba: la pelota. Sin pensarlo dos veces me acerqué a recogerla. No imaginaba que la pelota era el queso, y yo el ratón.

Al pararme en ese escalón, el piso cedió y se abrió una compuerta, dejándome caer en las más oscuras tinieblas. Aterricé sobre un montón de periódicos y bolsas llenas de ropa sucia. Me costó incorporarme y recobrar el conocimiento. La cabeza me daba vueltas y la espalda me dolía. Había muy poca luz, pero distinguí al lado mío, entre los periódicos, una figura familiar.

Parecía que era la señora Adela. Estaba de espaldas a mí, pero su vestido negro y sus pañuelos eran inconfundibles. "No puede ser ella, si está muerta", pensé. La tomé por el hombro y la di vuelta, y mis sospechas resultaron ciertas. Su piel ahora estaba grisácea, e invadida por gusanos. Decenas de gusanos y cucarachas brotaban de todos los orificios de su cara, menos sus ojos, que eran dos masas negruzcas y putrefactas.

Me alejé espantado, y tras de mí palmé otro cuerpo, también un cadáver, pero completamente carbonizado, y miré a mi alrededor. El sótano estaba lleno de cadáveres. Algunos apilados desnudos como en una fosa común, otros sentados sobre sillas mecedoras con trajes antiguos. Algunos esqueletos, otros en distintos estados de descomposición. Mi corazón latía a mil por hora, y caí en la cuenta del olor que lo invadía todo. Ese era el olor putrefacto que no podía identificar, y que allí era más fuerte que nunca. Espeso como el de una jamonería, y nauseabundo hasta poner los pelos de punta.

Entonces sentí la risa de nuevo, y miré hacia arriba. Allí estaba él, Skinner, y pude verlo a los ojos. Salidos de sus órbitas, color miel e inyectados de sangre, reflejaban demencia pura. La mueca de su rostro estaba carcomida por arrugas producto de su distorsionada y sempiterna sonrisa. De sus mejillas crecía una barba grisácea de tres días, y una cicatriz atravesaba casi todo el lado derecho de su pálida cara, desde el ojo hasta el maxilar. Me dedicó la risa más chillona que había escuchado, al grado de que su eco llegó a provocarme dolor en los oídos, justo antes de cerrar la compuerta y dejarme sumido en la más completa oscuridad.

***

Cuando desperté, me estaba cargando un carabinero en sus brazos. Era de noche, y me subieron a una patrulla, donde me dieron una manta. Al poco tiempo llegó mi madre y me abrazó como si fuera un oso.

Estuve días en shock, pálido como una lechuza sin decir una palabra. Ni siquiera cuando fueron mis amigos a verme a la casa pude decirles más que un par de monosílabos. Por más que me preguntaban, no tenía la menor idea de lo que había pasado en ese calabozo.

Y los carabineros tampoco. Según ellos, Skinner había desaparecido hace semanas de allí, y abajo donde me encontraron no había más que basura. Versión que no le calzaba a nadie en la ciudad y surgieron las más variadas teorías.

La principal, era que el ejército seguía tratando de proteger la reputación del que fuera el piloto orgullo de la institución. Otros decían, basándose en la camilla eléctrica que vimos, que la casa en realidad era un cuartel de la CNI, y que eso explicaba los cuerpos que vi. Otros tenían versiones más escabrosas, y decían que la camilla eléctrica la había comprado la familia Skinner, como parte del tratamiento de electroshock para intentar calmar a su desquiciado primogénito. Y que, para deshacerse de esa tortura, Skinner los fue matando uno por uno, arrojando sus cuerpos al calabozo, y que se estuvo alimentando de su carne todo el tiempo.

Sea como fuera, no volví a ser el mismo luego de entrar a esa casa. Mi traumática experiencia coincidió con la crisis del '82, a mi papá lo despidieron de Ferro-

225

carriles del Estado, y decidió partir con nosotros a Santiago a buscar nuevas oportunidades. Espiando sus conversaciones con mi mamá, supe que otra de las razones que los empujó a tomar esa decisión, fue que confiaban en que alejarme de Puerto Montt me ayudaría a olvidar lo sucedido. No me despedí de nadie, ni siquiera de la Elsa o el Nahuel.

Pero han pasado los años, y todavía tengo las mismas pesadillas. Con la misma maldita colina, y la misma maldita casa. Con su silueta coronando la solitaria colina por las noches, y una enigmática luz amarilla en los pisos superiores. Con el viento apretujando sus roídas tablas, y soplando entre sus recovecos, como si la casa respirara. Con su único habitante saltando, pateando muebles y gritando entre sus febriles delirios. Pero no solo. Skinner nunca ha estado solo.

Con el tiempo, llegaban a mí durante la noche imágenes difusas de una cama de metal, a la cual estoy amarrado, en un obscuro calabozo. Allí esqueletos me rasguñaban con sus garras, y espectros flotaban alrededor de mí, como alientos congelados, rozándome la piel. Además, gusanos subían y bajaban por todo mi cuerpo, buscando trozos de carne muerta que arrancar. Abría la boca para gritar, pero no salía ningún sonido.

Es una pesadilla que necesito superar. Quizás algún día vuelva a esa casa. Puede ser que Skinner siga vivo. Ese hombre perdió el juicio al enfrentar al horror de la muerte, y pareciera ser que esa es la única forma de convivir con los espíritus. En la locura total.

Todavía puedo escuchar su escalofriante risa. Mis pesadillas suelen terminar de la misma manera. Con Skinner arriba de su avión, con su uniforme, sus antiparras, su bufanda, y riendo como loco mientras el avión da piruetas adentro de la casa. Los fantasmas de su familia vuelan alrededor de él, revoloteando en el enorme salón principal cual frenéticas palomas. La escalera principal abre una compuerta que levanta diez de los escalones, como si fuera una boca, lo suficientemente grande para tragarse al avión. Por allí entra el piloto con su aparato, y la compuerta se cierra, con un ruido seco. Allí la risa y el murmullo del motor se pierden, tragados por la oscuridad del infierno.

Balance patriótico

"Hace días he visto al pueblo agrupado
en torno a la estatua de O'Higgins.
¿Qué hacían esos hombres al pie del monumento? ¿Qué esperaban?
¿Buscaban acaso protección a la sombra del gran patriota?"

Vicente Huidobro

Era cerca del mediodía, pero la visibilidad en la ciudad era más bien la de un ocaso. La nube de humo negro ya había cubierto casi toda la silenciosa ciudad. Solo la torre del Costanera Center lograba asomarse por sobre los nubarrones de smog, los cuales se diluían bajando hacia el poniente. Esto permitía que se formaran lagunas entre los nubarrones por donde se filtraban haces de luz, como de iluminación divina, sobre la superficie. Claro que no había ni una sola alma en las calles de Santiago que aprovechara esa poca luz.

La alarma y los planes de evacuación había hecho su trabajo. Desde que se supo la noticia de la inminente erupción del volcán Maipo que todos comenzaron a huir en masa de la ciudad. Primero fue una tenue columna de humo. Luego vinieron los temblores, cada vez más fuertes, y la lluvia de cenizas. El pánico se encargó de hacer el resto.

Entre las solitarias calles de la ex capital se encontraba la cripta de Bernardo O'Higgins. Una larga rampa de mármol conectaba la solemne explanada donde empezaba el paseo Bulnes con la cripta. Uno de esos poderosos haces de luz solar, que atravesaban los nubarrones, se filtró bajando por la rampa y llegó hasta la pomposa urna donde reposaban los restos del prócer. "Aquí yacen los restos del prócer, esperando el día de la resurrección de la carne", rezaba su tumba, de mármol blanco, y elevada a cerca de cinco metros de altura, con una escultura griega a cada lado. La usual tranquilidad del mausoleo se interrumpió cuando la tapa que cubría la urna soltó un crujido chillón y se movió unos centímetros.

Arriba, en la plaza, ya había más actividad. La estatua ecuestre del Libertador, bañada por los mágicos rayos de luz, milagrosos en una ciudad gris teñida de cenizas, comenzó a moverse. Primero torpemente el cuello, luego las facciones de la cara. En unos momentos, don Bernardo ya estaba mirando a su alrededor. Se encontraba arriba de un pedestal, y su caballo estaba aplastando un soldado español que había roto el silencio con unos ahogados gritos de dolor.

O'Higgins desenvainó su espada dispuesto a acabar con el sufrimiento de ese pobre desgraciado.

—No te molestes, es de piedra —le dijo una voz a su izquierda.

Quien le había dirigido la palabra era ni más ni menos que el general José Miguel Carrera. Alguna vez su aliado, y también némesis.

—Es solo un pobre diablo, Riquelme. No vale la pena —le espetó Carrera.

O'Higgins, al escuchar ese nombre, no pudo evitar sonrojarse de rabia. Hacía años que no lo llamaban así, y si bien era el apellido de su amada madre, sabía muy bien la connotación que le querían dar sus adversarios.

—Para ti es fácil decirlo ¿no? —rompió su silencio O'Higgins— te encanta dejar morir al prójimo. Tal como hiciste conmigo en Rancagua —exclamó el chillanejo, con un claro dejo de amargura en su voz.

Carrera pensó "¡ya empezó este resentido con Rancagua!". Sabía a dónde lo llevaba esa discusión, pero su lengua fue más rápida que su raciocinio.

—¡Esa batalla se perdió por tu culpa! Te advertí que tu plan de atrincherarte era una pésima idea. Si tan solo me hubieses hecho caso cuando te ordené ir a Angostura de Paine...

—¡Fui a auxiliar a tu hermano Juan José! Los españoles le venían pisando los talones. Tú perfectamente pudiste haber evitado la masacre. Pero el cobarde de Luis Carrera, estando a cien metros de Rancagua, le dio miedo intervenir y retrocedió...

—¡Eso sí que no te lo permito! Luis regresó porque vio que la batalla estaba perdida...

—¡O porque tú se lo ordenaste! Porque preferiste sacrificar a cuatro mil hombres, incluyendo al inepto de Juan José, solo para eliminarme a mí, ¿verdad? ¡me tenías miedo porque te hacía sombra!

Esa provocación Carrera no la toleró. Con el rostro deformado por la cólera, jaló las riendas de su corcel y dio un salto que lo bajó del pedestal. El impacto dejó grietas en el piso, y O'Higgins lo imitó.

—No voy a aceptar esta insolencia, Riquelme. ¿Por qué le voy a tener miedo a un huacho de provincia? ¡sin linaje ni formación militar! ¡yo peleé contra Napoleón! ¡yo le di a la Independencia el impulso que necesitaba! ¡yo le di a Chile sus primeros símbolos patrios!

—¡Me envidias porque mi padre fue Virrey! Me envidias porque sin tener tu formación y tus estudios, perdiste la guerra ¡mientras que yo reconquisté Chile!

—Ha-ha-ha, por favor ¡no me hagas reír! San Martín y tu logia bastarda hicieron todo el trabajo, tú eras solo un títere...

—No dijeron lo mismo tus soldados en Quechereguas, o en El Roble. ¿Recuerdas El Roble? Esa batalla la gané yo, yo solo la di vuelta. Estábamos a punto de perder luego de que tú, cobardemente te arrojaras al río para salvar tu vida ¡o ya se te olvidó que por eso la Junta de Gobierno te destituyó y me dio tu puesto! ¡por cobarde e inepto!

Esa fue la gota que derramó el vaso para Carrera. Desenvainó su espada, y arremetió contra O'Higgins. A caballo, las estatuas de ambos próceres se batieron en un duelo de esgrima, mientras Carrera le echaba en cara el tratado de Lircay y la Batalla de Tres Acequias.

En eso estaban cuando, repentinamente, un estruendo retumbó en toda la tierra. Ambas estatuas voltearon, y vieron al poderoso volcán Maipo expulsar con toda su furia una masa de roca y lava. Ésta voló por los aires como un auténtico meteorito, y cayó en la esquina de Carmen con Eleuterio Ramírez, arrasando con varios edificios de departamentos en su trayectoria. El impacto fue tan fuerte que los caballos se asustaron, relincharon en dos patas y tiraron a sus jinetes al piso.

O'Higgins y Carrera, que a pesar de ser de piedra quedaron adoloridos por la caída, se incorporaron trabajosamente y procuraron calmar a las bestias. El chillanejo tardó menos, tenía sus trucos de campo para calmar a los caballos, y con un silbido como de chincol apaciguó a su corcel. Miró hacia los pedestales donde solían estar y dijo:

—¿Quién habrá sido el idiota que tuvo la brillante idea de ponernos juntos?

—No lo sé, creo que fue con motivo del Bicentenario —exclamó Carrera—. La idea era mostrar algo así como reconciliación.

—¿Bicentenario? ¿tanto tiempo ha pasado?

—Pues sí. Y así y todo no me acostumbro a la idea de que estés al lado mío en mi plaza.

—Mi plaza? ¡yo llegué primero! —le recordó O'Higgins.

—Está bien, está bien. No quiero pelear más —dijo su rival mientras se subía al caballo—. Mejor vamos a ver qué encontramos por aquí. ¡Tanto que ha cambiado este reino!

O'Higgins prefirió hacerle caso, y lo acompañó a galope a cruzar la Alameda. Mientras avanzaban por calle Teatinos, el chillanejo pensó que antes ese edificio tan grande del italiano Joaquín Toesca, La Moneda, era la casa donde se acuñaban monedas. ¿A quién se le habrá ocurrido convertirlo en casa de gobierno?, se preguntó también. Tantas preguntas se agolpaban en la cabeza de ambos próceres.

Detrás del neoclásico edificio, cuatro estatuas más los esperaban. La primera en despertar fue la del Ministro Portales. Tras unos movimientos torpes, en los que se quitó el excremento de paloma y el polvo, se llevó la mano a la mejilla, donde había un agujero dejado por una bala.

—¡Mierda, estos conchesumare del demonio! ¿no les basta con hacerme pebre en vida? ¿también le tienen que disparar a mi jodida estatua?

Carrera y O'Higgins se acercaron al hombre de lenguaje soez. Este último exclamó:

—Cuide su vocabulario, ministro. Su lenguaje no es propio de un funcionario de la patria.

—¡Pero si es el carajo de Riquelme! Perdón, ¡de Bernardo O'Higgins!

—¡Más respeto, Portales! —reaccionó el chillanejo.

—¿Sino qué? ¿qué me vas a hacer? ¡tú ya no tienes ningún poder aquí! Yo hice lo que usted no pudo, ordené a este país hediondo a flojera y alcohol, porque me aseguré de que usted y el atorrante de Freire se quedaran en el Perú y no volvieran más…

—Si hubiese dependido de mí, yo mismo lo hubiese fusilado Portales…

Carrera no los escuchaba. Él volteó al otro lado, a la esquina de Teatinos con Agustinas. Allí solo había árboles, y un monolito que recordaba que anteriormente allí se ubicaba la chacra de los Carrera-Verdugo. Y una oleada de recuerdos se le vino encima. Su hogar había estado allí mismo, justo enfrente del actual palacio de gobierno. Recordó cómo acompañaba a su madre a la catedral a solo unas calles de allí, y cuando corría por los techos de adobe del Santiago colonial con su amigo de la infancia Manuel Rodríguez.

Sus pensamientos fueron interrumpidos por una ruidosa discusión, a solo unos metros de sus espaldas.

No era la que se estaba dando entre O'Higgins y Portales, sino una entre tres figuras que se había reunido en la esquina de Moneda con Morandé. Tres ex presidentes habían despertado, Jorge Alessandri Rodríguez, Eduardo Frei Montalva y Salvador Allende. Imbuido por la curiosidad, Carrera se asomó y trató de seguir la discusión.

—¡Ustedes dos son unos traidores a la patria! ¡traidores y golpistas! ¡no debieran tener una estatua aquí! —acusaba el presidente de los gruesos anteojos, con un oratorio y una gestualidad que rayaba en lo teatral.

—Usted es el verdadero traidor —le respondió el presidente de derecha, Alessandri, un hombre calvo y vestido con un largo impermeable y bufanda—. El traidor que le entregó el país en bandeja de plata a los cubanos y los soviéticos. Nosotros solo salvamos a Chile de una dictadura comunista.

—¡Para entregárselo a la dictadura del traidor de Pinochet! Su legado, caballeros, es el de unos golpistas vendepatria.

—Y el tuyo Salvador, es el del peor gobierno en la historia de Chile. Inflación disparada, desabastecimiento, guerrillas... dividiste a los chilenos —espetó Alessandri Rodríguez. Cuya voz era más bien cansada y plana, como la de un anciano.

—Mi legado es la reforma agraria, la chilenización del cobre y la justicia social...

—Oye, las dos primeras fueron gracias a mi gobierno— interrumpió Frei, pero Allende no detuvo su alocución.

—... Por algo me admiran en todo el mundo hasta el día de hoy. Soy el chileno con más calles a lo largo del orbe. Dejé muchos herederos que defienden ese legado. En cambio, usted, nadie se acuerda de su gobierno, pasó sin pena ni gloria. No dejó un legado, ni siquiera dejó herederos, por razones que todos sabemos ¿verdad, señora Alessandri? —se mofó Allende, ha-

ciendo alusión a un viejo insulto de la campaña del
'70: la soltería y ausencia de hijos del empresario
había generado diversos rumores en la opinión pública.

—No se ponga infantil, Salvador... —lo increpó el
empresario.

—Mis disculpas. No debí faltarle el respeto a una
honorable anciana —dijo Allende con un tono burlón, y
el viejo expresidente reaccionó mirándolo con ira. Estaba a punto de decir algo, cuando los interrumpió
Frei.

—Perdóname, pero yo nunca apoyé esa dictadura —
afirmó el democratacristiano, de nariz aguileña y el
cabello peinado hacia atrás. Enérgico, pero sin perder
la compostura, buscando retomar la seriedad del debate—. Yo estaba a favor de acabar con tu gobierno,
tenías el país hecho un caos, Salvador. Por eso apoyé el
golpe. Más nunca defendí la tiranía de Pinochet, y
menos las violaciones a los derechos humanos.

—¡Pero cuánta hipocresía! ¡apoyas el haberme
acuchillado por la espalda, pero no que haya muerto
como resultado! —exclamó el socialista—. Está bien,
Chile pasó por momentos críticos, condénenme si
quieren. Como diría el compañero Fidel, la historia me
absolverá. Por algo soy el único de todos los presentes
envuelto en la bandera chilena. Símbolo de mi compromiso total con el pueblo de Chile, que me llevó a
dar la vida en el cargo. Que me llevó a morir por una
causa...

—Yo también di mi vida por liberar a Chile —lo interrumpió Frei, esta vez sí se mostró irritado—. Te recuerdo que la CNI me envenenó...

La discusión duró un rato más, en ambos grupos.
Carrera, sin saber qué hacer, se dedicó a contemplar la
Plaza de la Constitución. Los edificios que la rodeaban
eran cuadrados y sobrios, de algún modo mantenían la
elegancia y parsimonia del país que había forjado. Para
su deleite, la cancillería, ubicada en la calle Teatinos,
era ni más ni menos que el ex Hotel Carrera. Qué mejor

homenaje para el líder que inauguró las relaciones diplomáticas con Estados Unidos.

—¡Silencio! —se escuchó gritar, con una voz poderosa, casi como si viniera de un megáfono.

El efecto fue inmediato, las palomas huyeron de las copas de los árboles y las estatuas dejaron de discutir. Todos voltearon a la calle Morandé, de donde había venido el grito. Ante ellos estaba la estatua de otro ex presidente, más alto que todos los demás, vestido de gala y con corbata de moño. De rostro rectangular, y un serio desplante acentuado por las oscuras ojeras que colgaban de su pétrea mirada. Arturo Alessandri Palma, el único que adornaba el frontis sur de La Moneda, se había bajado de su solitario pedestal ante las fuentes de agua para calmar los ánimos tras el palacio de gobierno.

—Qué vergüenza más grande. Qué pena más grande, mejor dicho —comenzó el León de Tarapacá, a medida que se acercaba a los aludidos—. Todos ustedes, ex hombres de Estado, peleando como unos infantes. Incapaces de resolver sus problemas dialogando. Solo las bestias y las chusmas resuelven sus conflictos a gritos. ¡Y tú, hijo mío! —se dirigió a Jorge, dando fuertes zancadas con cada paso. Su figura proyectaba una autoridad incluso mayor a la de sus sucesores— ¿Qué no recuerdas nada de lo que te enseñé? Créeme que me decepcionas. Te estuve escuchando hablar, y déjame decirte que no calientas ni la sopa ¡con razón no fuiste reelegido!

—Pero, papá...

—¡Sin peros! En todo caso Allende tiene razón. Todos tus hermanos me dieron nietos, excepto tú. ¡Un buen líder debe ser un macho alfa! Un león que deje muchos cachorros. Lo más conocido que te conocí a un nieto fue ese chico afeminado que siempre iba a tu casa a tomar té, ese tal Jaime Guzmán...

Dicho esto, un nuevo temblor sacudió la tierra, y un intimidante tronar sonó del volcán. Algo estaba a punto de estallar, y el León optó por ir al grano:

—En esta misma plaza firmé la constitución del '25. De ahí su nombre. Ahí resolví muchos problemas, pero luego vino un caos que me costó resolver… Escúchenme bien, chusma inconsciente. El país se cae a pedazos. Esta será la última vez que podremos contemplar la patria que con tanto esfuerzo, sangre, sudor y lágrimas forjamos entre todos nosotros. Lo peor que podemos hacer es gastarnos el día en trifulcas ridículas.

Las estatuas asintieron y guardaron silencio unos instantes. Silencio que interrumpió el ministro Portales.

—El italiano alaraco tiene razón. Será mejor que nos movamos, antes de que la lava nos haga mierda— dijo el exministro.

Las siete estatuas caminaron hasta la Alameda, y luego doblaron hacia el oriente. A paso lento, avanzaron por la principal avenida de la ciudad, procurando aprovechar cada paso. Marcharon degustando cada detalle visual que les ofrecía el escenario del alicaído Santiago.

—Pensar que esto antes era un brazo del Mapocho, —comenzó O'Higgins— ¿sabían que esta avenida la fundé yo? Alameda de las Delicias la bauticé. Antes era un basural, y se llamaba la Cañada de San Lázaro. Las generaciones futuras la embellecieron aún más y me homenajearon poniéndole mi nombre.

—Les pusieron tu nombre a demasiadas cosas, O'Higgins —afirmó Carrera, cuando ya iban a la altura de la Universidad de Chile.

O'Higgins se detuvo para contestarle. Lo había llamado por su apellido, así que no fue muy agresivo.

—Detecto un dejo de envidia en tu voz, Carrera— le respondió con los brazos cruzados y una sonrisa semiburlona.

—Solo digo que la historia que les legaste no ha sido muy objetiva. Bien lo saben los alumnos del colegio que ves allá atrás —señaló hacia el sur, al Instituto Nacional, detrás de la casa central de la Universidad de Chile—. Lleva mi nombre con justa razón. Yo fundé la academia y la imprenta en este país.

—¿Y crees que las descuidé? ¡Yo reabrí todo eso en mi gobierno!

—Pero Bernardo, doscientos años y sigues buscando problemas con los Carrera —se escuchó decir a una voz con acento argentino tras el grupo.

Tras ellos había llegado el general Bulnes, y al lado de éste, el general San Martín. Ambos se habían bajado de sus pedestales en el bandejón central que separa la Alameda de la Plaza de la Ciudadanía y se sumaron a la espectral marcha de estatuas.

—¡José, amigo del alma! —exclamó O'Higgins, y le dio un afectuoso abrazo, idéntico al de Maipú.

—Ya te he dicho que no le hagás caso a este trotamundos, querido —le dijo el argentino al chillanejo—. Conflictos como estos no son de caballeros.

—Pero, ¡qué oigo! ¡es esa la voz del gran San Martín! —gritó otra voz, con acento caribeño.

Todos voltearon, y quedaron sin palabras al ver la figura que se acercaba. Montado sobre su caballo, el ser de metal que tenían ante ellos era ni más ni menos que el Libertador de media América. El gran Simón Bolívar. Su visión causó suspiros de impresión en los pechos de muchos, incluyendo O'Higgins. Solo San Martín endureció su expresión al ver al venezolano.

—¿Qué hacés dando vueltas por acá? —dijo San Martín—. Vos no hiciste nada por este país.

—¡Pero José! Te recuerdo que yo soy universal. Este continente es mío. ¡El sueño bolivariano de la Gran Colombia aún vive! ¿No me digas que sigues enojado por la conferencia de Guayaquil?

—Por culpa tuya tuve que partir al exilio a Europa… —dijo calmadamente San Martín.

—Daño colateral, todo en aras de unir a las repúblicas de nuestra América.

—Querrás decir para conquistarlas bajo tu mando…
¿te digo algo? me alegro de que te hayan derrocado.

—¿Y crees que me importa la opinión de un indio mestizo como tú?

—Eres un tirano egocéntrico y megalómano…

—¡Paren los dos!

Una nueva voz interrumpió el diálogo. El nuevo interlocutor estaba prácticamente al lado de los aludidos. Se trataba de Andrés Bello, quien desde su sillón frente a la neoclásica fachada de la casa de estudios siguió todo el diálogo.

—Esos no fueron los modales que te enseñé, Simón —exclamó, con un acento más bien neutro—. Vine a Chile a enseñarle educación a estos iletrados ¿y ahora tengo que enseñarles a comportarse a ustedes también? Parecen niños de ocho años peleando.

—¡Él empezó! —exclamó San Martín.

—Claro que no —respondió Bolívar.

—¡Que sí…!

Antes de que alguien más pudiera reaccionar, ambos libertadores desenfundaron espadas y se batieron a duelo desde sus caballos. El grupo de próceres de piedra siguió la contienda, que llevó a ambos militares y su tormenta de espadas hasta la base de la Torre Entel. Ésta ya se encontraba desinclinada cuando San Martín asestó una poderosa estocada contra Bolívar, ésta alcanzó a esquivar la espada, que terminó enterrada en la frágil base de la torre. Desesperadamente, San Martín trató de extraerla, pero el venezolano aprovechó el momento de debilidad para poner su espada en el cuello del adversario.

—Cuándo comprenderás que nadie escapa de mi poder, mestizo insurrecto.

El oriundo de Corrientes lo miró con desprecio y, con un último esfuerzo, logró extraer el sable, cayendo de bruces al piso. Como consecuencia, la grieta en los cimientos de la torre se agrandó. Ambas estatuas observaron cómo la fisura avanzaba hacia arriba, rauda como una lagartija trepando, hasta partir a la estructura en dos. Un ruido seco antecedió a la caída de la emblemática torre. Ambos intentaron huir, pero por más que corrieron, la monumental masa de concreto de la torre los alcanzó. El poderoso estruendo que resultó del impacto levantó una colosal nube de polvo.

El resto del grupo de estatuas retrocedió, y se cubrió el rostro. Una vez que la atmósfera se despejó, buscaron entre los escombros algún vestigio de los libertadores. No quedaba ni rastro de ellos.

—… Adiós, viejo amigo —susurró O'Higgins, con un hilo de voz, y el rostro compungido.

Las estatuas continuaron su marcha por la Alameda. En el camino se fueron sumando varios personajes (cerca de donde antes estaba Bolívar), que subsistían anónimamente en el bandejón central de la Alameda, apenas vistos por los ciclistas y los indigentes que armaban sus lechos allí en las noches.

El grupo se detuvo frente a la Biblioteca Nacional. Allí, Andrés Bello le dirigió la palabra a un viejo colega, que estaba sentado en un pedestal muy similar al suyo.

—¡Dieguito! ¡don Diego Barros Arana! ¿cómo lo ha tratado la historia?

El barbudo historiador llevó su mano a su calvo cráneo, se lo limpió y exclamó:

—Entre los excrementos de las palomas y los vandalismos de la juventud… ¡no hay marcha en que un encapuchado graciosito no se suba a ponerme un pañuelo en la cara!

—¡Bah! Ni me diga, yo tengo que soportar lo mismo —le contestó el venezolano.

José Miguel Carrera, quien iba al final del grupo, se le acercó y dijo:

—Así que usted es el responsable de toda esta propaganda ohigginista que tiene a la mitad de las calles del país con el nombre de Riquelme, ¿no?

—No es propaganda. Es la pura y santa verdad —se defendió Barros Arana—. Verdad histórica, positivista y absolutamente objetiva. Se lo digo yo que la estudié durante años.

—¡Y yo la viví! Creo que es muy distinto opinar sobre una batalla leyendo libros en la comodidad de su biblioteca a opinar después de haber estado en el campo de batalla.

—Por lo mismo, yo tengo la cabeza mucho más fría que usted. Sé cómo fueron las cosas.

O'Higgins no decía nada. Solo observaba con una sonrisa de satisfacción, pero Portales que era un hombre de poca paciencia interrumpió la discusión.

—Si ya terminaron los huevones, les propongo que subamos al cerro. Allí estaremos a salvo. Pero si los culiados se quieren quedar jodiendo aquí abajo, adelante.

—¡Por el amor de Dios! ¿Con esa boca besa a su madre, ministro? —le reprochó Andrés Bello— ¡por Dios que estos chilenos no saben hablar! Como se nota que usted no ha leído mi Gramática de la lengua castellana. Pero debo decirle que se equivoca, subir al cerro no nos salvará de la destrucción. Pero sí nos dará algunos minutos más, y una buena vista por lo demás.

Conscientes de que el razonamiento del venezolano era verdad, el grupo de estatuas caminó por la calle Santa Lucía a la entrada del cerro. Allí, los esperaban dos leones de hierro custodiando el acceso, rugiendo, y en posición defensiva. En medio de ambos, estaba un hombre más bien gordo y de baja estatura, calvo y con unos gruesos bigotes de morsa. "Bienvenidos, los estaba esperando", exclamó don Benjamín Vicuña Mackenna.

El polifacético intelectual lo hizo subir. A medida que ascendían por el camino de piedra, les fue contando de la historia del cerro. El peñón que convirtió en un paseo europeo mientras fue intendente de Santiago. En el trayecto, distintas estatuas grecolatinas saludaban a los próceres de la patria, y aportaban al relato de Vicuña Mackenna. Éste último, se dio el tiempo de conversar con cada uno de sus invitados, con quienes demostró su enciclopédico conocimiento histórico.

—Don José Miguel Carrera —le dijo al prócer— ¿usted se acuerda de Juan Mackenna?

—Cómo no, peleó en la guerra de independencia. Era uno de los aliados de O'Higgins —dijo Carrera.

—Correcto, era mi abuelo. Y murió asesinado… a manos del atorrante de su hermano Luis.

—Mackenna le faltó el respeto a mi hermano, y éste lo retó a un duelo —respondió Carrera.

—No cambia el hecho de asesinó a mi abuelo. Su hermano Juan José también tuvo sus episodios en la Patria Vieja. Ustedes los Carrera tienen un carácter incorregible.

—¡Bah, otro ohigginista!

Llegando a la plaza Neptuno, los esperaba otro viejo conocido. Había llegado a caballo, y accedió por la entrada de Alameda al cerro. Como siempre adelantado, el descubridor Diego de Almagro recorrió en tiempo record desde el parque con su nombre, subiendo por la calle San Diego, y luego la Alameda hasta el cerro. Parado frente a la multitud de personajes históricos, el adelantado extrajo un pergamino de su bolsillo, lo extendió, y comenzó a leerlo.

—"De parte de su majestad, el emperador Carlos V, yo, Diego de Almagro, su criado, mensajero y capitán, os notifico que Dios nuestro señor, uno y eterno, creó el cielo y la tierra. Y un hombre y una mujer de quien todos descendemos…"

—¿Qué está haciendo? —preguntó Jorge Alessandri al oído de Vicuña Mackenna.

—Está leyendo el Requerimiento. Cree que somos indios salvajes que va a conquistar… dejémoslo que termine.

El discurso no duró mucho más, pues desde la cima de uno de los roqueríos, una figura metálica saltó sobre Almagro y lo atacó. El adelantado cayó al piso y luchó contra su agresor, que resultó ser Caupolicán, cuya estatua coronaba la plaza del mismo nombre. El indígena sacó un puñal, y el español su espada, pero O'Higgins los separó.

—¡Suficiente, esa guerra ya quedó atrás, Almagro! ¡Caupolicán, inchin peñi. Inchin kom Chile-che!

—¡Esta tierra nos pertenece, irlandés! ¡Tenemos que luchar por ella, en nombre del Rey y de Dios! —le espetó acostado en el piso Almagro.

—¡Mapu mew. Iñchiñ tan ngen-ngenkülelaiñ, iñchiñ may ta mapu ngeiñ! —exclamó el pelirrojo, dirigiéndose a ambos.

Almagro no entendió nada, pero esa frase bastó para calmar al indígena, el cual soltó el cuchillo. O'Higgins ayudó al español a incorporarse.

—Chile es una nación libre ahora. La estrella solitaria que condecora nuestra bandera es la estrella araucana. Españoles, mapuches, mestizos, inmigrantes… todos formamos parte de algo más grande. Algo que construimos juntos.

La multitud quedó enmudecida ante las palabras del prócer. Le siguió un ceremonioso silencio que nadie se atrevió a interrumpir, salvo Alessandri padre, quien comenzó a aplaudir lentamente.

—Inspiradoras palabras, don Bernardo ¿qué les parece si continuamos?

El grupo siguió subiendo escalones, hasta el Castillo Hidalgo. Como la mayoría de ellos superaba los dos metros de altura, debieron agacharse para no quedar enredados entre los árboles y vegetación del cerro. Evitar resbalar también era un problema, pues los escalones no estaban hechos para resistir el peso y tamaño de los que serían sus últimos visitantes, de modo que debieron subir en fila india.

—Eso fue algo impresionante O'Higgins —dijo Carrera, quien iba caminando tras el prócer en la escalera.

—Gracias… —respondió el chillanejo—. Aprendí la lengua de los indígenas durante mi infancia. La mujer que me amamantó era mapuche.

—Comienzo a entender por qué este país te escogió como el "Padre de la Patria". Siempre creí que era algo exagerado, pero en perspectiva reúnes todos los atributos del chileno profundo. Hablas mapudungun y... —Carrera se detuvo, no estaba seguro de usar las palabras adecuadas.

—Vamos, dígalo. Soy huacho —completó O'Higgins—. No me avergüenza para nada. Soy huacho y a mucha honra. Eso me dio carácter, me endureció por dentro. Pero tuve la suerte de saber quién era mi padre, y de que éste me mandara a estudiar afuera. Conocí la pobreza y la opulencia. Todo eso me sirvió.

Carrera lo escuchó atentamente. Sus palabras eran secas y directas, como las del hombre de campo que siempre había sido, no muy dado a los discursos, si no era en el fragor del campo de batalla. Buen guerrero, pero mal político. Esta última cualidad la manejaba José Miguel. De no haberse peleado, ¿quizás cuántas cosas hubiesen logrado juntos?

—En perspectiva, me atrevería a decir que usted tiene más mundo que cualquier otro libertador —dijo Carrera.

—Bueno, usted ha viajado más que yo. Y consiguió cosas de la nada... una escuadra que le dieron los norteamericanos ¿cómo demonios lo hizo para convencer al presidente Madison? Nunca entendí eso. Encima arrasó con las pampas al otro lado de la cordillera.

—Bueno, el Río de la Plata era todo un desastre en esa época...

La conversación no duró mucho más. Una vez que llegaron arriba, a la plaza a los pies del Castillo Hidalgo, construido por los españoles para defenderse de las tropas de ambos caudillos, otro visitante los esperaba. Miraba el horizonte con un aire melancólico y pensativo, sentado en el lomo de su caballo con su espalda recta y su pecho de paloma.

—Don Pedro de Valdivia —exclamó Diego de Almagro al acercársele.

—El adelantado Almagro, ¿cómo has estado hombre? —contestó con su marcado acento extremeño.

—¿Cómo llegaste antes que nosotros?

—Me vine desde la Plaza de Armas y subí por la entrada de Calle de la Merced al peñón Santa Lucía. Bueno, mi caballo me condujo, mejor dicho. Como podéis ver, este caballo se maneja solo, no tiene riendas. Igual que esta tierra…

—Nos salió hueso duro de roer, ¿no?

—Y que lo digas. Mirad allá, hacia la Plaza Mayor. Allí comenzó todo. Desde este mismo punto, cuando escalé esta roca por primera vez, proyecté la que debía ser la naciente ciudad. Apenas cuatro por ocho cuadras era todo lo que teníamos construido. Y mirad esto, contemplad todo lo que hemos logrado…

—El mérito es casi todo vuestro, yo solo vine a estas tierras a que los indios me dieran una soberana paliza, tío— afirmó Almagro entre risas.

El sol fue ascendiendo y la luz disminuyendo cada vez más. El grupo ya era grande, y a medida que conversaban iban llegando más estatuas. Cuando llegó Manuel Rodríguez, galopando en su caballo desde Plaza Italia. Al llegar ante Carrera, el húsar se bajó de su caballo, todavía con su guerrera y su cabello peinado hacia atrás por el viento.

—¡José Miguel! —exclamó Rodríguez apenas vio a Carrera.

—¡Manuel! —le respondió, y se dieron un caluroso abrazo.

El guerrillero alzó la vista y vio detrás de su amigo, observando muy seriamente, al pelirrojo general con el que se enemistó hace tanto tiempo.

—¿Qué hace él aquí? —fue todo lo que dijo Rodríguez.

Una vieja herida se abrió de nuevo entre O'Higgins y Carrera, y dejaron de dirigirse la palabra. Poco después llegó el presidente Pedro Aguirre Cerda, escoltado por dos niños con los que iba tomado de la mano.

—¿Por qué tardó tanto, don Tinto? —le preguntó Allende—. Pudo venirse perfectamente con Almagro en su caballo, si son vecinos.

—¿Y dónde llevo a los niños? —le respondió el radical de cabello crespo y bigote recortado—. Prefiero ir más lento, si eso me permite cuidar a la juventud, futuro de la patria, como manda el Gran Arquitecto —afirmó, mientras les palmeaba los hombros a los niños, con el pecho lleno de orgullo.

—Me temo que ya no hay futuro, compañero. Hasta aquí no más llegamos— sentenció el socialista, con un dejo de amargura.

La tierra volvió a remecerse, y un estruendoso eco brotó de las entrañas del volcán Maipo. La humareda era cada vez más gruesa, y el cielo ya estaba completamente tapado y oscuro. Los temblores volvieron, y una grieta se abrió en el piso, no muy lejos de allí, a la altura de Plaza Italia.

—"Esta tierra le da todo al hombre, y usualmente le quita todo también" —dijo Frei que contemplaba el espectáculo apoyado en una baranda. Valdivia estaba al lado suyo, y procedió a explicarle—. Sale en un libro de uno de mis embajadores, Miguel Serrano. Solía decirla cada vez que pasaba algún desastre natural.

—Pues de haberla escuchado antes, ni loco fundo un país aquí —comentó con humor Valdivia.

—¿De verdad?

—…claro que no, vine a esta tierra para dejar fama y memoria de mí. Riqueza siempre tuve, mi empresa fue en busca del honor y la gloria. De haber sabido que quinientos años después, todo esto iba a terminar así… lo hubiese hecho de todas formas.

—¿Aunque ya no quede nadie para mantener esa memoria? —preguntó el ex presidente, mirándolo fijamente, y con su cuerpo apoyado sobre su brazo izquierdo, y el codo reposando sobre la baranda.

—Una persona solo muere cuando se le olvida. Es verdad… pero mientras haya chilenos, siempre va a haber memoria. Aunque estén lejos de aquí, uno no deja de ser chileno. Podemos sentirnos complacidos por eso, Frei. Ahora tenemos millones de hijos repartidos por el mundo. Millones de herederos de todo lo que hemos hecho.

—Dios lo escuche, don Pedro —comentó Frei, con la mirada perdida.

El volcán finalmente estalló. El magma y las cenizas brotaron sin parar, y los temblores tomaron la intensidad de un terremoto. La tierra se abrió en distintos puntos de la capital, tragándose autos enteros en algunos casos.

Las estatuas se aferraron a lo que pudieron para no caer. Miraron hacia abajo, y vieron que una multitud avanzaba lentamente por la Alameda. Esta vez no eran estatuas.

—Son cadáveres —exclamó el capitán Arturo Prat observando por su catalejo—. Virgen santísima, es una horda de muertos vivientes.

—Es el verdadero Apocalipsis —acotó Fray Camilo Henríquez, que en sus manos aún tenía el primer ejemplar de La Aurora de Chile—. "Y los muertos saldrán de sus tumbas…", dice la Santa Biblia. Padre nuestro que estás en los cielos… —dijo al tiempo que se persignaba.

El humo tomó forma de nubarrones, y de los nubarrones comenzó a llover. Primero despacio, después con rayos y truenos. En medio de la tormenta, llegó subiendo al cerro el presidente Balmaceda, quien entabló una afectuosa conversación con Salvador Allende. Descubrieron que tenían muchas cosas en común. Pero su plática se vio interrumpida cuando llegó, proveniente del bandejón central de la Alameda a la altura de calle dieciocho, el diputado Carlos Walker Martínez. Un feroz opositor del gobierno de Balmaceda, con quien se enfrascaron en un largo debate por las causas y consecuencias de la guerra civil. Allende, quien cayó en la cuenta de que sobraba en la discusión, dio un paso al costado y se paró en la baranda a observar la cordillera, junto a Alessandri padre, quien estaba arrodillado y acariciando la melena de uno de los leones de Vicuña Mackenna. La pétrea bestia respondió agitando la cola, como el más inocente de los felinos.

—Qué ternura, me recuerda a mi perro Ulk. —comentó Alessandri a Allende.

—Es increíble que aún al borde del fin de todo lo que conocemos, no hagamos más que pelearnos por las mismas disputas de siempre —reflexionó el médico socialista.

—¿Sabe por qué usted y yo tenemos mejor prensa que la mayoría de los aquí presente, querido Chicho? —le preguntó el exmandatario al tiempo que se incorporaba. Al hacerlo superó por una cabeza en estatura a su interlocutor. El médico negó con la cabeza.

—Porque todos tienen a sus rivales inmortalizados en piedra. Su contraparte ideológica los acompañó en la ornamentación pública, y también en este día del juicio. Balmaceda y Walker, O'Higgins y Carrera… pero usted y yo tuvimos más suerte. La chusma que vino después de nosotros tuvo el tino suficiente para no levantar monumentos de nuestras némesis. En su caso y en el mío, son dos militares que le hicieron mucho daño a la patria.

—Las estatuas sirven para mantener viva la memoria y el legado, es cierto —apuntó Allende—. Pero Carlos Ibáñez no fue tan terrible. Modernizó el Estado, y la escuela de carabineros lleva su nombre…

—¡No me hable de ese milico de provincia! —espetó el presidente liberal—. El "caballo de Linares" le decían, ¿sabe cómo me decían a mí? El león de Tarapacá. A esa maldita revista, ¿cómo se llamaba? Topaze, creo, le encantaba jugar con esos apodos. El caballo versus el león… ¿pero sabe qué? Ganó el león. No sé cuál de sus dos gobiernos fue más desastroso. Si el primero, o el segundo.

Entonces vino la sacudida final. Ya no había de dónde sujetarse. Desde la punta del cerro más alto, hasta el túnel jesuita más recóndito, todo comenzó a tambalearse. La virgen del San Cristóbal se bajó de su pedestal y comenzó a rezar, a rezar como desesperada.

Los niños que acompañaban a Pedro Aguirre Cerda se aferraron a su torso luchando por no caer, mientras éste se sujetaba de la superficie inclinada de roca del cerro.

—¿Don Pedro, por qué la tierra se mueve así? —le preguntó la niña.

—Bueno, hija, como sabes, Chile se encuentra ubicado sobre dos placas tectónicas. En el caso de Santiago, específicamente sobre la falla de San Ramón —comenzó el eterno profesor, con su tono de docente, y representando las placas con sus manos—. Lo que ocurre en este momento, es que la fuerza tectónica liberada desde el centro de la tierra empuja una placa sobra la otra, lo que remueve la corteza superior, en este caso nosotros. Lo complicado aquí, es que lo mismo ocurre en el lecho marino. Y aparte de eso, y la razón por la que todos huyeron de aquí, es que esta ciudad, edificada en el valle de Santiago, se está hundiendo, más de lo que ya está, por debajo del nivel del mar. Por lo que la consecuencia natural… ¡cresta!

El radical no pudo terminar. Finalmente resbaló, e hizo un esfuerzo sobrehumano por no aplastar a los niños.

Y el mar respondió a la fuerza de la tierra como explicaba el profesor. En el horizonte, el capitán Prat divisó una gigantesca ola que se cernía sobre la ciudad: "¡Aguas al norte!", gritó, sin soltar su catalejo.

—¡Trentren vilu, Caicai vilu! —exclamó el toqui Caupolicán.

—Es verdad, peñi. Pero me temo que esta vez, es la serpiente caicai la que vencerá —le respondió O'Higgins, refiriéndose a la leyenda mapuche de Caicai, la serpiente marina, y Trentren, la serpiente de la tierra, donde ésta última salvaba al pueblo mapuche de morir ahogados protegiéndolos en la cima de una montaña. Claramente ese no iba a ser el caso.

La Alameda se inundó rápidamente, y la ola se demoró un poco más en escalar hasta la avenida Providencia. El Parque Forestal ya era prácticamente un río, y el monumento a la colonia alemana, un bote que transportaba a varias figuras grecolatinas y un cóndor, ya veía cómo el agua ascendía hasta el pedestal. El musculoso hombre que encabezaba la tripulación empujó el bote desde la popa, y lo lanzó a las aguas. No obstante, contrario a lo que esperaban, al ser de piedra, la embarcación se hundió. Distinta suerte corrió el cóndor que, con mucho esfuerzo, y batiendo sus alas como loco, logró elevarse.

Fermín Vivaceta observaba angustiado cómo la Iglesia de San Agustín y el Mercado Central sucumbían ante la fuerza de la tierra y el agua.

—Que desperdicio. Aún recuerdo cuando levantamos la casa central de la Universidad de Chile— afirmó mientras se acariciaba su barba de chivo con una mano, y se sujetaba de una baranda con la otra.

—Esta ciudad no habría sido más que un pueblucho sin nosotros, los liberales ¿verdad, Fermín? —aseguró Vicuña Mackenna, quien oteaba el horizonte con uno de los telescopios públicos del cerro—. Me enorgullece decir que lo último en sucumbir será el Santa Lucía. Este capitán se hunde con su barco.

El nivel del agua subía y subía, y los muertos vivientes se aferraron a lo que fuera. Muchos comenzaron a trepar desesperados el cerro. A medida que iban llegando al Castillo Hidalgo, el general Baquedano, el más rudo del grupo, se dedicó a despachar a cada uno de los zombies con su sable y su escopeta. Las balas de piedra resultaron ser más útiles de lo que esperaba. A su lado, el general Bulnes lo imitaba.

Tras escalar un largo trayecto, los muertos no alcanzaban a pasar de la baranda, repelidos por la defensa de ambos guerreros, cual castillo medieval. Baquedano hizo una pausa para sacar su cantimplora y beber un sorbo.

—¿Chupilca? —le interrogó Bulnes.

—Sí, pero no del diablo, como me gustaría. Si tuviera una despacharía a todos estos demonios más rápido de lo que canta un gallo, como hicimos en el morro de Arica —afirmó el veterano del '79.

Los dos generales se coordinaron como reloj, mientras uno cargaba su arma el otro disparaba. De lejos eran muy similares. Ambos uniformados eran barrigones y de gruesas patillas. Con la diferencia de que Bulnes tenía una nariz pequeña y respingada, develando su origen acomodado; a diferencia de Baquedano, de rasgos más toscos y algunos dientes menos que su interlocutor.

—¿Y qué tal es Lima? Yo no llegué más allá de Yungay cuando luché contra los peruanos —preguntó el expresidente Bulnes.

—No sabría decirle. No le presté mucha atención a la ciudad, sino a las limeñas ja-ja —contestó Baquedano, iniciando una larga y amena conversación entre hombres de armas.

Los próceres de la independencia también lucharon. Llegó el momento en que ya casi no se avistaba ninguno, pero O'Higgins siguió buscando, y al darse vuelta una visión lo dejó helado. Era un esqueleto de la mitad de su tamaño, pero de un aspecto espeluznante. Aún le colgaba piel en estado de putrefacción, pero lo que más lo aterró fue el uniforme que llevaba puesto. Tenía dos calaveras con huesos cruzándolas en el cuello. Y en su mano, cargaba otra calavera, como si quisiera que el pelirrojo la observara directamente a las vacías cuencas de sus ojos.

La espectral ilusión lo mantuvo petrificado un momento. Posteriormente, O'Higgins agarró la vaina de su espada, y con un rápido movimiento empujó al esqueleto arrojándolo por el borde del cerro, casi como si matara una mosca.

Tras él se acercaron las estatuas de Carrera y Rodríguez.

—Creo que todos sabemos de quiénes eran esos cuerpos, ¿no? —lo espetó Rodríguez.

—Eso fue hace mucho tiempo, Rodríguez —dijo entredientes el chillanejo, con la mirada perdida en el piso.

—Pero el pasado lo persigue, ¿verdad? —interrumpió Carrera—. Usted no es más que un asesino, me mandó a matar a mí, y a mis hermanos, ¡huacho del carajo!

—¡Usted y sus hermanos fueron ejecutados por las autoridades argentinas! Yo no tuve nada que ver ahí— se defendió O'Higgins.

—¿Y qué excusa tiene para haberme matado? —le recriminó el guerrillero, y O'Higgins guardó silencio—. ¿Sabe qué es lo que más me duele? no haber vivido para ver nacer a mi primer hijo…

—Eso fue un error, es verdad… pero le dimos varias oportunidades para dejar el país, Rodríguez. Usted era un alborotador peligroso. En una época en que los carreristas conspiraban para matarme, y encima tenía que organizar la lucha contra las guerrillas españolas en el sur, no podía permitir que usted siguiera provocando problemas.

—¡Y por eso me mandó a matar!

—¡Tenía enemigos por todas partes! ¡usted sabe cómo terminó todo, tuve que abandonar mi propio país y jamás pude volver!

—¿Usted tenía miedo de que intentara matarlo? Para su información, nunca lo hubiese hecho. Mi objetivo era la libertad. Era sacar adelante al pueblo de Chile, integrándolo en el gobierno, dejándolos que ellos mismos decidieran su destino. Por eso nunca comulgué con su dictadura, O'Higgins. Y de haber seguido vivo, hubiese luchado contra ella al igual que todos los que lo derrocaron. Por las buenas, por el camino del diálogo. Antes de ser guerrillero, yo fui abogado.

Rodríguez hizo una pausa al terminar su sermón, y miró fijamente a los ojos al atormentado chillanejo.

—Por la razón o la fuerza dice nuestro escudo patrio. Pero parece que usted solo sabe resolver las cosas por la segunda vía, O'Higgins —remató el abogado.

El agua subía rápidamente. Del volcán brotaba un incesante flujo de lava, y la tierra no paraba de temblar. Finalmente, el cerro se resquebrajó. La grieta comenzó a unos metros del Castillo Hidalgo, y separó al grupo de estatuas del resto del cerro.

Ambas mitades comenzaron a separarse, dejando un peligroso desfiladero en medio. En la mitad norte estaba casi todo el grupo. Del otro lado quedaron los tres próceres de la patria. Rodríguez y Carrera corrieron y saltaron con todas fuerzas, logrando llegar al otro lado. Tras ellos corrió O'Higgins, pero no logró aterrizar de pie. En lugar de eso, terminó colgando de la orilla, y lentamente resbalando. El movimiento era tal, que terminó soltando una de sus manos de la tierra, y colgando solo con la derecha.

—¡Carrera, Rodríguez...! —gritó O'Higgins, pero los aludidos lo miraron sin saber qué hacer.

—¡Lo siento, lo lamento mucho! ¡Me equivoqué, soy un bruto y un asesino! —exclamó desesperado el chillanejo—... ¡pero por favor, ayúdenme!

Rodríguez interrogó a su par con la mirada. Pero Carrera aún tenía vivo el recuerdo de sus hermanos en la retina. Al no obtener respuesta, Rodríguez se arrojó a la tierra, y auxilió al prócer en apuros. Costó levantar una estatua de varios cientos de kilos, pero logró arrastrar todo su cuerpo a terreno horizontal. Jadeante, O'Higgins se incorporó, ayudó a pararse a Rodríguez y le agradeció con un apretón de manos. Ambos se fueron corriendo, sin mirar a Carrera.

Todo el grupo de estatuas huyó hacia el punto más alto que tenían del cerro. Cabalgando en sus bestias,

Almagro le dijo a Valdivia: "¡Quién demonios nos mandó a fundar una ciudad en esta tierra! ¡esto no es un país, es una trampa mortal!". Valdivia le iba a contestar, pero desde atrás los caballos de Bulnes y Baquedano los apuraron.

Cuando el grupo iba pasando por la ermita donde descansan los restos de Vicuña Mackenna, un deslizamiento de tierra hizo rodar la capilla. Carrera observó que Rodríguez y O'Higgins estaban en la trayectoria de las rocas, así que, en un rápido movimiento, salió corriendo como bala y empujó a los dos próceres, pero no pudo evitar quedar envuelto en la avalancha de piedras y escombros.

O'Higgins y Rodríguez quedaron nuevamente tumbados en el piso. Se pusieron de pie, y observaron a su salvador, quien tenía la mitad de su cuerpo completamente cubierto por los restos de la ermita. Tras varios esfuerzos inútiles, no pudieron liberarlo.

—No te molestes, soy de piedra —dijo con un hilo de voz Carrera. Llevó su mano libre a su espada, y se lo acercó a O'Higgins—. Ten, el Padre de la Patria va a necesitar un sable.

O'Higgins se arrodilló y tomó el arma, sin saber qué decir.

—No… quizás yo fui el Libertador, pero el Padre de la Patria eres tú —cerró el chillanejo.

Finalmente, todo el grupo llegó al punto más elevado del cerro. Apretujados, y luchando por no caer, observaron cómo la ciudad era tragada por las aguas. Con todos reunidos, y sin saber qué hacer o a dónde ir, algunos comenzaron a rezar, otros simplemente a aferrarse a alguna roca.

Ya ni Alessandri se atrevía a entonar palabra alguna. En medio de ese clima de desesperación, el Capitán Prat se subió a un pedestal donde se erguía un mástil con la bandera chilena, del cual se sujetó, y exclamó:

—¡Señores, la contienda es desigual! Hoy nos enfrentamos al mayor enemigo que hemos tenido los chilenos en toda nuestra historia: la naturaleza. Un enemigo sin rostro y sin debilidades que podamos atacar. Pero nunca se ha arriado nuestra bandera ante el enemigo y espero que no sea ésta la ocasión de hacerlo. Por mi parte, os aseguro que mientras yo viva, esa bandera flameará en su lugar… ¡VIVA CHILE! —exclamó Prat, con toda la fuerza de sus pulmones, mientras desenvainaba su espada.

"¡Viva!", exclamó tímidamente Alessandri y su hijo lo imitó. Luego siguió Allende y Aguirre Cerda. Luego vino Frei Montalva, Vicuña Mackenna, Balmaceda, Bulnes, Baquedano. Los últimos en hacerlo fueron Almagro y Valdivia, estos miraron al toqui Caupolicán quien, sin entender mucho, levantó el brazo y gritó con su mejor español "Vive Chili".

Luego vino un unísono "¡Viva Chile!", que se escuchó hasta en lo más recóndito de la cordillera. Los militares desenfundaron sus espadas y se arrojaron al mar, y tras ellos fueron los demás políticos e intelectuales inmortalizados en piedra. Poco después, el cerro quedó completamente cubierto de agua.

El último ser que percibió el eco del "Viva Chile", fue el cóndor de la Fuente Alemana, que tras un trabajoso y accidentado vuelo había logrado llegar hasta la punta del cerro San Cristóbal. Sus garras se aferraron a la roca desde donde observó el inundado valle, a los pies de la sollozante virgen.

Todavía en posición de rezo, la virgen lloraba desconsoladamente. Sus lágrimas eran brillantes y abundantes. Gota a gota fueron cayendo sobre la cabeza de piedra del cóndor. Entonces el ave se sacudió, y la piedra comenzó a caérsele a pedazos del cuerpo. A medida que se rascaba con sus patas y pico comenzaron a aparecer las plumas. Tras unos minutos, la estatua ya era un ser vivo de carne y hueso.

Paralelamente, un último rayo de sol filtrado entre las nubes iluminó a la virgen, antes de que el cielo se cerrara en la más absoluta oscuridad. Era un rayo distinto. Venía desde el poniente, se había producido en el minuto exacto en que el sol se oculta. De ahí su peculiar color, un verde intenso. Como resultado, la virgen quedó petrificada. Volvió a ser una estatua común, pero ya no con sus brazos abiertos, sino en posición fetal.

El cóndor buscó con su aguda visión, y observó que no había comida disponible alrededor. Levantó nuevamente el vuelo, perdiéndose entre los macizos de la cordillera, llevando en sus oídos ese inentendible grito humano, "Viva Chile". Las últimas palabras de un país tragado por las aguas.

Vacaciones familiares

2156, a quince mil metros de altura

Aburrido desde hace un buen rato, Sixto abrió la boca y despidió su aliento sobre la ventanilla. Se entretuvo dibujando con su dedo índice truenos, gaviotas y gotas de lluvia, para hacer juego con el espeso mar de esponjosas nubes que se vislumbraba al otro lado de la ventanilla.

A su lado, estaba sentado su padre, le seguía su madrastra, y en cuarto lugar, antes del pasillo que los separaba de la otra fila de cuatro series, una obesa señora que se la pasó roncando un buen rato. "El tufo de esta vieja…" se quejó Begoña al oído de su marido, sin preocuparse por bajar el volumen. La señora reaccionó, abrió los ojos y le dedicó una mirada de rencor que su compañera de asiento ignoró. Volvió a dormir instantes después, sin hacer ruido. Pero un bebé sentado un par de asientos atrás irrumpió en llanto. La madre, primeriza, por más que lo abrazaba no conseguía sosegarlo.

—¡Te dije que no compraras en tercera clase! —reclamó Begoña, con los nervios claramente trastornados, y esa mueca de asco que siempre hacía.

Aunque el vuelo era de solo dos horas, debieron agregar a su itinerario un retraso de una hora en la llegada de la nave. Sixto no se quejó, aunque no tenía señal en su celular, mató el tiempo que esperaron viendo fotos viejas en el aparato. Sus favoritas eran esas donde salía él junto a sus dos padres.

—¿Ves esa nube, hijo? —su padre le señaló fuera de la ventanilla, en lontananza se distinguía una nube con una curiosa silueta—, tiene la forma de un conejo.

—No la veo.

—Fíjate bien, ahí están las orejas, y en la mano tiene una zanahoria —apuntó su padre a cada parte con su dedo pulgar—. Es una señal. Los conejos son de buena suerte. Señal de que la pasaremos muy bien.

Sixto le respondió con una sonrisa. En el fondo sabía que no iba a ser un buen viaje.

De a poco la nave fue descendiendo, y el mar de nubes dando paso al macizo de cerros y montañas, la mayoría completamente secas, de la cordillera de los Andes. En el suelo solo se distinguían granjas, caminos y algunos riachuelos. Ya cerca de su destino, la tierra se tiñó de gris, donde empezaba la periferia de la ciudad.

"Señoras y señores, por favor abrochen sus cinturones, iniciaremos el descenso sobre nuestro destino..." dijo la voz de la azafata desde el altoparlante.

—Como odio Sanraval, los tacos, el smog, todo el mundo apretujado y corriendo... no se compara con el aire puro de la Antártica— se quejó Begoña.

—Tranquila, mi amor. Será un viaje corto —contestó su marido—. El metro nos deja a dos pasos de nuestro destino.

—¡Otra vez en metro! Menos mal que ahorraste para estas vacaciones...

El pequeño Sixto miró a Begoña atentamente mientras hablaba, sus labios azules se movían al ritmo de sus chasquillas del mismo color. Su padre, en tanto, trataba de convencerla fútilmente de que la pasarían bien en esas vacaciones. Mientras, Sixto se sacó su pulsera de la muñeca izquierda, y dedicó los momentos finales del viaje a jugar con el elástico enredándolo y desenredándolo en sus dedos. La pulsera, echa de conchas magallánicas pintadas de colores, la hizo junto con su madre en una tarde de ocio, poco antes de que su padre se lo llevara de vacaciones.

La Begoña tenía el cabello azul oscuro, y se le notaba en las raíces, de color negro, que era teñido. Llevaba meses ahorrando para pagar el tratamiento de alteración genética que le dejaría el cabello azul, como acostumbraban las mujeres del barrio alto en la Luna. Era alta, casi del porte de su marido, y sumamente flaca. Su padre, en cambio, era de estatura media, moreno, de complexión gruesa y con el pelo corto, de dos dedos de largo.

Saliendo del avión, Sixto procuró no soltarle la mano a su progenitor. Ya se había perdido un par de veces en el aeropuerto (ambas con Begoña), una de ellas precisamente cuando fueron a buscar sus maletas tras bajarse de la nave. Tras una larga fila, en la que los tres estuvieron pegados al celular, retiraron el equipaje.

La capital los recibió con un aeropuerto colapsado, como de costumbre, pero mucho más ordenado que la ciudad que los esperaba allá afuera. El Aeropuerto Interplanetario Lucho Gatica se ubicaba en el centro de la ciudad, donde antes había estado el Aeropuerto Pudahuel, y se caracterizaba por su moderna tecnología. Distintas líneas de metro, y un par de líneas de teletransportación, lo conectaban con el resto de Sanraval, una megalópolis de 23 millones de habitantes.

Por más que Begoña insistió en viajar en teletransportador, terminaron subiéndose al tren subterráneo. Lo que más odiaba la madrastra de Sixto eran dos cosas: los espacios cerrados y las multitudes.

La línea comenzaba en el aeropuerto, de modo que lograron encontrar tres asientos disponibles apenas se sentaron. Dos estaciones después, el vagón ya estaba repleto.

—Papá, ¿me prestas tu celular? Al mío se le acabó la batería —dijo Sixto a su padre.

Al tomar el celular de su progenitor, Sixto apretó un disimulado botón en el costado izquierdo y una pantalla holográfica se desplegó sobre la superficie del dispositivo. El prepuberto sacó unos audífonos, y vio vídeos el resto del viaje.

Los asientos naranjas del vagón iban ubicados de a dos. Junto a Begoña, se había sentado un hombre calvo con la piel grasosa y de color azul oscuro, quien vestía un uniforme negro de obrero, con un fuerte hedor a vertedero de basura, donde trabajaban la mayoría de los inmigrantes con su mutación. Aunque Begoña tenía puestos sus lentes oscuros (era fotofóbica, y no salía de casa sin ellos), la mirada de asco traslucía los cristales.

En el tren subterráneo convivían la más amplia gama de personajes. Los inmigrantes siempre sobresalían, y los de piel verde y azul eran siempre los más discriminados. Ello debido a que provenir de un país asolado por la guerra nuclear (causa de su aspecto), era sinónimo de venir de una nación pobre y derrotada. Por otro lado, estaban las tribus urbanas. Adolescentes que siempre viajaban en grupo, con un traje blanco, sombrero de hongo negro, y maquillaje en el rostro, su presencia solía conllevar en la mayoría de los casos a la violencia callejera.

Detrás de Sixto viajaba de pie una inmigrante ecológica. Se distinguían del resto de los inmigrantes porque solían usar un gorro o una polera con los colores de la otrora región de Magallanes, desaparecida bajo el mar tras el deshielo de la Antártica. La mujer tras Sixto era alta y tenía el cabello largo y plateado, y sobre éste un gorro magallánico con la cruz del sur. Le recordó instantáneamente a su madre, Rena, también magallánica y con la misma cabellera. La refugiada cargaba un canasto lleno de chocolates artesanales con el sello azul y amarillo. Como la mayoría de los inmigrantes recién llegados de Magallanes, se ganaba la vida vendiendo comida de su tierra natal. Sixto estuvo a punto de pedirle a su padre que le comprara un cuchuflí, pero su madrastra los tenía a dieta a los tres, así que desistió de la idea.

Pasado el lapsus de desconcentración, volvió a sumergirse en el celular. Casi siempre veía vídeos de documentales de historia, pasión que le había inculcado su padre.

"Con la progresiva militarización del espacio en la década de 2080— contaba el narrador del vídeo, con una voz profunda, pausada y rasposa, acompañado por imágenes de naves de guerra bombardeando una estación espacial—, la colonización de la Luna y Marte dejó de ser solo un asunto científico, y dio paso a la Primera Guerra de los Mundos (también conocida como la Tercera Guerra Mundial) entre 2086 y 2089, que reforzó el estatus de la luna como territorio norteamericano. Estatus que cambió a principios de siglo con el estallido de la Segunda Guerra de los Mundos...".

—Vamos llegando, hijo. Guarda el celular.

—Al tiro.

"Tras la victoria del gigante asiático, la luna se convirtió en un territorio internacional, con presencia de bases rusas, chinas y norteamericanas, de forma similar a la Antártica del siglo XX. Junto con esto, China quedó a la cabeza de la colonización espacial, con el dominio absoluto del planeta rojo...". Fue lo último que alcanzó a escuchar al momento de llegar a su estación de destino.

La estación de metro donde se encontraban se ubicaba a trescientos metros bajo tierra, y era la puerta de entrada a una compleja red de centros comerciales y centros de eventos que constituían una auténtica ciudad paralela, llena de letreros en mandarín y publicidad holográfica. Por lo anterior, el centro de Sanraval era apodado el "reloj de arena". Así como el subterráneo se extendía trescientos metros bajo tierra, los edificios se alzaban trescientos metros por sobre la superficie. Donde no se podía estar, era en la superficie misma, antro de delincuencia y contaminación radioactiva. De ahí que se subieron a un aerotaxi apenas salieron al exterior.

—Azotea del edificio Tricentenario, por favor —dijo el patriarca.

—A la orden —respondió el taxista, un inmigrante con un color de piel que oscilaba entre el gris y el verdeazulado.

Fue un viaje breve. Tras dos minutos el aerotaxi los había dejado en el techo del edificio donde se hospedarían. Bajaron las maletas y entraron a la enorme mole de departamentos, rodeada de otros edificios iguales en forma y tamaño, por lo que la mayoría de los departamentos carecía de luz solar. Bajaron al piso veintitrés en el ascensor, y tocaron la puerta en el departamento donde los esperaban.

—¡Bartolo! —exclamó efusivamente el hombre que abrió la puerta, un individuo de cabeza rapada, con varios kilos de sobrepeso, una polera negra sin mangas y unos gruesos lentes oscuros.

—¡Orozimbo, hermanito! —respondió el padre de Sixto.

Tras darle un cariñoso abrazo a su hermano, Orozimbo revolvió el cabello de su sobrino y saludó a su cuñada con un beso en la mejilla, quien le respondió con un frío "cómo estás, Zimbo".

El departamento era pequeño, pero tenía una pieza para las visitas. Allí iban a dormir Bartolo y Begoña, mientras que a Sixto le tocó el colchón inflable que su tío instaló en el living.

El resto de la tarde, Begoña se dedicó a grabar vídeos con su celular. Aunque no tenía un trabajo formal, ella se autodefinía como "influencer fitness". Todos los días subía por lo menos un vídeo de ella dando tips para tener una vida saludable y vestirse a la moda. Se grababa usualmente en el gimnasio o en la cocina, casi siempre con el producto de alguna de las marcas que la auspiciaba. No era mucho lo que ganaba, no tenía tantos seguidores como una estrella de televisión, de ahí que siempre se esmeraba en producir más y mejor contenido. En esa ocasión, optó por algo más sencillo y se grabó sentada en su cama hablando sobre cómo identificar alimentos con estevia, o con transgénicos que provocaban algunas de esas "horribles mutaciones que tenía la gente pobre".

El anfitrión y sus invitados varones, en cambio, se dedicaron a preparar la cena.

—El viernes pasado regresé a la ciudad. Vengo llegando del muro —contaba el tío Zimbo mientras daba vueltas hamburguesas en la sartén—. Estuve dos semanas allá en el norte, en la frontera.

—Un calor infernal allá en Arica, verdad —comentó su hermano mientras pelaba los tomates.

—Y que lo digas. Se armó una buena polémica allá. Están los que quieren destruir el muro, y los que luchan por mantenerlo. Los primeros argumentan que es símbolo de un pasado xenófobo. El gobierno de Acción Republicana lo construyó justamente para evitar el ingreso de ilegales hace cien años, y por todo el tema con Bolivia, claro. La ONG donde estoy, en cambio, defiende la idea de conservarlo, por su valor histórico. Nos reunimos con el alcalde de la ciudad y distintas organizaciones de la zona para conversarlo. No llegamos a ningún acuerdo, pero estamos en la lucha.

—No lo van a destruir, les genera mucho turismo. No es la muralla china, pero igual atrae a los turistas —reflexionó Bartolo—. Por cierto, Zimbo ¿pudiste hablar con tu jefe sobre ese puesto de trabajo?

El pequeño Sixto ponía la mesa mientras escuchaba a su padre conversando con su tío. Éste último le aseguraba que en cualquier minuto iba a "saltar la liebre", pero de momento su jefe no se había interesado en contratar más gente en la ONG. Una de las pocas que se dedicaba a rescatar el patrimonio histórico del país.

Bartolo, aunque de profesión arqueólogo, trabajaba en la intendencia regional, en la oficina de colonización de la Tierra de O'Higgins, ubicada en Puerto Bachelet. No obstante, él vivía en Puerto Piñera, en el departamento de su segunda mujer. Era un viaje de 45 minutos todos los días en tren para llegar al trabajo, claro que cuando iba muy apurado viajaba en teletransportador (un medio "injustamente caro", en sus palabras). A pesar del gasto de tiempo, disfrutaba el viaje en tren, pues podía ver en el camino los amplios campos y valles verdes del nuevo continente. Su trabajo, de inspector de seguridad, consistía en fiscalizar el cumplimiento de medidas de seguridad de los edificios y pueblos levantados por los colonos. Aunque recibía un buen sueldo, el trabajo de oficina lo aburría, y ansiaba encontrar un lugar donde pudiera trabajar en lo que estudió.

—Este es mi mayor orgullo como arqueólogo —dijo Bartolo, entrando una caja recién extraída de su equipaje, la cual ubicó en el espacio disponible que quedaba en la mesa del comedor.

—¿De verdad andas trayendo eso a todos lados? —comentó Zimbo desde la cocina.

—Es mi amuleto de la suerte.

Sixto se acercó a la caja. Aunque conocía la historia de memoria, nunca perdía la oportunidad de contemplar el tesoro que rescató su padre de la última vez que trabajó como arqueólogo. Fue durante una excavación en lo que fue el cerro Santa Lucía que dio con la ermita y la tumba de Benjamín Vicuña Mackenna, constructor del cerro. Entre los escombros del mausoleo, dio con una caja de madera del tamaño de la palma de una mano. Su interior seguía intacto, con lo único que halló el arqueólogo: una piedra azul.

—Déjame ver —dijo Orozimbo, mientras salía de la cocina secándose las manos con un paño.

Tomó la piedra con su mano izquierda, y presionó un botón en sus lentes oscuros. Hecho esto, un haz de luz roja bañó a la piedra. Tras unos segundos de escaneo, el sensor hizo un "bip" y la luz se apagó. Sixto siguió fascinado cada movimiento, y después cada palabra de los adultos.

—Sí, definitivamente es lapislázuli —informó Zimbo—. Tiene casi trescientos años. Esto debería estar en un museo.

—Lo sé, pero el proyecto era el circo pobre del profe Demetrio —recordó Bartolo, quien fue ayudante del profesor Demetrio en varios proyectos una vez terminada su carrera. En la mayoría trabajó sin sueldo, por amor al arte—. Al viejo la universidad nunca lo pescó. No guardaron nada de lo que él recolectó en la excavación, y como era amigo mío, me lo regaló. Era mejor que apilarlo en cajas escondidas en una bodega interminable.

—No si lo vas a andar paseando así. ¿Cuál es tu plan? ¿presentarlo como currículum?

—¿Por qué no? Es lo mejor que tengo. Hablé con un ayudante de Demetrio, dijo que me consiguió una entrevista de trabajo para mañana.

—Uff, a miss simpatía no le va a gustar que mezcles sus vacaciones con pega.

—Será algo breve.

Poco después estaban cenando. Salvo Begoña que comió ensalada, los demás cenaron hamburguesas con papas. La comida solo se vio interrumpida por los tips alimenticios de la mujer de Bartolo, y las advertencias de cuántas calorías tenía lo que estaban comiendo.

Los edificios tapaban casi todo rastro de luz solar (lo que se agradecía, aún en invierno la ciudad alcanzaba hasta treinta y cinco grados Celsius), pero la cortina que cubría la ventana proyectaba un tenue holograma de una colina verde con una puesta de sol. Imagen que "pestañaba" cada cierto tiempo. Pasadas las nueve de la noche, el dueño de casa apagó las cortinas y encendió la luz y el televisor buscando los titulares de algún noticiero. En lugar de eso se topó con que la telenovela de la tarde, un drama asiático entre un joven rico y su sirvienta de origen humilde, todavía no terminaba. Orozimbo cambió el canal, pero su segunda preferencia también transmitía una telenovela china, donde el protagonista era un transexual que se debatía en un triángulo amoroso con un hombre y una mujer. Finalmente, optó por el canal de noticias. El conductor, era que no, era un reportero de rasgos asiáticos.

—Está mejorando su español este cabro —comentó Zimbo, sentado al centro del sillón. A su derecha tenía a su hermano y su sobrino, y a su izquierda a su cuñada.

—En el otro canal, el que compraron los chinos hace poco, las noticias ahora son con subtítulos al mandarín —agregó Bartolo—. Estos ojos de alcancía nos meten su idioma hasta en la sopa…

—Antes de que te des cuenta, tú y yo lo estaremos hablando. ¿Y qué planes tienen para mañana?

—Bueno, originalmente planeaba ir a dar una vuelta por el centro de la ciudad, para que los chiquillos conozcan —explicó el padre de familia—. Pero pensaba partir con el viaje al pasado. Hablé con mi amigo, y dijo que los lunes hacen descuento.

—Los lunes también los centros de ski en Europa son más baratos, según me han contado mis amigas que andan en Júpiter —comentó Begoña, mientras se limaba las uñas.

—Vamos amor, sabes que viajar al pasado es mucho más barato que viajar fuera del planeta.

—Cuando te conocí me prometiste que me llevarías al infinito y más allá.

—¿Qué no quedaste viendo estrellas después de tu luna de miel en el Caribe? Jaja —bromeó Orozimbo, en referencia a los siete días y seis noches que pasó la pareja en Cuba tras su matrimonio hace tres años.

—¡Zimbo! —lo increpó Bartolo.

—A decir verdad, esa fue la única vez que viajamos. Desde entonces nunca más —dijo Begoña, sin despegar la mirada de la lima.

—Calma amor, ya te dije que vamos a tirar para arriba.

—Tú siempre pensando en tirar, hijo de tigre ¡ja ja ja! —interrumpió Zimbo, y su hermano lo retó moviendo los labios como si fuera a decir "el niño te escucha".

—Que escuche, que sepa que su padre no cumple su palabra —dijo Begoña, mirando a sus interlocutores a los ojos—. Y tú, niño ¿qué piensas de todo esto?

Sixto levantó la mirada de su celular y se retiró los audífonos. Se los había puesto hace solo unos instantes, siempre lo hacía cuando veía que su padre y su madrastra comenzaban a pelar.

—¿Qué?

—Siempre tan avispado… ¿qué opinas de estas vacaciones?

—Eh… que está bien. Nos sirve para conocer… y aprender cosas nuevas —improvisó Sixto, un tanto nervioso.

—¿Aprender? Ustedes dos son cortados por la misma tijera. Les encanta aprender cosas inútiles ¡y para qué! Si al final del día siguen igual de inútiles ¿y tú, sigues viendo tu tontera de documental? —increpó Begoña al pequeño de ocho años, con sus huesudos brazos cruzados y el ceño fruncido.

Sixto se quedó callado, con la garganta tomada por la tristeza. Su padre no supo qué decir, y Orozimbo miró con furia a su cuñada. Iba a decir algo, pero sabía que eso solo agravaría las cosas, así que optó por mantener el silencio que se prolongó hasta pasadas las diez de la noche.

Una vez que su hijo y su esposa se quedaron dormidos, Bartolo y su hermano abrieron un par de latas de cerveza en la cocina para capear el calor de la noche. El primero engulló la mitad de su contenido de un viaje. Zimbo, que lo conocía bastante bien, sabía que no degustaba las cosas solo cuando estaba estresado.

—Esa mina tiene que ser muy buena en la cama para que le aguantes que te trate así— comentó con una sonrisa picaresca el dueño de casa.

—¡Shuu! Te van a oír —respondió, llevándose el dedo índice a los labios en señal de silencio.

—¿Y qué? ¿Temes que te castigue la ñora?

—No, temo que te escuche el niño —contestó su hermano muy serio.

—Ay, Tolo, no te entiendo… tú y la Rena hacían una pareja bellísima ¿qué pasó? ¿por qué no te la jugaste por ella?

—No es tan sencillo.

—Ese es tu problema. Tú siempre te complicas más de la cuenta.

—A veces el amor se acaba, Zimbo… ¿sabes cuándo lo supe? Cuando la Rena trajo un gato negro a la casa.

—¡Otra vez con tus cábalas! Tan supersticioso que me saliste, creí que eres un hombre de ciencia.

—Sabes muy bien que soy alérgico, y ella ni siquiera me preguntó.

—Te complicas por puras tonteras —meneó la cabeza Zimbo en señal de reprobación.

—Las cosas venían mal de antes. El amor se acabó, eso es todo. Cuando eso pasa, no hay para qué estirar más el chicle.

—¿Y el amor por tu hijo? Porque ese nunca se acaba.

—Qué estás diciendo, no puedes obligar a una pareja a estar junta solo porque hay un crío de por medio. Es imposible ser feliz así.

—Yo no veo que el Sixto sea muy feliz con la Bego… y me atrevería a decir que tú tampoco.

—Yo soy feliz. Lo importante es no perder la dignidad, hermanito. Cuando una relación no funciona, no hay que insistir.

—¿Dignidad? Por favor, tu problema es otro, Tolo. Es la soledad. Tienes miedo a la soledad. Desde chico que has sido igual. En el colegio, siempre el más sociable. En la universidad, siempre metido en mil cosas. Soltero nunca durabas mucho. Confiésalo, ¿estás con ella solo para olvidarte de la otra?, ¿no?

—No, estoy con ella porque en la cama terminamos al mismo tiempo —contestó Bartolo, medio en broma y medio en serio, mientras se terminaba de un trago su cerveza— y no finge ningún orgasmo.

Tras decir eso, Bartolo abrió el refrigerador y extrajo otra lata. Su hermano aprovechó de hacer lo mismo.

***

Al día siguiente, los tres turistas partieron al edificio de Viajes en el Tiempo Ltda. La agencia de viajes se ubicaba no muy lejos del edificio Tricentenario, pero primero Bartolo los llevó al corazón de la ciudad, lo que antes era el centro de Santiago, a la Universidad de Chile. Según les explicó el patriarca, tenía que hacer un trámite breve allí.

Mientras esperaban, Begoña y Sixto dieron una vuelta por el paseo Bandera, con estrictas instrucciones de su padre de no soltarle la mano a su madrastra. Los millones de personas que lo circulaban a diario aumentaban la posibilidad de que se perdiera. Cuando doblaban en calle Moneda hacia el oriente, una aterradora imagen le disparó los latidos del corazón a Sixto. Un camión transportaba a tres dragones enjaulados en su parte posterior. Uno verde y dos negros más pequeños, los cuales disparaban poderosos alaridos como de dinosaurio. Los fantásticos seres eran uno de los tantos animales a pedido que ofrecían las veterinarias especializadas en ingeniería genética. Y eso no era lo más pintoresco que se veía en el centro de Sanraval en su agitada vida diaria.

Llegaron al paseo Ahumada, donde se encontraba el clásico televisor gigante, a los pies de uno de los tantos edificios de trescientos metros de alto que poblaban el centro de Sanraval. Aunque ahora competía con los invasivos avisos holográficos que lo rodeaban, la pantalla se había reinventado transmitiendo vídeos locos y hits virales del momento. Algunos efímeros, otros con la trascendencia suficiente para ser emitidos varias veces el mismo día. Los dos turistas se detuvieron un rato

268

a observar el vídeo de un niño que se accidentaba tratando de hacer un truco en bicicleta.

Parado junto a un poste de luz, Sixto miró al fondo de la calle, y entre los miles de transeúntes, lo sorprendió una alegre figura doblando en el callejón de Nueva York. Se trataba de un perro robótico, metálico y con la cola consistente en un resorte de diez centímetros de largo. Aunque artificial, el aparato, que asemejaba la forma de un fox terrier, ladraba y corría como un auténtico ser vivo. El niño le hizo un gesto con los dedos, y la máquina corrió hacia él.

—¡Un robot! —exclamó Sixto una vez que lo tuvo lamiéndole los pies con áspera lengua (hecha de un material similar a la lija), mientras el niño acariciaba su metálico regazo.

—¡Aléjate de esa cosa! —exclamó asqueada Begoña.

—¿Podemos llevárnoslo a la casa, por favor, por favor? —suplicó su hijastro.

—¡Cómo se te ocurre que vamos a meter a esa máquina endemoniada!

La madrastra de Sixto comenzó a ahuyentar a patadas al ser artificial, éste emitió un par de quejidos caninos de dolor y huyó.

—¡¿Por qué hiciste eso?! —lanzó indignado el hijo de Bartolo.

—Sabes que no permito robots en mi casa. Me aterran esas cosas.

—¡No nos dejas comer lo que queremos, ni tener robots! ¡no nos dejas hacer nada, eres una bruja amargada! —explotó el joven oriundo de la Antártica.

—¡Más respeto, cabro de porquería! Tú padre sabrá de esto —lo amenazó Begoña, zarandeándolo con el brazo izquierdo.

—¡No!

—¡Ven para acá!

El pequeño se resistió aferrándose al poste de luz. No se movía por más que su madrastra intentó zafarle los brazos del tubo.

—Ya, voy a tener que mostrarle a tu papá cómo te estás portando —dicho esto, Begoña sacó su celular y comenzó grabar a su hijastro. Éste solo cerró los ojos y escondió la cara de la grabación pegándola al poste—. No, sabes qué, voy a subirlo a internet, para que todos vean el niño malcriado que eres ¡Mercurio, arriba!

Su madrastra cumplió su amenaza, y activó una esfera dron adherida al lado opuesto a la pantalla de su celular. El dron, que respondía al nombre de "Mercurio", permitía que el celular levitara y siguiera a su objetivo, en este caso Sixto, como el helicóptero de un noticiero.

Al cabo de solo un minuto, el vídeo ya se había viralizado. El alcance de las redes de Begoña en internet era tal, que la grabación fue emitida en la pantalla gigante. Solo allí Sixto abrió los ojos, y descubrió con horror, que estaba en vivo y en directo en la pantalla de quince por siete metros de alto. Su rostro era acompañado por los créditos "Niño malcriado. No hace caso a sus mayores. No se despega del poste". Como si fuera poco, ahora eran varias las personas que los rodeaban, observando la escena en la calle. Murmullos, risas y reproches se escuchaban entre la multitud. Carcomido por la vergüenza, el miedo, y la rabia, Sixto se zafó del tubo y se lanzó a correr por las calles de la gran ciudad. Si algo alcanzó a decir Begoña, no lo escuchó.

El pequeño corrió. Corrió por su vida. Sentía que mil ojos lo observaban, y que todos lo perseguían. Tanto corrió que chocó con un adulto con un maletín, el cual cayó al piso. "¡Ten cuidado, niño malcriado!" exclamó el transeúnte, y al escuchar esas dos últimas palabras, Sixto corrió con más ganas y más rabia en el pecho.

Sin saber muy bien cómo llegó ahí, se detuvo en la entrada de una vieja y oscura galería comercial. Parecía que no había nadie. Solo negocios abandonados, algunos clausurados con avisos del departamento de sanidad, y otros con cintas de "no pasar" y siluetas de cadáveres dibujadas en el piso. Un solitario puesto de artículos electrónicos permanecía abierto, y Sixto pilló al dueño vendiendo una caja. El comprador la abrió disimuladamente y Sixto alcanzó a distinguir un frasco lleno de un líquido verdoso con un órgano humano en su interior. El dueño y el comprador desviaron la vista al pequeño aparecido. Sus elocuentes miradas de pocos amigos bastaron para reavivar el temor en el corazón del pequeño. Tenía ganas de volver a correr, pero hubiese sido más sospechoso, así que solo aceleró el paso y cruzó el pasillo como si nada.

Finalmente llegó a un ascensor en mal estado, y una escalera con muy mala iluminación. Descendió al siguiente piso, donde había un letrero de neón que rezaba "Bienvenido a la Nube". El pequeño provinciano se asomó, y vio un amplio salón oscuro, similar a una sala de cine, donde todos los presentes estaban en sillones reclinados hacia atrás, con cascos que cubrían sus ojos y orejas, y conectados a un cable que llegaba al piso. La atmósfera era espesa y hostigosa, como si el empalagoso perfume de centro comercial tratara de cubrir otros olores.

Sin entender mucho, regresó al primer piso, y se sentó donde comenzaba la escalera. Cruzó las manos y pensó. Pensó un largo rato. En Begoña, en su padre, y en su verdadera madre, que no veía hace tres días, pero sentía que la extrañaba más que nunca. Cuando comenzaba a fantasear que a su madrastra la atropellaba un aerotaxi y la partía en dos, llegó su padre, celular en mano. Gracias a que pudo detectar la ubicación del celular de Sixto fue que lo encontró.

—¡Hijo! —Bartolo corrió a su primogénito y le dio un largo abrazo— ¿dónde te habías metido, niño? Casi me matas del susto.

Mientras salían de la galería, Sixto preguntó qué era ese lugar que vio allá abajo. Tras decirle que nunca más se metiera en esos lugares, que eran muy peligrosos, su padre le explicó que era para acceder a la "Nube". La mayoría de los que asistían eran indigentes o refugiados (de guerra y ecológicos), quienes buscaban escapar de la dura realidad, viviendo una segunda vida en la internet. Era la droga del siglo XXII. Muchos podían pasar días, hasta semanas sin desconectarse. En el intertanto se olvidaban de comer, bañarse o moverse de ahí. Aunque estuviera agonizando, en su vida virtual la mayoría eran millonarios apuestos bañándose en la piscina de su mansión, o estrellas de cine. Ya en la calle, Bartolo, quien vestía su mejor traje de oficina y una mochila en su espalda, se olvidó del alivio de haber encontrado a su hijo, y juntó el enojo suficiente para retarlo.

—Prométeme que no volverás a arrancarte. Ya es la tercera vez este año.

El infante se quedó callado mirando al piso y con el entrecejo fruncido.

—¡Hey! Te estoy hablando, Sixto. Nunca más te vuelves a escapar, ¿ok? No estamos en casa, en esta ciudad te puede pasar cualquier cosa. ¿Sabes lo que les hacen a los niños que ven solos? Los pueden asaltar, los pueden secuestrar, te pueden sacar los órganos y venderlos en el mercado negro…

—Quiero que vuelvas con mamá —dijo su hijo, entre dientes, pero decidido.

Bartolo tomó aire y se puso de rodillas, posando su mano derecha sobre el hombro de su hijo.

—Sixto, ya hemos hablado eso. No puedes vivir pegado al pasado, eso te hace mal. Siempre seremos familia, y siempre te vamos a querer. Pero ya no somos ese tipo de familia.

—Pero la Begoña es mala. Contigo y conmigo. Mamá era buena con nosotros —dijo Sixto con un nudo en la garganta.

Sin saber qué decir, su padre lo miró con compasión. Desvió la vista hacia el piso y tuvo una idea. Dejó pasar un rato, y recogió una moneda de cien yuans tirada en el piso.

—Mira, una moneda —su hijo lo ignoró, sin evidenciar la más mínima expresión ni despegar los ojos del suelo—. Es señal de buena suerte. Tú la encontraste, o sea que es tu día de suerte —dicho esto, depositó la moneda en el bolsillo de su hijo—. Ánimo campeón, este será un buen día, tratemos de disfrutar nuestras vacaciones.

—La suerte no existe, hoy será un mal día —dijo Sixto, con mucha amargura en su voz.

—¿Sabes por qué me casé con Begoña? Estábamos saliendo y ella me pidió matrimonio. Eso fue poco antes de que partiera a la capital a la excavación en el cerro Santa Lucía. Le dije que a la vuelta del viaje le daría una respuesta. ¿Y sabes qué pasó? —Bartolo se descolgó la mochila que traía, y extrajo de ella una caja de plástico. Dentro de ella, estaba la caja de madera que le mostró a su hermano—. Encontré la caja. La caja con la piedra azul. Y yo me dije "esto es una señal. Una señal del destino. El universo quiere que me case con la chica de cabello azul". ¿Y sabes qué? No me arrepiento de esa decisión. Es importante creer en algo hijo. El destino, el karma, la religión, lo que sea. A veces detalles tan simples como estos te mentalizan para que éste sea un buen día —dijo golpeando el bolsillo de Sixto donde puso la moneda—. Así que vamos, tenemos un viaje que hacer.

Bartolo compró un helado a su hijo. No hablaron de lo sucedido con Begoña (por fortuna su vídeo no trascendió más allá de sus sesenta segundos que estuvo en pantalla), y una hora después estaban en las oficinas de Viajes en el Tiempo Limitada.

El edificio tenía la forma de una antigua copa de agua, función que había cumplido hasta hace solo medio siglo, y se ubicaba lejos del centro de la ciudad. En la entrada los recibió un guardia de seguridad con la piel naranja y completamente calvo. Bartolo le dijo que tenían reunión con Hermógenes, el dueño de la empresa, pero el mutante no hablaba mucho español y tardaron en entenderse. Al cabo de un rato, la familia estaba atravesando un largo pasillo que los condujo a una sala de espera. Allí había unos pocos asientos, las paredes tapizadas con hologramas de los paquetes turísticos de la empresa, y en un mesón una secretaria con el cabello teñido del mismo color que Begoña.

Tras cinco minutos de espera, un hombre bajó del ascensor. Entrado en los cincuenta, de rostro alargado y cabello grisáceo, crespo y peinado hacia atrás. Un remolino se le formaba a izquierda y derecha de la cabeza, lo que le confería una forma más bien triangular, como la cara de un diablo. Aunque de sus ojos colgaban unas ojeras bastante ennegrecidas, su sonrisa expresaba una alegría juvenil. Su sobretodo, el cual siempre tenía abierto, era verde oscuro y le llegaba hasta los tobillos. Y sobre el pecho le colgaba una corbata de color amarillo chillón.

—¡Bartolo de la Antártica! —exclamó con una voz rasposa, con un timbre bastante peculiar, como de locutor de radio.

—¡Señor del tiempo Hermógenes! —contestó su invitado.

Ambos amigos se fundieron en un fraternal abrazo. Hacía años que no se veían y la presentación fue larga.

Bartolo le presentó a su familia, y Hermógenes saludó a su esposa besando su mano derecha en un sobreactuado gesto de caballerosidad, que ésta última contestó con una incómoda sonrisa. Mientras que con Sixto se limitó a comentar que era igual a su padre. El anfitrión los llevó a realizar un pequeño tour por las dependencias y los condujo a un ascensor en el que descendieron varios pisos. Mientras bajaban, Hermógenes les narraba cómo construyó la empresa.

—Lo que más costó fue conseguir el permiso para abrir el negocio. Los gringos todavía tienen el monopolio de las máquinas del tiempo, y ellos deciden a quién le entregan la maquinaria y a quién no. Me han soplado por ahí que los chinos ya están desarrollando su propio prototipo, pero de momento tenemos que cumplir con los exigentes estándares de seguridad para mantener la licencia.

Bartolo interrumpió su exposición con una breve risa.

—¿De qué te ríes?

—De ti, hablas como todo un empresario. Ya no pareces el estafador que conocí, el que timaba magallánicos por unos pocos pesos.

—¿A quién le dices estafador? —se defendió Hermógenes— soy un comerciante de alto riesgo. Siempre lo he sido. Solo que este negocio es el más seguro que he emprendido. Ahora, damas y caballeros, les presentaré al corazón de este edificio.

Su siguiente parada fue una amplia galería. Tras una pared de cristal, los visitantes contemplaron una enorme esfera amarilla incandescente, de dieciséis metros de diámetro, suspendida en el aire. Ocho pistones, cuatro en el piso y cuatro en el techo parecían estabilizar al núcleo del reactor de fusión nuclear, manteniendo a la esfera en su centro, mientras docenas de electrodos y antenas captaban su casi infinita emisión de energía.

—Lo que tienen aquí es un arma poderosa, saben —comentó Bartolo—. Es un peligro público.

—Y que lo digas. Costó un mundo que el prevencionista nos diera su aprobación para echarlo a andar.

—¿Con qué funciona, tritio?

—Sí, con Helio-3. Contrario a lo que mucha gente cree, es fácil construir el reactor de fusión. Lo difícil es conseguirse el Helio-3. Los gringos y los chinos manipulan la producción de las bases lunares, pero los rusos lo venden más barato en el mercado negro —contestó Hermógenes, guiñándole un ojo a su interlocutor.

—Sabes que eso es ilegal, ¿no? Si estuviera trabajando te cursaría la media multa… —comentó Bartolo.

—Menos mal que estás de vacaciones.

A medida que el empresario hablaba, se desplazó unos pasos hacia adelante, siempre junto al cristal, y apuntó hacia el núcleo.

—Con la energía que produce el reactor, el portal que tenemos arriba crea un campo electromagnético suficientemente poderoso para abrir un portal en el tiempo. Ahí es donde vamos ahora.

De vuelta en el ascensor, el grupo subió un piso, a una habitación con piso de linóleo café y paredes plateadas. Al centro había una esfera blanca con manchas rosáceas, como un planeta gaseoso. El objeto, del tamaño de una pelota de básquetbol, era sostenido por un tubo negro que brotaba del piso. Más adelante descubrirían que se trataba de un proyector holográfico.

En el costado sur de la habitación había otro cristal, que mostraba una galería similar a la del piso anterior. Hermógenes los invitó a asomarse, y vieron el esperado portal. Tenía la forma de un círculo metálico, con un radio de tres metros, y tubos que entraban y salían a lo largo de los bordes. Delante del portal, se extendía una rampa metálica de quince metros de largo, y ocupando casi toda la sala, diversos equipos y maquinarias amontonadas.

—La puerta al multiverso —sentenció Hermógenes, con un melodramático tono.

Tras decir eso, una puerta se abrió al fondo de la habitación, y entró una mujer alta, morena y con el cabello negro y sujeto a un moño tras la cabeza. De rasgos finos y pequeña nariz, la mujer se acercó a los turistas de provincia y exclamó:

—Muy buenas tardes, y bienvenidos a Viajes en el Tiempo Limitada.

—Muchachos, les presento a Génesis. Ella será su guía en esta experiencia única en su tipo. Siéntanse afortunados, los dejé en las mejores manos. Si me disculpan, tengo deberes muy importantes que atender en mi oficina.

Una vez que el dueño de la empresa se retiró, Génesis posó sus palmas sobre la esfera, y una proyección holográfica se desplegó ante los visitantes. Primero vino un breve comercial y unas palabras introductorias donde la guía les expuso sus paquetes turísticos para vacaciones de invierno y verano. Una vez que aclaró que la empresa solo ofrecía viajes en el tiempo dentro de Chile, la guía turística desplegó las distintas opciones. Desde los comienzos de Chile, con el momento exacto en que Pedro de Valdivia fundó la antigua ciudad de Santiago. Lo que la proyección holográfica acompañó con la imagen a tamaño real de un hombre con armadura, obeso y lampiño montando un caballo (muy distinto al Pedro de Valdivia de los libros de historia), holograma que ocupó toda la habitación. Imágenes similares se proyectaron de momentos más contemporáneos. Con cada movimiento que hacía Génesis con sus manos sobre la esfera, cambiaban las proyecciones.

—Otro de nuestras ofertas es ser espectador del bombardeo al antiguo Congreso Nacional de Valparaíso —la imagen que acompañó a sus palabras mostraba a un edificio amarillo con la forma de un arco de fútbol, siendo atacado por aviones F16 y barcos destructores desde la bahía de la ciudad puerto— durante la guerra civil del año dos mil...

—Querrá decir la Guerra del Litio —interrumpió el arqueólogo.

—Claro, también conocida como la Guerra del Litio. Dentro del paquete, se incluye la posibilidad de entrar al excongreso, conocer todos sus detalles y salones, y ver el momento exacto en que se suicidó el presidente de la república hacia el final de la guerra...

—No se suicidó. Los chinos lo mandaron a matar —precisó Bartolo, muy serio, sin disimular su admiración por el difunto mandatario—. Todo para mantener el control del litio.

—¿Vas a interrumpir a cada rato? —se quejó Begoña.

—Perdón —contestó su marido, frunciendo los labios y disimulando una sonrisa.

—…o también pueden conocer el puerto de Valparaíso en su época de gloria —retomó la guía.

—¿De gloria, ese basurero? —inquirió Begoña.

—Sí, mi amor, sucede que antiguamente el océano pacífico fue un espacio económicamente muy importante, donde se daba mucho comercio entre todos los países que conectaba. Claro que eso fue antes de las Guerras de los Mundos y del cambio climático.

—Es verdad, don Bartolo. Pero yo me refería a mucho más atrás —aclaró la guía—. Al siglo XIX, antes de la construcción del canal de Panamá. Allí podrán conocer el Valparaíso patrimonial, con toda su arquitectura europea y barrios bohemios, de lo cual hoy no queda casi nada.

—Me gusta, me gusta la idea…

—No entiendo, ¿dónde quedaba Valparaíso? Era el barrio poniente de Sanraval, ¿no? —consultó Begoña.

—Más o menos señora. Lo que pasa es que antiguamente Sanraval se componía de tres ciudades distintas —explicó Génesis, siempre manteniendo su tono pausado y paciente, y una expresión inescrutable—, Santiago, Rancagua y Valparaíso, y las familias capitalinas acostumbraban vacacionar en alguna de estas dos últimas ciudades, o en las zonas extremas del país. Pero con el derretimiento de los polos, el sur de Chile, desde la antigua Puerto Montt hacia el sur, desapareció. Esto sumado al avance de la desertificación en el norte de Chile, produjo el éxodo en masa al valle central, propiciando el desarrollo de nuestra capital actual.

—Y con los mutantes, estamos más llenos que nunca —agregó Begoña con desgano.

—Claro, aunque Chile oficialmente se mantuvo neutral durante las dos guerras de los mundos —continuó la guía turística—, hacia el final de la Segunda Guerra nuestro país rompió relaciones con Estados Unidos y se sumó al bloque asiático.

"Típico del Ejército de Chile. Por eso es vencedor jamás vencido" murmuró Bartolo a su hijo, quien no entendió muy bien el comentario.

—Si bien no mandamos tropas, nuestro país salió beneficiado económicamente de esta decisión. Y eso ha atraído a millones de inmigrantes de todas partes del mundo. La mayoría mutantes como usted decía, víctimas de la guerra nuclear. Muchos llegan con ansias de colonizar la Antártica, pero varios terminan quedándose en Sanraval.

"La modernidad y el rápido crecimiento urbano han hecho que no perduren muchos vestigios de estas antiguas metrópolis que podamos apreciar. Por lo mismo, invitamos a las familias a redescubrir durante estas vacaciones su ciudad, en un viaje en el tiempo a las calles del antiguo Santiago. Una ciudad verdaderamente irreconocible"— concluyó la guía, con una sonrisa calcada de las modelos que figuraban en la publicidad de la empresa.

—Así que Santiago antiguo… ¿es posible viajar al año 1886? —interrogó el arqueólogo, quien se guardaba esa pregunta hace un buen rato.

—Es muy posible.

—Me interesa el funeral de Vicuña Mackenna, como parte de una investigación que estoy haciendo ¿se puede acceder a ese episodio?

—Ningún problema. Por supuesto que tendrán un rol meramente de espectador, cambiar el pasado…

—Lo sé, lo sé, no está permitido. ¿Ustedes qué dicen chicos, les gusta la idea, Santiago en 1886?

Su esposa afirmó que le daba igual, mientras que su hijo asintió tímidamente, conversación que el padre de familia cerró con un entusiasta "pues está decidido, 1886".

Lo siguiente, fue una charla introductoria sobre los peligros, límites, y medidas de seguridad asociadas al viaje en el tiempo. Tras un par de hologramas aburridos narrados por un prevencionista de riesgos, Génesis los llevó a la galería del portal. Desde abajo pudieron contemplar nuevos detalles, como un mesón ubicado al fondo, donde había cascos, mangas y repuestos de "trajes de neutrinos", equipo con el cual debían viajar al pasado.

Su otro acompañante iba a ser un robot Robinson 3000. Se trataba de un humanoide plateado de dos metros de alto con una cabeza en forma de plato horizontal, y círculos brillantes a lo largo de su circunferencia, lo que le conferían una visión de 360 grados. El propósito del robot, según explicó la guía, era doble: protegerlos y vigilarlos, evitando que alguien se saliera del protocolo.

"Saludos, mi nombre es Robinson 3000. Mi misión será acompañarlos en su viaje a tiempos pasados. Será un placer compartir esa aventura con ustedes" —dijo el robot a los turistas.

Sixto quedó maravillado con el coloso mecánico, y preguntó a su padre si podían tener uno. Por supuesto que la respuesta fue la misma de siempre: un robot era muy caro, y a su madrastra no le gustaban. Poco después, Génesis siguió con la charla protocolar.

—Su viaje en el tiempo será atravesando el puente Einstein-Bosen que se genera en este portal. Esto es importante: el puente tiene que permanecer abierto durante su aventura. En el improbable caso de que se apague, desde la empresa perderán todo contacto con ustedes. Por lo mismo contamos con un equipo de primer nivel para evitar que eso ocurra. Mientras el puente esté encendido, pueden pasar horas, hasta semanas allá en el pasado, pero desde el tiempo presente, solo habrá pasado unos instantes. Para nosotros, será como si se estuvieran devolviendo apenas unos segundos después de haber entrado al portal.

"Debemos recalcarles que no intenten cambiar nada del pasado. No solo porque está prohibido por ley, y aquí en la empresa tomamos todas las precauciones para impedir dicha posibilidad, sino porque, aún en el hipotético caso de que lo hicieran, no van a conseguir nada. Verán, esto en estricto rigor no es un viaje en el tiempo, sino por el multiverso. Existe un número infinito de universos paralelos, algunos con diferencias imperceptibles entre uno y otro. Quien intente realizar algún cambio, en el pasado, lo que hará será crear una nueva línea temporal. Al hacerlo, automáticamente se rompe el puente Einstein-Bosen, y como consecuencia, no podrá volver jamás al universo de origen. O sea que desde aquí perderíamos todo contacto con esa persona".

Sixto levantó la mano.

—¿Sí?

—¿Y podemos viajar al futuro? —preguntó el escolar.

—Me temo que no —respondió Génesis—. Viajar al futuro es todavía más complicado. Requiere una maquinaria más moderna y totalmente distinta a la que tenemos. Y lamentablemente, es un viaje sin retorno. Los científicos aún no descubren cómo mantener arriba el puente sin que éste se rompa. En consecuencia, todos los exploradores que han viajado al futuro no han vuelto.

—Claro, eso dicen los gringos —agregó Bartolo—. Es porque están planeando el contraataque contra los chinos…

—Viajar al futuro y volver es físicamente imposible. Y cambiar el pasado, o recolectar información privilegiada del futuro con el objetivo de cambiar el curso de la historia, está estrictamente prohibido, señor Bartolo. La legislación internacional es muy clara— le contestó, muy seria, la guía turística.

"Por eso las reglas se hicieron para desobedecerse", volvió a murmurar, en un tono cómplice, Bartolo a su hijo. Y para desgracia de su padre, la frase no se le olvidó nunca más.

Unos minutos después, estaban en unos vestidores. Un sensor infrarrojo tomó las medidas de cada uno, y les diseñó unos trajes de neutrinos según la talla de cada uno, los cuales fueron "imprimidos" en una impresora láser, en un proceso que se extendió por veinte minutos. El resultado, fue un traje similar al de los astronautas. En el vestidor, mientras se lo ponía, una pregunta daba vueltas en la cabeza de Sixto.

—Benjamín… Vicuña… Mackenna… —repitió Sixto, como saboreando las palabras— tenía muchos nombres ese tipo.

—Lo que pasa hijo, es que Vicuña Mackenna son sus apellidos.

—¿Sus qué?

—A ver, antes la gente usaba apellidos —explicó su padre—. Son como los nombres de las familias. No de las personas, de toda la familia. Por ejemplo, digamos que mi apellido es "Pérez". Yo sería Bartolo Pérez, tú Sixto Pérez, y tu hijo supongamos que se llamaría Juan Pérez. Existían miles de apellidos antes, González, Rodríguez, Rojas, etc.

—¿Pérez? ¿Rodríguez? Suena feo. ¿Por eso ya no se usan, sonaban mal?

—No es por eso, es que se prestaban para mucho clasismo. Había apellidos de ricos que hacía que quienes los usaran recibieran un trato especial. Y el gobierno abolió los apellidos poco antes de la Guerra del Litio. Por eso hoy usamos un solo nombre, como en la Antigua Grecia. Ahora— agregó su padre—, en la práctica eso no siempre se respeta. Las familias ricas todavía usan sus apellidos en privado. Como los Larraín y los Errázuriz. Y también han surgido nuevas formas de discriminación. Aunque hoy no existan nombres de ricos, estos se pueden identificar físicamente por el color de su cabello. Los que tienen dinero, alteran su ADN para tenerlo azul, para emular algo así como la "sangre azul", la sangre de los nobles. Antes la tendencia era el rubio. En general, en el pasado la gente con plata tenía los ojos azules y el cabello rubio o castaño. Eso fue antes de que los rubios naturales se extinguieran a principios de siglo. El mestizaje hizo que predomináramos los morenos. La terapia genética vino a revertir eso.

—Y los que no son ricos, se tiñen.

—Claro, se tiñen… —confesó con desgano su padre. Se acercó a su hijo, y posó su mano sobre su hombro derecho— escucha, Sixto, sé que tú y Begoña no se llevan muy bien. Ella puede ser un poco difícil, pero muy en el fondo es una buena persona. Trata de llevarte bien con ella, aunque sea por esta semana. Por favor, hazlo por mí —cerró su padre con una sonrisa.

Una vez que se pusieron los trajes, uno de los empleados de la agencia, un mutante del mismo color de piel que el guardia, les chequeó que todo estuviera en orden. Presionó unos botones en el pecho de cada uno, y les dio las instrucciones finales. Insistió por lo menos tres veces en que no se separaran del robot ni de la guía, y que, ante cualquier eventualidad, debían volver al portal. Finalmente, los dos varones y la madrastra convergieron en la sala del portal. Los tres aún tenían el rostro descubierto.

—Qué sexy —dijo Bartolo apenas vio a Begoña.

—No mientas, parezco cualquier cosa —respondió ella.

—Me acordé de Cuba, cuando fuimos a bucear —recordó su esposo, mientras se acercaba y la tomaba por la cintura—. Te quedaba muy bien el traje de buzo, bien ajustadito. Parecías una auténtica sirena, con tu melena revuelta entre la arena y el mar.

—Y tú mi Tritón, bronceado y fortachón —agregó Begoña sonrojada, y le dio un largo beso a su marido.

A solo unos pasos estaba Sixto contemplando la escena. Estaba en una edad en que lo apasionado aún le sonaba desagradable. No solo sintió asco al ver a su padre besar así a la Begoña, sino también rabia. Rabia contra los dos. Todavía no olvidaba la humillación a la que lo sometió esa mujer en el paseo Ahumada. Y encima su padre le pedía que fuera bueno con ella ¿acaso su papá la quería más a ella que a él?

Sus pensamientos fueron interrumpidos por un bip. Tras unos instantes, bajó un cristal de la frente de los tres, que encerró herméticamente sus rostros del exterior.

Mientras esperaban, Begoña, quien carga su celular en la mano derecha, activó el dron.

—Mercurio, arriba. Abre el álbum "Vacaciones de Invierno 2156".

Ante estos comandos, el aparato flotante comenzó a seguirla y grabarla. Los momentos más emocionantes de sus vacaciones no podían faltar en sus vídeos.

—Chiquillas, chiquillos y chiquilles, hoy estamos a punto de iniciar un viaje a un lugar muy especial —comenzó Begoña, con ese sonsonete entre torpe y sobreactuado que siempre ponía en sus vídeos, como tratando de imitar a una reportera de televisión. Acento que a Sixto le sonaba ridículo—. O mejor dicho a un tiempo muy especial. Sí, mis queridos amigues. Su querida Begoña está a punto de viajar al pasado. Como ven, estoy vestida como una auténtica viajera del tiempo —el dron recorrió el cuerpo de Begoña de pies a cabeza mostrando el traje—, y ahora vamos a hablar con uno de mis compañeros de viaje, mi amado esposo Bartolo.

Bartolo se sonrojó y trató de evadir la cámara que empezó a grabarlo. Pero apenas su esposa posó su brazo izquierdo sobre sus hombros y se puso a acariciar su pecho con la otra mano, éste terminó cediendo.

—Dinos, amor, ¿qué vamos a hacer en el pasado? —lo entrevistó su señora.

—Bueno, eh… conocer el Santiago antiguo, cuando era ciudad mucha más chica.

—¿Y qué te gustaría cambiar del pasado?

—Sabes que no se puede.

—Pero si se pudiera, ¿qué cambiarías?

—Uff, bueno, esa es una buena pregunta. Yo creo que... si cambiara algo sería en otro momento. Mataría a Hitler para evitar la Segunda Guerra Mundial, por ejemplo, ja ja ja. Sino, evitaría que los españoles conquisten América. Y si hablamos de historia de Chile... ayudaría a tres presidentes que se suicidaron. Balmaceda, Allende y Bor...

—Señora, guarde su celular, estamos a punto de partir —interrumpió Génesis, quien entró con el mismo traje, pero de color azul, con una franja plateada a los costados. Begoña dio una orden a Mercurio, y éste se fue a posar en el mesón al fondo de la galería, donde se desactivó—. Dama y caballeros, ahora pondremos sus trajes de neutrinos en modo fantasma.

De forma automática, los trajes de cada uno, incluyendo al robot, emitieron un poderoso zumbido, como el de un celular vibrando. Tras una espera de treinta segundos, Sixto miró sus manos, ahora eran transparentes, como las de un fantasma. Intentó tocar una mano con la otra, pero las atravesó. Al mismo tiempo su padre intentó tocar el hombro de Sixto, pero atravesó sin problemas a su hijo. Unos segundos más y su hijo ahora era totalmente invisible, y el visor de su casco reemplazó su figura con una silueta constituida de radiación calórica. Lo mismo con su esposa, que ahora era una silueta roja más alta que la anterior, y el robot que fue el único que conservó una figura más detallada, colorada de un azul oscuro, y rayada a franjas horizontales como un televisor antiguo.

Génesis habló, su voz fue escuchada por toda la familia por medio de un parlante instalado en el casco de cada uno.

—El traje de neutrinos anula las cargas eléctricas de sus partículas subatómicas. Eso les permite atravesar objetos sólidos —explicó Génesis. A pesar de que solo se distinguía el color rojo, y trazos del amarillo, en su cuerpo, los turistas todavía podían apreciar que permanecía con las manos tras la espalda y su postura erguida—. No podrán tocar, mover o sacar nada, y menos tener ningún tipo de contacto con gente del pasado. Mientras esté activado el modo fantasma, no podrán hacer nada salvo caminar o conversar con otro de los miembros del grupo mediante nuestro circuito cerrado. En caso de que se produzca algún problema con sus trajes, sea que les esté faltando el oxígeno, o no puedan caminar (cosa que rara vez pasa, por cierto, en menos del 1% de los casos) hemos dispuesto un botón azul en el centro de sus pechos para desactivarlo — Génesis apuntó a su pecho, y cada uno comprobó que, en medio de la mezcolanza de manchas rojas y amarillas que componían la figura de cada uno, un redondo botón azul asomaba arriba de cada tórax, a cinco centímetros del cuello—. Para reactivarlo, basta con presionar el mismo botón. Debemos reiterarles, que por favor lo activen solo si es estrictamente necesario. Ante cualquier eventualidad, primero se me debe informar. Suponiendo que no esté disponible para solucionar su problema, buscarán ayuda en el robot. Y en el remoto caso que ninguno de los dos esté disponible, solo allí pueden desactivar sus trajes por su propia cuenta. Insistirles, que ni siquiera en esa eventualidad deben entablar contacto con hombres o mujeres del siglo XIX. ¿Alguna pregunta?

Nadie dijo nada, y Génesis hizo la señal para activar el portal a los técnicos que seguían el procedimiento desde una sala de controles ubicada sobre la galería holográfica donde eligieron su destino. Alarmas sonaron y compuertas metálicas se cerraron, cubriendo el cristal de la sala holográfica. Del centro de la estructura del portal empezó a surgir una chispa de luz que creció y creció, hasta abarcar toda la circunferencia. Una pantalla blanca y gelatinosa, con la textura de un mar muy salado, recubría su superficie, y emitía una poderosa luz incandescente.

La guía hizo un gesto con la mano para que la siguieran y atravesó el portal. Le siguió el patriarca de la familia, luego su hijo, su segunda esposa, y finalmente el robot.

✳✳✳

Sixto había cerrado los ojos de la emoción, como si se hubiese subido a una montaña rusa. Cuando los abrió, estaba en el centro de una polvorienta plaza. Sin soltar la mano de su padre, miró a su alrededor. Solo había tierra, y una fuente de agua con una escultura de mármol en el centro. Hacia el norte de la plaza, un palacio amarillo con una torre de reloj. Y a cada lado, un edificio neoclásico de color blanco. Al oriente de la plaza, estaba la catedral metropolitana, en torno a la cual se había congregado un gran número de personas, y hacia el sur, el portal Fernández Concha.

El grupo se ubicaba a unos metros de la fuente central, y tras ellos, el portal todavía abierto. El cual, por lo visto, tampoco podían percibir los nativos del pasado.

—Manténganse juntos, por favor —indicó Génesis—. Como pueden ver, nos encontramos en la Plaza de Armas del antiguo Santiago. Llegamos a las tres de la tarde. Justo a tiempo para contemplar las exequias fúnebres de don Benjamín Vicuña Mackenna. Ahora, si son tan amables de acompañarme.

El grupo atravesó caminando la plaza. Una señora, que vestía un vestido blanco y largo y cargaba una canasta llena de pan, caminó directo hacia Sixto y los atravesó como si fuera de aire. Creyó sentir cosquillas en la piel, pero podían ser más bien escalofríos antes que una estimulación real de sus sentidos. La sensación de caminar con esos trajes era similar a la de estar bajo el agua con un traje de buceo, y sus movimientos eran un poco más torpes de lo normal.

Aunque la plaza era el corazón de la decimonónica ciudad, no era mucho el movimiento, más allá de una docena de personas que la atravesaban en diversos sen-

287

tidos. Al entrar a la catedral, el panorama cambió. Parecía que toda la urbe se había congregado al interior del templo. Con sus asientos y pasillos repletos, la catedral albergó al funeral de uno de los hombres clave de la historia del siglo diecinueve. En el altar, se ubicaba un cura, bajo y obeso, dando un sermón, y detrás suyo, el féretro donde reposaban los restos del ex intendente. Una vez terminada su alocución, el cura exclamó:

—Para cerrar la ceremonia de despedida del ilustre Benjamín Vicuña Mackenna, gestor entre otras cosas de la modernización tecnológica y urbana de esta ciudad que tanto amó y tanto sirvió, el ingeniero George Taylor leerá unas palabras, a nombre del gremio de ingenieros de Santiago…

El grupo caminó sin problema entre la multitud. Atravesando como fantasmas a los elegantes deudos que concurrieron al evento. Casi todos con gruesos bigotes y altos sombreros negros. Génesis recitó una breve reseña de la vida de Vicuña Mackenna, y luego resumió la historia de la catedral, con todas las intervenciones y reconstrucciones de la que fue objeto a lo largo de su historia.

Después, el féretro fue trasladado al exterior, y los turistas del futuro lo siguieron. El cortejo fúnebre se compuso de una larga columna, liderada por una carroza de cuatro caballos que cargaba el féretro del fallecido. Detrás de esté, su viuda y sus hijas marcaban el paso. Más atrás, les seguían docenas de familiares, amigos, colegas, políticos, empresarios, y diversos personajes. Las mujeres que asistieron usaban, la mayoría de ellas, una sombrilla para protegerse del sol. Desentonando con los refinados deudos, marchaban cerca de una docena de sirvientes con ropas harapientas o bastante más humildes. Cada uno cargaba algunos de los objetos con los que Vicuña Mackenna pidió ser enterrado en la ermita familiar. Entre ellos, varios libros y un retrato de toda su familia, pero un pequeño y barbudo anciano cargaba cierto objeto que capturó toda la atención de Bartolo.

—¡La caja! —exclamó apenas la vio.

El arqueólogo corrió hacia el hombrecillo, como si éste cargara un auténtico cofre de oro, pero su camino se vio interrumpido por el imponente Robinson 3000. "Prohibido el contacto con los nativos", fueron las palabras que emitió el robot.

—Lo cierto, señor Bartolo, pero las reglas son claras —dijo Génesis—. No puede acercarse a la gente.

—Esto es ridículo, hemos atravesando gente todo el rato —se defendió el turista.

—Es verdad, pero el reglamento es muy claro. No puede acercarse a gente con alevosía.

Tras un breve intercambio de argumentos y una discusión que no llegó a ninguna conclusión, el grupo continuó su visita siguiendo el paso del cortejo fúnebre. A medida que avanzaban por la ciudad, Génesis describía y explicaba la historia de cada edificio e iglesia que fue apareciendo en el camino. Prácticamente ya no quedaba ninguno en pie en la época de origen de los visitantes.

Pasó un tiempo, y la carroza llegó al cerro Santa Lucía. Subió el camino de tierra diseñado para los caballos, y tras una larga vuelta al peñón, el cortejo llegó al mausoleo de la familia Vicuña, casi en la cima del cerro. En el camino, podían apreciar que eran más las estatuas que las áreas verdes en el rocoso peñón. Los árboles plantados por el difunto intendente todavía no crecían.

La ermita, ubicada en un punto con una visión privilegiada de la ciudad, se vio súbitamente repleta de personas que ingresaban y depositaban el féretro en su última morada. Junto con los objetos preciados del difunto, cual faraón egipcio. Entre ellos, la caja que tanto fascinaba al arqueólogo.

Una vez que el hombrecillo ingresó con la caja de madera, su padre dio por terminada su misión. No era más lo que podía descubrir en esas circunstancias.

Génesis los invitó a voltear y mirar a la ciudad. Solo dieciséis cuadras componían la ciudad. La cual estaba rodeada de chacras y de fundos. El aire era limpio, los colores más nítidos, y la cordillera, algo inédito para los visitantes del siglo XXII, estaba blanca.

Tras contemplar el espectacular paisaje, y tomar varias fotografías con un botón ubicado en la sien derecha de cada casco, los visitantes descendieron del cerro. Ya en la Alameda, Génesis continuó con el tour. Un hermoso templo neogótico, de piedra caliza blanca, y una cúpula y aguja azul que se alzaban hacia el cielo, captó inmediatamente la atención y las cámaras de los turistas.

—Lo que ven aquí, frente al cerro Santa Lucía, es la iglesia de las Carmelitas. En honor a la misma se le puso el nombre a la calle, Carmen. A comienzos del siglo XX, y ante la necesidad de ensanchar la Alameda, fue demolida. Luego de eso se construyó un edificio neoclásico que albergó durante mucho tiempo a la sede del partido democratacristiano. Luego éste también fue demolido para ampliar la diagonal Paraguay, diseñada por el arquitecto austriaco Karl Brunner. Dicho espacio fue ocupado durante mucho tiempo por la feria artesanal de Santiago. Ésta también fue demolida para la construcción de un estacionamiento, en la época previa a los autos voladores.

—Tarados, no saben conservar el patrimonio —comentó Bartolo.

Caminaron hacia el oriente hasta la intersección de la Calle del Estado con la Alameda, donde emprendieron rumbo de regreso al portal. Entre foto y foto, Sixto le comentó a su padre:

—Papá, ¿te fijaste que el robot tiene una perilla en la parte baja de la espalda? Solo los Robinson 2000 tienen eso.

—¿Dónde aprendiste eso?

—En un vídeo de robots —contestó el niño.

—Je je, para qué pregunto cosas obvias. ¿Y qué hay con eso? ¿no es un 3000?

—No, los Robinson 2000 los usaba la policía para patrullar barrios peligrosos. Girando la perilla se activaba una alarma y llamaban refuerzos. El problema era que cualquiera podía activarlo, y en la mayoría de los casos resultó ser una falsa alarma para molestar a los carabineros. Por eso sacaron los Robinson 3000, que son más inteligentes, y no tienen ese desperfecto. Pero como son más caros de producir, hay muchos casos de modelos 2000 que fueron refaccionados y disfrazados como la nueva versión.

—No, no creo… digo, a Hermógenes le gusta economizar, pero esto ya sería demasiado irresponsable de su parte —meditó Bartolo.

Ya con los pies adoloridos, y miles de fotografías en las memorias de sus trajes, el grupo regresó a la Plaza de Armas. El portal seguía allí esperándolos en la misma ubicación. Cuando estaban a solo unos metros, Génesis se volteó al grupo y retomó la palabra.

—Nuestro viaje termina aquí. Espero que hayan disfrutado de su experiencia. Vi que tomaron hartas fotografías y vídeos, todo lo cual les será enviado a sus respectivos correos. Nuevamente gracias por su preferencia. Esperamos que puedan recomendarla a sus amigos y parientes, y no olviden que son siempre bienvenidos en Viajes en el Tiempo Limitada.

Bartolo iba a aplaudir, pero su mujer lo disuadió. Estaban a solo unos pasos del portal, pero la curiosidad de Sixto fue más poderosa que la prudencia. Se acercó a la espalda del robot, donde se distinguía la perilla aplanada y azulada, con un agujero para meter el pulgar, y la giró.

El resultado, fue una poderosa y ensordecedora sirena que explotó en los casos de cada uno de los visitantes. El ruido era emitido por el autómata, cuya cabeza comenzó a girar, y su metálica voz comenzó a

recitar: "PELIGRO, PELIGRO, PROTEGER A LA VÍCTI-
MA, PROTEGER A LA VÍCTIMA".

Tras decir esto, el robot abrazó a Sixto y lo elevó, cargándolo con su brazo derecho, como si fuera un bebé. Aterrada, Begoña se llevó las manos a las orejas y gritó del susto. "¡¿Qué hiciste, mocoso malcriado?!" exclamó entre la confusión. "¡Sixto!" gritó su padre, quien corrió hasta el robot, el cual lo repelió con un fuerte empujón de su palma izquierda, que lo hizo caer al piso. La guía levantó a Bartolo, y le indicó que de-bían regresar al portal. Tras varias reticencias de Barto-lo de no irse sin su hijo, entre los jalones de Génesis y Begoña (cada una jaló de uno de sus brazos), termi-naron haciéndolo cruzar el portal.

Ya en el siglo XXII, Bartolo desactivó su traje, y se lo sacó aceleradamente. Aunque la guía turística intentó calmarlo, éste fue directo al cuello del dueño de la em-presa, quien entró con el rostro angustiado (cosa rara en él) a la galería del portal.

—¿Dónde está mi hijo?, ¡negligente!

—Tranquilo, tranquilo, no le va a pasar nada. Man-daremos otro Robinson 3000 a buscarlo.

—¡No seas charlatán! Estas cosas son modelos obso-letos ¡¿con cuánto sobornaste al prevencionista para que te diera la licencia de viajar en el tiempo?! Porque no es la única falla que he encontrado aquí. La estúpida de tu guía ni siquiera fue capaz de arreglar la situación.

—Oye, no toda la culpa es nuestra. Fue tu hijo el que activó la alarma.

—¡Cállate o te mato! ¡tráeme a mi hijo, incompe-tente!

Bartolo sostenía a Hermógenes de la camisa como un auténtico matón de barrio. Éste, por primera vez, revelaba la edad que tenía en su acongojada mirada.

La tensa escena se vio interrumpida por un sonido como de burbuja que se rompía. Del portal había surgi-do una nueva figura, invisible inicialmente, hasta que el recién llegado desactivó el modo fantasma. Sixto había regresado.

—¡Hijo! —Bartolo corrió hacia su retoño y le dio un fuerte abrazo.

El pequeño bajó su visor, y con ayuda de Génesis y Hermógenes se retiró el casco. No parecía tener ninguna herida.

—¿Sixto, estás bien? —preguntó, angustiado, su padre.

—Sí, papá. Tranquilo— dijo serenamente su hijo.

—¿Cómo te liberaste del robot? —interrogó Hermógenes.

—Fue fácil. Desactivé el modo fantasma.

—¿Y alguien del pasado te vio?

—No sé, no creo.

En ese momento, otra figura atravesó el portal emitiendo el mismo sonido de burbujas, y unos segundos después se materializó el Robinson 3000 (en realidad 2000). Génesis sacó un sensor, similar a un control remoto, del mesón al fondo de la galería. Con dicho aparato inspeccionó al androide, mientras Bartolo retiraba el traje a su hijo. Al cabo de unos segundos, la guía ya tenía un diagnóstico.

—Se desprogramó. Habíamos descargado el software de un modelo 3000 en su CPU, pero al activar la alarma se formateó su cerebro. Ahora tiene la inteligencia de un robot de juguete.

—Interesante, con esto ya tengo todo lo necesario para una denuncia formal —agregó Bartolo, con los brazos cruzados.

—A ver, Tolito, amigo, compadre, no nos pongamos drásticos —le espetó Hermógenes, tratando de retomar su tono carismático—. Lo importante es que tu hijo está bien. Volvió sano y salvo, sin ningún problema. Lleguemos a un acuerdo… ya sé, te ofrezco acciones en Viajes en el Tiempo Limitada si olvidamos este sixtodente. Serás el principal accionista después de mí.

—¡¿Tú crees que yo soy estúpido?! No pudiste estafarme en la Antártica, menos ahora.

—Está bien, está bien, te ofrezco esto... ¡te regalo el robot! Es una ganga, en cualquier parte te cobrarían una fortuna por él.

—¡Sí! —exclamó entusiasta Sixto.

—¿Estás loco? Yo para qué quiero ese montón de chatarra.

—¡Yo sí! ¡yo sí! Di que sí, papá ¡por favor! Llevémoslo a la casa. Ya hasta tengo el nombre perfecto para él, "Robi" —suplicó el pequeño de ocho años, jalando del brazo insistentemente a su padre.

Bartolo hizo una pausa, tragó saliva, aclaró sus ideas y meneó la cabeza.

—No podemos llevarnos esta cosa ¡costará una fortuna embalarla en el avión!

—Tranquilo, soy amigo del dueño de la empresa de teletransportadores —lo tranquilizó Hermógenes—. Hace tiempo que me debe un viaje. Lo mandaremos en un instante a la Antártica.

Bartolo asintió, y declamó "está bien". El asunto parecía estar resuelto, y Hermógenes cerró el trato dándole un apretón de manos a su socio.

—Excelente. Ese es el Bartolo que conozco. Espérenme en la salida, voy a buscar el instructivo del robot. Tu hijo la va a pasar muy bien jugando con este gigantón —dijo con su clásica sonrisa, antes de desaparecer en el ascensor junto a Génesis.

Padre e hijo caminaron por el mismo pasillo por el que ingresaron al edificio junto al autómata. Bartolo se veía cansado luego de tantas emociones experimentadas en un día, y su hijo feliz. Pero a Sixto lo invadía algo más que la alegría al haber cumplido finalmente su sueño de tener un robot.

Ansioso, pero tímido, Sixto buscó en el bolsillo derecho de su pantalón. Abrió los ojos como platos al comprobar que su contenido seguía ahí, como por parte de magia. Pero sabía muy bien que no era magia lo que le hizo posible estar acariciando en ese momento la roca de lapislázuli.

—¿Papá, y... dónde está tu esposa? —preguntó, inseguro, Sixto.

—No empieces, hijo. Tu madre y yo nos separamos hace rato. Pasado pisado.

La sensación que invadió a Sixto en ese minuto era de asombro, pero también de alegría. Satisfacción, y miedo a la vez. El mismo miedo que se experimenta cuando uno juega con fuego e intenta hacer malabares con antorchas encendidas. Un número que resultó exitoso para el pequeño explorador.

No estaba muy seguro cuando lo hizo, pero funcionó después de todo. Era tan simple. Todo era cuestión de volver al Santa Lucía, introducirse en la tumba, abrir la caja, llevarse la piedra y dejar un mensaje en su lugar. Con un lápiz y una hoja de papel en blanco (que arrancó de uno de los libros del difunto) escribió con su letra de escolar una frase breve, pero elocuente: "Bartolo: Por ningún motivo te cases con Begoña". Una señal del destino, una auténtica señal.

Sixto suspiró y pensó, con un dejo de tristeza, en uno de los múltiples mundos del infinito, donde existía un padre llorando porque su hijo nunca volvió del portal. La culpa neutralizó toda la rabia que le tenía a su progenitor. Se lo imaginaba rompiendo en lágrimas, sentado sobre alguna chatarra en la galería del portal, con las manos tapando su húmedo rostro, y a su segunda esposa consolándolo con uno de esos fríos y tímidos abrazos que intentaba dar. "Por lo menos ahora podrán ser felices juntos", pensó Sixto.

—Papá.

—Dime hijo.

—¿Algún día volverás con la mamá? —interrogó Sixto.

El padre suspiró. Era la enésima vez que escuchaba esa pregunta, e iba a responder por enésima vez con la misma respuesta. No obstante, quizás por condescendencia, o hastío de la repetición, contestó:

—Es posible hijo, es posible.

—¿Probable? —dijo con una sonrisa.

—Dije posible.

—Entonces… ¿si es bueno mirar hacia el pasado?

El padre hizo una pausa. Había llevado su divorcio con dignidad y mucha madurez de su parte. Pero después de cuatro años soltero, ya a esas alturas no descartaba nada.

—Sabes hijo, vivir del pasado es malo. Pero siempre es bueno tener un pie en el pasado para dar el salto hacia el futuro.

El pasillo era oscuro, y faltaban otros treinta metros para la puerta, pero ésta se abrió automáticamente, dejando entrar la luz del sol. Padre e hijo siguieron conversando mientras atravesaban el iluminado túnel. A la derecha del pequeño, caminaba tomado de la mano el robot Robinson, de ahí en adelante "Robi".

Distribución digital y on demand:

Editorial Pluma Digital